市川葉俳句集成

邑書林

市川葉俳句集成——目次

わが俳句の生い立ち 9

Ⅰ 俳句編 21

第一句集 楪 23

序句 藤田湘子 25

序 宮坂静生 26

凩 昭和五十六年―五十八年 31

冬至湯 昭和五十九年 34

桑苺 昭和六十年 39

繡毬花 昭和六十一年 46

夕焚火 昭和六十二年 59

初蛙 昭和六十三年 76

あとがき 82

第二句集　小諸の空　83
帯文　藤田湘子　85
沢音　平成元年―三年　87
山雨　平成四年―六年　95
草原　平成七年―九年　105
神馬　平成十年―十二年　116
佐久の貌　平成十三年―十五年　125
あとがき　137
第三句集　春の家　139
雀の時間　小川軽舟（栞文）　141
春　145
夏　155
秋　165

冬　174
あとがき　184

第四句集　一炊の夢　187
花菜和　平成二十三年　189
郭公　平成二十四年　196
立葵　平成二十五年　205
浅蜊汁　平成二十六年　214
桃の花　平成二十七年　223

Ⅱ　散文編　233
私の晩霞　抄　235
私の晩霞　237

桑苺《めど》 274
ねるまえに 280
いわし 283
欅の木の下で 286
マイ・ネイム・イズ・オーシャン 290
夏の終りに 295
夕方まで 297
あとがき 304

ぼく猫 307
プロローグ 309
ぼく猫 317
エピローグ 368
あとがき 377

市川葉俳句集成

わが俳句の生い立ち

一

『日本童謡集』という本がある。

ねんねんねむのき、／ねやしゃんせ。
おかねがなつたら、／おきやんせ。
（古謡）

私は一歳十一ヶ月から六歳三ヶ月まで父方の祖父母に預けられていた。いま、そこは小諸市に合併されているが、当時は大里村諸《もろ》という浅間連山の裾に散らばっている村の一集落だった。急な坂で飯綱山と呼ばれる小さな山の南面にあった。むかし、尾根には狐火が燃え火の玉が飛んだという。この山に多くの墓地があったためだろうか。諸の中心は弁天様の清水。そこにつながる池には沢蟹も川蜷も育ち、石を捲ると、かわげらの幼虫が這い出した。子供たちには結構な遊び場だった。

庭に植えられていた「ちょうじゅうろう」と「わせあか」という二本の梨の木。真白い花をつけた。夏の夕方には、裏の大欅を渡る涼しい風がまとも。香煎《こうせん》をすすりながら、祖父と居た。「お疲れ」、道を通る人の夕方の挨拶。しらじらと秋の日を受ける土蔵の壁。鶏小屋の絶え間ないざわめき。すばらしい自然の中に放り出されていたと今は思う。

祖父は慶応三年、祖母はひとつ年下の明治元年生まれ。その頃は六十代後半だった。働き者の祖父母が、農業の傍ら、まだ赤ん坊同然の私をひきとった本当の事情はわからない。

私の記憶のはじめからこの『日本童謡集』が側にあり、茶の間にひとり、此の本をめくっていた。合歓の花が咲き、甘いビスケットがあった。鉛の兵隊たちが真面目な顔で行進し、お母さんの肩を叩く少女は私だった。想像の世界は私を虜にした。こわれないためにだろうか、本には厚い和紙のカバーが凧糸で綴じつけてあった。昭和二年文藝春秋社刊。私は、まだ生まれていない。年上の従兄弟か、伯父か伯母かが私に与えてくれたものと思う。それから八十年余り、この本は東京、松本、福島そして小諸へと移動する間も私を離れなかった。

ユフベノアメハ、／カシコイアメダ。
ヨルフツテ、／アサヤンダ。
カシコイアメダ。
（小学児童作）

一頁、一頁挿絵を見ながらいつとはなしに字を覚え、リズムを感じ詩の世界に魅かれていった。

小学校の入学を機に私は父母のもとに連れ戻された。所謂在郷《ざいごう》っぺで人見知りの激しかった私は一人の友人も無く、町になじめなかった。学校から帰ると硬貨を握りしめ、十銭店へ走り、ぬり絵をして過ごす毎日だったと思う。

いぢめつ子のうちの、／さくらがさいた。
いぢめつ子はこはし、／さくらは見たし、
日ぐれにとほれば、／まつしろにさいてる。
いぢめつ子はうちで、／しやうかをうたひ、
日ぐれのにはに、／さくらはちつてる。
（西條八十）

小学校四年から卒業するまでの担任清野先生（「潮音」の歌人として活躍され、特別選者にもなられたことを後に知った）は、宮澤賢治の童話を読み聞かせ、毎日のように、作文、短歌、俳句などの宿題を出してくれた。

五年生の頃と思う。学校へ行く道の二階家の軒に、柿がずらりと吊り干してあった。何かに似ている。何日か見るうちに、ことばがまとまった。

そろばんのかたちにならべたつるしがき　葉

今にして思えば中八だが、これが私の記憶にのこる俳句第一作だった。

気候のよい頃になると、学校からの帰りは道を逸れ、蚕糸試験場の桑畑をうろうろとした。初夏、桑は実をつける。桑の実、桑苺《めど》、何という魅力的な食べ物だったろう。

その日も私は桑畑に居た。舌も唇も手も洋服までも紫に染め、夢中の時を過ごした。下の製糸工場からの終業のポーという音に愕然とし、走って家に帰る。勝手口に母の叱声がとぶ。

「又道草して桑苺《めど》なんか食べて来て。そんな子は赤痢になって死んじゃうよ」

食卓の下に足を投げ出し、今死ぬか、今死ぬかとその時を待っていたのを覚えている。

　母 怖 し 帽 子 に 溢 る 桑 苺　　葉

「鷹」入会二年目の中央例会にこの句を出したところ、懇親会の席上、飯島晴子さんがいきなり私の前に立たれ、「あの母怖しとはどういうことを言ったのですか」と訊ねられた。どぎまぎしながら、ありのままを答えた。

　ワタシノガクカウガ／サビシゲ。

　ドウシテアンナニ／ヨルハサビシゲ。

（小学児童作）

小諸の新町という北国街道沿いの家に私の母方の祖母は生まれた。同じ町内に臼田亞浪の生家もあった。のちにこの祖母と結婚した祖父丸山晩霞は、亞浪主宰誌「石楠」の表紙を描き投句もしていた時期があったと聞く。

　思 ふ こ と は 皆 や つ て 眠 る 桃 の 頃　　晩 霞

祖父の辞世の句とされている。

昭和十二年七月盧溝橋事件の始まったのを、私は菱野温泉で知った。ラジオに聞き入っていた両親の表情を今も忘れられない。小学校一年生だった。私の少女時代の殆どはここから始まる世界大戦に占められていった。

二

戦争が激しくなるにつれ、首都圏から疎開する人が増え、県立小諸高等女学校も、入学時は学年二学級一一〇人だったのが、一気に三学級となった。一年上に星野椿さんも在籍して居られたと聞く。転入して来る生徒の幅は広い。私達の視野も彼女等によってひらけたと言っても過言ではない。

開け放った二階の教室から梅林が見え、麦畑が広がる。ぼうっとしながら見ているうちに俳句らしいものが出来た。

「眠たさに梅の香淡し春の風」。すかさず疎開生のひとりが言った。「何だこんなの。季語が二つもあるよ。川柳じゃないの」(彼女はのち弁護士となった)。私の俳句はまだそういう段階だった。

女学校三年になったとき、一年間の学業停止という国の方針が示された。講堂の床が剝がされ、大蔵省印刷局の焼け出された機械が据えられることになった。陸軍の軍票を作るという。バリバリと講堂の壊れる音が今も耳から離れない。工場が出来るまでさまざまな農作業に動員された。陸軍糧秣廠《りょうまつしょう》の畑にも軍歌を歌いながら通った。そして暑い夏のある日、それは一気に終りを遂げた。敗戦である。

「学業に復帰せよ」。そういう命令が出ても、とまどうばかりである。「醜《しこ》の御楯《みたて》」となれと説いていた人が「これからは自由主義、個人主義の時代だ」と口々に言う。一部教師の変わり身の早さについて行けなかった。心の迷走は反抗という形となり暫く続いた。

復員して来た教師数人が虚子の門を叩いた。そして、ある日句会をひらくという。会場は礼法室。畳敷の大広間で蚤もとび出した。全学年の生徒の中の有志が集まった。四、五十人は居たと思う。教師による虚子直伝の句会だった。私も勇んで参加した一人だったが、友人や教師の句は思い出せても自分のものは全く記憶にない。あまり良い評価を受けなかったためと思う。

学制も改革され、女学校も、四年卒業、五年卒業、そしてもう一年在学し六年まで通学すると新制高等学校一期生として卒業出来るという三つの道が選べた。わたしは四年卒業組の一人として東京女子医科大学の予科に進み、そこを経て旧制松本医科大学に入った。ここも制度の過渡期であり、信州大学という大きな括りに統合されてしまうのだった。私はこの旧制大学の最初にして最後の唯一の女子学生となった。覚悟はしていたものの、当時の男女の学力差は甚だしいものがあった。煙草を吸い談笑し、適当にさぼっている仲間の中で、ひたすら勉強した。素晴しい自然に囲まれた松本市に住みながらスキーもスケートも知らず、美ヶ原も上高地も行ったことがなかった。

昭和二十二、三年頃と思う。小学校時代の恩師清野先生から一冊の「潮音」が送られて来た。昔の私をおぼえていて下さり、短歌へのお誘いをかけていただいた有難いお話だったが、日々の勉強に手一杯で心に余裕がなかった。そして私にとっては短歌よりは俳句という気持が強かった。短歌への入門はお断りした。

大学卒業後、インターンは東京都立駒込病院で行った。はじめに回されたのは小児科だった。そこの中沢医師に「句会へ出ませんか」と言葉をかけられた。いろいろ生意気なことを言うインターン生に興味を持ったのだと思う。十人足らずの集まりだった。二、三回は出席させていただいたように記憶している。横田先生という内科の医師が中心になっておられ、多分秋櫻子門下だったと思う。兼題「蟇」に「これでも女同じ悩みぞ蟇」を出し、言いすぎと顰蹙を買い、兼題「秋の海」には「漁火は遠し遠しこの秋の海」という句を作り、秋の海だったらむしろ漁火は近く見えるのではないかとの指摘を受けた。どちらの句にも一応点は入ったものの頭作り、恥かしい限りだ。のちにこの横田先生の名を「よど号」ハイジャック事件の被害者のお一人として新聞紙上に発見、大へんに驚いた。

一年のインターン生活を終え、再び松本へ戻り大学の耳鼻咽喉科学教室へ入局、三年を過ごすことになる。鈴木篤郎教授という素晴しい師に恵まれ、温情をもって徹底的にしごかれた。土曜、日曜もなく、朝七時すぎから夜十時頃まで医局に居り勉強する毎日、臨床を学びながら、学位を三年間でとらせていただいたことを有難く思っている。ここで学んだことが、それからの私の生き方を変えたと言っても過言ではない。

昭和三十三年結婚、夫の勤務地福島市に住むことになった。ここでの病院勤務は今迄の男女平等に過ごさせていただいた環境とはほど遠いものだった。給与の格差、女性医師としての地位の低さ。あきらめに近い形で機械的に働き、家庭を作り上げることに必死であった。

耳鼻咽喉科医長小関医師は「雲母」に所属しておられ、病院の機関紙「ともしび」の編集も手がけられた。たまたま私の寄稿した一文におほめの言葉をいただいたが、俳句への道はまだまだひらけなかった。

六年間の福島生活を経て小諸市のはずれに小さな医院を開業した。昭和四十年のことである。

三

転機は来た。昭和五十四年地区公民館の役員となり、同じ仲間の国見敏子さんと市町句会（文月会）をはじめたのである。講師は虚子門下の山下悌石医師、のちに滝澤宏司さん（「雲母」同人）がなられた。七、八年もつづいたと思う。国見さんはすでに「鷹」と、発足したばかりの「岳」に所属しており、まず「岳」に入ることをすすめてくれた。言われるままに入会した。昭和五十六年であった。しかし甚だ不熱心、成績は低迷。一年ほど経ってはじめて「岳」の句会というものに出席。宮坂静生先生にもお会いした。「蟻」が読めず絶句。「機嫌」を「気嫌」と書き先輩土屋未知さんに直された。会を重ねるうち、やっと火が点った。

宮坂先生にすすめられ、昭和五十九年秋、「鷹」に入会した。二句欄がつづいた。錚錚たる人達の作品に圧倒されるばかりで、力の無さを思い知らされた。その頃、弥生会館で開かれていた中央例会に、宮坂先生に連れられて出席した。湘子先生の鋭い批評を直に聴き、当月集作家をはじめ多くの先輩方にふれあうという事が私の眼を開かせてくれた。

冥加かなおたまじやくしのぴぴぴと　晴子

てんでんにつぶやいてゐる数珠子かな　葉

この二句が並んで回って来たときの衝撃は忘れられない。「飯島晴子にゃ叶わないな、葉さん」湘子先生の一言が私に止めを刺した。

昭和六十一年、思いがけず第二回鷹エッセイ賞をいただくことになった。表彰式は関西で行われる同人総会の席上でという。入会二年ちょっとの私は見学という形をとり出させていただいたが、場違いの雰囲気に圧倒され途中退席、表彰式のはじまる迄、廊下で待機していた。

昭和六十二年、晴れて同人に加えていただけたが、沢山の方々の庇護の賜と思っている。

同年十二月、たまたま受けた医師会の健康診断で、思いがけず胃癌を発見されたのだった。末子の成人式が一と月先にあった。「年が明けたら手術します」と言う私に「待てない」と医師。かなり悪性度の高いものとの見通しだったらしい。手術はその年の十二月二十五日ときまった。静かに考える時間が欲しかった。友人が白鳥を見に連れて行ってくれた。湖のほとりにしゃがんでぼんやりと小一時間。眼の前で、眠っていると思っていた白鳥が、羽に突っ込んでいた頸を急に起し、大きな羽ばたきと共に啼いた。

白鳥の頸ほどけきてかうと啼く　葉

見たままの情景を一気に切り取れた思いだった。

『飯田蛇笏全句集』と『定本前田普羅句集』の二冊を持って入院、胃三分の二を摘出した。人生の先が見えた。私より二年遅れ「鷹」に入会した長女千晶も順調に芽を伸ばしはじめていた。その結婚も迫っている。今のうちに出来ることを出来るだけという気持が私を走らせた。句会、吟行会にも可能な限り出席するということを自分に課した。

夏、九段のビヤガーデンでの納涼会のとき、離れたところに居られた湘子先生の眼に捉えられてしまった。すると、まっすぐに私の方に来られ、ひとこと。「葉さん、あんたの句はいいと思ったら又、ぐーんと落ちる。そこを何とかしなきゃ。考えよう」。身が縮んだ。あとは湘子先生への追っかけあるのみ。北海道、四国、九州まで。なかでも、長野県へは足繁く来られたので、作句の現場に立ち合えるという幸せを味わうことが出来た。

香具師《やし》たちの一夜に去りし霧の町　湘子
甲斐信濃夜涼の星座分ちあふ　〃
春禽や蔵をきよらに佐久住ひ　〃

有難く、懐かしい。

多くの方々の恩恵をいただいて成長して来た千晶は、その後俳句を離れてしまったが、今も親としては残念に思う。

平成六年、私の最初の師であった宮坂静生先生が「鷹」を去った。去就を迫られ、私は「鷹」

を選んだ。

平成十七年、湘子先生逝去。同年、第六回現代俳句協会年度作品賞をいただいた。はじめての応募だった。この作品は、湘子先生の選を根幹としたものである。もう一年早かったらと臍を噬《か》む思いである。

平成二十年二月、肺癌が見つかり、右中葉と上葉の一部切除。療養中に夫も肺癌を発症していることがわかったが、これは末期で手の施しようがなかった。九月死去。私も余命一年足らずと言われたが、主治医を信じ、絶え間ない抗癌治療を受けつつ術後七年まだ命を授かっている。有難すぎることと思う。

今日、こうして生きているから、明日も多分来るだろう。明日が来るならば多分明後日も。こんな楽観的な考えに従いながら。これは一度どん底の気分を味わってしまったせいと思う。俳句という楽しみと、全国に居る句友のやさしさと。

七年余りのひとりぐらしを共に生き、支えてくれた猫達の有難さと。過去は現在であり現在はすでに過去である。

林檎咲く生前の景死後の景　　葉

（了）

「鷹」平成二十七年五月号から七月号まで、三回連載。

Ⅰ 俳句編

第一句集　楪

【第一句集　楪　解題】

初版は千九百八十八（昭和六十三）年九月五日、有限会社本阿弥書店（東京都千代田区神田小川町三-十四　第一万水ビル）より、「本阿弥現代俳句シリーズ　第Ⅰ期」の1として発行。書影に見える著者名の下の「(1)」は、シリーズ中の巻数である。

四六判、上製布表紙、貼函入り、帯付き。化粧扉の次に、別丁で師の藤田湘子の序句を掲げている。今回の収録に当たり、序句を活字印刷とした。

序句の後に宮坂静生の序を置く。

一ページ二句組、全百九十五ページ。編年で三百二十九句収録。装訂は川田幹。

印刷所、熊谷印刷。活版印刷である。製本所は小泉製本所。定価は二千五百円（刊行当時は消費税導入前である）。書籍コードは0092-850230-7849である。

当時の著者の住所表記は小諸市丙三一一の二だったが、これは現住所地である。昭和六十一年にエッセイ「桑苺」（本書に収録）で第二回鷹エッセイ賞、同年第六回岳俳句会賞を受賞している。

あらたまの楪といふ親子草

湘子

序

努力も才能のうちといわれるが、俳人にとっては、努力こそ才能だと、私はつねづね思っている。著者市川葉さんは並の努力家ではない。医師としての本業も多忙のはずであるが、俳人として自分を鍛えるためには、千里の道をものともせず、吟行にも句会にも出かけていく。しかもここと決めた会はすべて皆勤という熱心さである。

明治期の高名な水彩画家丸山晩霞を祖父に、医師であった母親も専門家はだしの絵画を多く残されるという、芸術への天分は生得のものであろう。加えて、音楽に堪能な医師の楽人先生を俳句にひき込み、しかも、長女の千晶さんは岳俳句賞、鷹俳句新人賞受賞の新進として将来がたのしみという、これ以上めぐまれた環境はめったにない。句集名となった楪は、新しい葉が生まれて次代の支度がととのってから、古葉が落ちるといわれる。葉・千晶母子の関わりを暗示した名であるが、どうして、葉さんはそうそうに古葉になぞ、なる気配はない。まさに、葉という名の通り千晶さんともども、いま萌え出たばかりの新葉である。

俳句づくりにとって、作句体験は長いに越したことはない、が、それ以上に、作句にいかにうち込んだかという濃密な時間の長さが意味をもとう。葉さんの俳句への執心は、漠然とした十年よりも、いかに一年一年が大切かを十分に納得させる。

多作多捨という俳句の大道をひたすら歩んできた葉さんの作品に早くから注目していたが、いよいよ本格的な俳人の域へ一歩踏み込んだものと私が意識したのは、弓始の一句であった。

蓼科《たてしな》山の稜線長し弓始

ここには気持のいい山景が堂々とうたわれている。新年の弓始の季語が申し分なく、蓼科山にむかった大景は、自然の典型にまで高められている。葉俳句の知的な把握は、切れ味を内にひそめ、鋭さはむしろ一句のすがすがしさとなり、何回も誦していると、おおらかなまるみが感じられる。

集中、蓼科山はもう一句佳吟がある。

蓼科山の翠濃き日や天瓜粉

こちらは真夏のみどり濃き蓼科山を遠景に、赤子へ叩く天瓜粉の取り合わせが、佐久のゆたかな農家の昼ざかりを彷彿とさせる。

小諸在住の葉さんは、旧中仙道の宿場町望月の病院の医師であり、その地の望月俳句会の指導者である。蓼科山を臨む望月の地は、葉さんにとり、佐久の風土をその内側から体感するだいじな場となっている。

風土を愛憎半ばするふるさととの意識でつかまないまでも、風土から完全に弧絶して俳句という短い詩は成立しない。私は風土をつかむとは、むしろ土地固有の特色地貌をつかむことだとかねがね提唱しているが、葉俳句にとり、佐久の地は、たしかな地貌として、把握されている。

そこで、葉俳句の佳吟を、上掲句の他に抜き出すと、次のような句が思いうかぶ。

椋鳥《むく》五十百かもしれず柞山

戛戛と馬身よぎれる茂かな

豆莢の日中《ひののき》爆ぜて佐久平

夕焚火河原に石の増えたるよ

梅雨兆す轍や信濃勅旨牧

小豆殻積みたる闇の賑やかに

夕焼や欠けずに育ち兎の仔

右のうちとりわけ、椋鳥、夕焚火、夕焼の三句は、弓始の句とともに、今日までの葉俳句の代表作であろう。葉さんは、堅固な意志力と知的な抽象能力を武器に女流にはめずらしい大胆な句を詠める俳人であるが、ここに掲げた三句はいずれも人知を超えた自然の微妙さに素朴におどろいている地味な句である。

自然のもっている不思議さをどれだけ享受し発見し得るか、ここにこそ表現者としての、いのちがかかっているが、葉さんは、遠くまで見ぬく知性と同時に、微妙さを感受するやさしいこころとを持っている。

楢や櫟の茂る雑木山に群れる椋鳥への驚き、夕べの焚火の寂とした思いに、河原石の思いがけない増加を見出したおのれのこころの不思議さ、無事に育った兎の仔をつつむ夕焼の発見。

葉さんの日ごろの精進は、対象としての自然の発見への促《うなが》しであるとともに、対象を感受し、受像するご自分の感性の耕《たがや》しのようなものである。きめ細かに起こされた沃野に、つかまれた自然こそ、美しく永遠である。これらの句は長く記憶されるに価しよう。

葉俳句に見のがせない特徴のもうひとつは、葉さんにとり母の存在の大きいことである。

『楪』は、

花 芒 母 の 俤 遠 く な り

ではじまり、

母 怖 し 帽 子 に 溢 る 桑 苺

を経て、

籐 椅 子 の 揺 れ を り 母 の ゐ る や う に

で終る。この構成に暗示されているように、母の存在は、葉さんが母性の不思議さ、ひいては、人間の捉えがたい暗さを思うときの原点になっているようだ。それは、視点を変えると、当然、おのれと娘の千晶さんとのあり方の不思議さにもつながっていくものとなる。

婚 約 す 雀 隠 れ の 八《や》ヶ 岳《つ》 の 牧

嫁 ぐ 子 よ マ ー ガ レ ッ ト が 檐 端 ま で

千晶さんをモデルにした句は、きわめて明るい。母の句ほどには、個性化されてはいない。作句にこころざした当初から葉さんは、大きなテーマを抱え込んだ俳人との指摘を、ここではしておきたい。

『樸』一巻をかりに織物にたとえるならば、佐久の自然をうたう横糸と、人間の存在の不思議さを捉えようとする縦糸とが織りなす句集ということになろう。この織物の図柄が、今後いかに鮮明に織り出されていくか、熱い期待をもって見守りたいと思う。

昭和六十三年 初夏

宮坂静生

凩

昭和五十六年——五十八年

花芒母の俤遠くなり

草珊瑚息の乱れをしづめけり

春光や仔猫の視線定まらず

桐の花谷あひの道けぶりたる

白猫の眼軋りて灸花

凩や夢の中まで知らざりし
冬旱母の形見の琴の爪
バターとけパンに吸はるる二月かな
夏柑のぽとりと落ちて伊豆は雨
大蟻のぐいと走りて梅雨晴間
諍ひてメロンの匙の重たかり
山越えむ祭囃子が聞きたくて

沙羅の花黒蟻足をじぐざぐに

東京の子供の狡し法師蟬

ちまちまと兎の欠伸大毛蓼

大仰に猫とびのきぬ鳳仙花

冬至湯

昭和五十九年

冬日和焼き立てのパン胸に抱き

ザビエル祭せかせかせかせかと犬通る

冬至湯やまつすぐに月のぼり来る

初櫛や素直な髪をもて余す

塗りかへし電車二輛や春立ちぬ

窓際の空気湿りぬ猫の恋

ガーベラを卓に放りて卒業す

車座の中の孤独や鳥雲に

語尾荒き松本弁や暮遅し

春燈や小松左京に惚れぬいて

葭切や山半分に雲の影

水垢の厚き薬罐や芙美子の忌

蟻の声聞きたし蟻のふり向かず

少しづつ狂ふ時計や羽蟻立つ

川鷊や皀莢虫の羽閉ぢず

眼から先に老いてゆくなり花藜

花氷二階の声の筒抜けに

杉箸や耳の穴まで日焼の子

遠雷や病院の床よく滑り

はたた神雀の宿に落ちにけり

川霧のゆつくりのぼる原爆忌

原爆忌千の燈に千の声

西瓜食ふ背中の黒子いとけなし

一つ燈に一つの影や休暇果つ

いびつなる楽焼の皿乞巧奠

百匹の羊数へて月の牧

稲妻やぞくぞくと湧く青蛙

ささげ摘み庭に貉の来る話

木曾十月鎌といふ名の英語塾

ざざ降りや野菜サラダと鱲子と

少し口あけて寝る子よ鉦叩

桑苺

昭和六十年

ついと伸ぶ白鳥の頸文化の日

電線の真中が鳴る晩稲刈

まつすぐに野火の立ちたる鼬罠

川音に馴れ蟷螂の枯れ尽す

酒蔵に開化の匂ひ霜柱

襁褓干し名残の空となりにけり

絵襖の海金泥の舟浮かぶ

冬凪や空つぽなりし砂糖壺

地下街の入り口温し暦売

蓼科山《たてしな》の稜線長し弓始

古綿を括る麻紐山荒るる

橋よりの雪となりけり麻績《をみ》境

紅絹で拭く会津漆器や冬霞

淡雪やエスカレーター地下へ伸ぶ

堂押祭終へし浦佐の大茜

ガウディの塔に憬れ春田打つ

待ち居たり木蓮の芽の夥し

サイフォンに籠る水滴鳥雲に

春燈に透かし卵を選りゐたる

人形の前髪長し春の燭

新しき紙の匂ひや春飈

花鋏春の飈の日暮まで

野漆の細き項や佐久郡

駒牽や雨の一途に櫟山

佐久の雨安曇に晴れて花かんば

山の影山に重ねて五月祭

峰入や数多飛蝗の生れ初む
聖体祭少し傾ぎて泳ぐ鴨
夏祓巨き雨粒当りたる
母怖し帽子に溢る桑苺
山羊跳ねてりんご畑の暑さうな
夏安居やポプラの花の幾夜降る
叡山の飴湯うまくもなかりけり

避暑に来て星の近きに怯えたる

河童忌や放り出されて荒蓆

百燭の電球《たま》の明るし祭笛

泉老ゆ翅もつもののとび交ひて

夏神楽楤の木棘の木となりて

黒姫《くろひめ》山の夏雲わかし鎌を鍛つ

太きロープ置き日盛の操舵室

まつさをな朝あけてゆく轡虫

絵燈籠土の匂ひの昇り来る

こすもすや指から眠る赤ん坊

秋風や魚は棘の歯を列ね

泉岳寺

敵討つべし珊瑚樹のぎつしりと

邯鄲の闇を育てて杉林

繡毬花

昭和六十一年

いつぽんのポプラ立ちたり火の恋し

椋鳥《むく》五十百かもしれず柞山

沢鳴りや一夜の落葉湿りたる

意思強き飛行機の首冬はじめ

讃岐なるたんきり飴や山眠る

敷松葉して夕暮を恣

鸛顕つ大北風の酣に

冬沼の一点にして鸛

蝦蛄葉仙人掌毛皮屋の閑散と

冬ぬくしぬくしと樟に見惚れたる

くと停まる巨き轆轤や風花す

石垣の穴を覗きて悴めり

越後五十嵐浜貫きて鰤起し

年の夜の煙突よるべなかりけり

大鹿の深き鬣年惜しむ

凍晴やうぶ毛さりさり剃られたる

草凍る脳の断層写真かな

蒼鷹や軽き眩暈を覚えたり

狩の犬緩き首輪をしてゐたり

漣を翔べり伸びたる鴨の首

勝馬を宥めて枯野一周す

更級の冬田の照りや箒売

アラビヤの革の水差し春立ちぬ

春の潮眉大らかに描きけり

淡雪や一重瞼を愛されて

梳る少女の髪や春の航

和蠟燭飛騨高山の春浅し

啓蟄の猫の爪研ぎ柱かな

啓蟄の牛乳パック競ひ立つ

猫の恋はじまる砧八丁目

大学に馬の匂ひや春霙

麗かや口まで溢れ醬油差

朧夜の蛇の骨格模型かな

ひたむきに走る電線朧かな

朧夜の朧にいでて保線工

あたたかや尻から赤児立ちあがる

剪定や水をふくみて麻袋

流木の淡き木目や干潟暮る

嵩高き男の膝や夜の野火

尾を上に彗星のぼる春岬

猫の仔のけだるき目覚めひとつづつ

町昏れてゆくさざめきよ紫荊

山茱萸の花のをはりを逢ひにゆく

悼　小沢仙竹さん

還らざり鈴蘭の芽の総立ちに

鰊食ぶ朝な朝なの信夫《しのぶ》山

海底に海胆の怒りのつづきをり

目刺食ふメトロノームをかけ乍ら

ほつほつと濃き雨の降る藤の房

東京のひとの足早藤咲けり

杉浦幸子さんに

繡毬花水にも焔立たしめよ

肩に触る髪の冷たし蛍籠

冷えびえとして筍の置かれたる

夏館炎に粘りなかりけり

梅漬けし夜やくろぐろと吾妻山

鶏鳴の弥彦一山滴れり

戛戛と馬身よぎれる茂かな

川魚の肌のぬめりや夏至夕べ

きつく巻く指の繃帯栗の花

炎天を来て蓬々と翁眉

じりじりと陽のせりあがる蚋の谷

ましぐらに吾等撃ちくる島の蚋

蘇るべし青蘆の勁き茎
大阪に一人の友や桃葉湯
百物語婆の一人がふいと立ち
杉山に雨の色濃し袋角
紫蘇畑にゆるき雨降る越泊り
通りより見ゆ鰻屋の炊飯器
寝冷子よポプラに颪の黝々と

出ついでに買ふ電球や初嵐

草市や夕耀りの河海へ押す

八月や魚の形の耳飾

酒で拭く牛の粗毛や避暑期去る

ちちははは亡しぽたぽたと桃の汁

八朔やむかし置屋の糀室

まつすぐに立たぬ鶏冠や野分晴

月白の牛と生れて花畑

茸売や通天閣は上まで灯

茸狩の地蜂採りとはなりにけり

秋の鶏尻の上下や畝傍山

秋晴るる橘寺に乳母車

この国の山なまくらや稲雀

香具山へ一歩近づき臭木の実

きまじめな写真の父や茶立虫

天窓に蜻蜓の頭突き幽かなる

橘や見つめて怖し飛鳥仏

階段の下に置く甕雁渡し

芒山ひとの匂ひを厭ひける

夕焚火

昭和六十二年

小豆莢叩き依怙地になりゆくよ

豆莢の日中《ひののき》爆ぜて佐久平

鶲森に満てり珈琲碾く少女

研ぎに出すメス一丁や冬隣

初霜や音の痞えしオルゴール

神在の膨らんでゐる軍鶏の頸

見馴れたる山に没る陽や蓮根掘

藁《わら》稭《しべ》にまじる粃《しひな》や小六月

小六月跳ねる油を宥めける

凩やふむときひらく足の指

夕焚火河原に石の増えたるよ

界隈の音聞きわけて焚火翁

眼の奥の脂抜けたり冬の月

バリウムの継粉ほぐして日の短か

わが裔にわれは侍まず雪蛍

括りおく父の古着や青鷹

伊予蜜柑雨のはじめを掌に

母の樹と吾は呼びをり冬欅

葦枯るる彼岸や煌と光るもの

捨つるべき胃のきゆうと鳴く時雨かな

吾もまた一寒禽として吹かる

噭ががくと欅に乗れり歳の市

鶏の眼の下から閉ぢて霙降る

雪掻きの音晩年に踏み入りぬ

去年今年夢の中にも搬送車

護謨の木の天辺の朱や去年今年

山巓の押し合つてゐる初鞴

杭に来て歪む水輪や着衣始

餅花の夜を煌煌と手術棟

手術棟灯り雪降り雪降り来

凍晴や一駅ごとの山容

白鳥の頸ほどけきてかうと啼く

物音は山へかへるよ寒卵

児に纏ふ麵麭のかをりも二月なる

芥子溶く二月の闇のみづみづし

雪解田の前《さき》へ前へとひかりかな

剪定の音家裏にまはりけり

雛さまの笛に吹き穴なかりけり

ほのぼのと口のさみしき雛かな

蟇穴を出る胃《ダン》切《ピン》除《グ》症候群

わが街の一本欅芽立ちけり

陽炎や放りだしたくなるからだ

春夕焼カットグットは瓶の底

囀りやぐーと迫り上ぐ治療椅子

婚約す雀隠れの八《や》ヶ《つ》岳の牧

駒返る草や腰痛体操す

せんせいのその先生や桃の花

二階まで風ゆきわたる蓬餅

てんでんにつぶやいてゐる数珠子かな

日の昏れの音は歪むよ藤の花

梳りつつ春おそき話など

虻生れこの世やりたいことだらけ

田は水を湛へ母の日畢らむと

梅雨兆す轍や信濃勅旨牧

嫁ぐ子よマーガレットが檐端まで

電線のゆれをり燕巣立たむと

竹林を抜ける風道夏神楽

矢車草《やぐるま》の紫はわが母の色

田が植わる嬰児の拳ひらかれて

鳶尾草や伊勢講御定宿となむ

十薬の花に置かるる棺かな

御牧野やしぶり鳴きして梅雨の蟬

金剛の土を搦めて藜の根

ローブデコルテ置き深閑と夏館

蓼科山《たてしな》の翠濃き日や天瓜粉

上蔟やしづく滴る牛乳《ちち》の瓶

上州の熟れ麦まこと夷ぶり

沢音の近き安堵や麦を刈る

木隠れに八ヶ岳《やつ》の主峰や馬冷す

日焼子に澄むを先途と梓川

黄菅原かんかん照りもよしとせる

杉山の頽つ翳りや田草取

ひるがほはけむりくさしと思ひたる

どの家も坂に向きをり茄子の馬

雉鳩のくぐもり啼きも盆ごころ

八月の厨暗しと革袋

八朔の朝を雀に攫はれし

地卵に夕陽とどまる休暇明

家中の電燈つけて初嵐

確とある孔雀の爪や秋暑し

浮世絵のをとこ猫背やちちろ虫

夜のポプラ銀河を蒐めゐるごとし

吾に蹤く犬の吊眼も露けしや
夜は夜でちがふ雨音芙蓉の実
真中に佇つ先生や水澄める
珈琲を飲む秋風を来しひとと
橘や少し優しくなりて夫
泊夫藍やスープ啜るに岬見て
理科室の前の暗闇糸瓜水

灯の中の東京タワー野分立つ

小豆殻積みたる闇の賑やかに

深みゆく秋やホテルの理髪店

晴天の三日つづかず落霜紅

ふつと来る山羊の匂ひや末枯るる

晩菊や熱退くときの呆気なし

白秋忌使はぬピアノ調律す

栗落ちなむと少年の兎跳び
棟の実拾ひて現甲斐に在り
かりがねや毛の国中へ火山群
船の名の太きひら仮名冬はじめ
お十夜や四角に揃へ厠紙
ぱりぱりと折る薬包紙水涸るる
新雪や南部地鶏の胸厚し

倖せとシュークリームの冷たさと

京苞苴や風冷たしとうち仰ぎ

せんせいににほひのありぬ冬の滝

影なりに掃いて師走の美術館

湯豆腐やまことの闇と云ふは斯く

蕪蒸鞍馬山《くらま》に月の出るやなし

焼鳥や坂に坂継ぐわが町は

鬱のペンギン陽の家鴨や年つまる

メキシコへ戻る神父や煤払

数へ日や球根朱き帯巻かれ

去年今年海星の如きいのち欲し

框より名残の空のひくく在り

初蛙

昭和六十三年

手から手へ移し取られて春着の子

飛馬始見えざるものに火を捧ぐ

水平に耳延ぶ山羊や初明り

ぽつぺんに水滴少し沈みけり

どんど火に眼炙られゐたりけり

眼覚むればいつも母ゐる蜜柑かな

氷上のひとりに旋風従へり

掃き寄せて氷上の雪碧なす

寒椿少し太りて落ちつかず

清水治郎さん

カトレアの花に微塵や師を恋へば

冬霧のまこと若木にやさしかり

あかときのよるべなききもの咳・振子

冬晴の千曲川《ちくま》己れの色持たず

ちんまりと少女のくさめ畝傍山

水口の泡にひかりや冬をはる

伊賀上野大蒜の芽の育つ

いちどきに溜まる患者や春霙

八朔《はつさく》柑や吉野の闇のやはらかに

とどまれば確と水音や雉子の昼

百千鳥絵ときの般若心経も

紅梅や山に靠れて襁褓干す

如意輪寺寺領ふはりとあたたかし

ふらここを置きて寺領のゆきどまり

長子のみ残る戸籍や春の石

夕長し埴輪の頬の刺青も

一行に少女加はる初蛙

うすき風纏ひて父や木の実植う

風見鶏かすかな東風に囚はれし

坂東の葉付玉葱陽は暈に

夕焼や欠けずに育ち兎の仔

蛇捕りの晴るると決めて出でゆけり

赫《かがよ》ふは疲るるごとし花菖蒲

籐椅子の揺れをり母のゐるやうに

青鵐雨雲峰を離れざる

あとがき

私は木が好きだ。

芽生えた大地を己が場所としてしっかりと根をおろし、天をめざして伸びつゞけるその静かな志の高さが好きだ。

俳句を知りはじめて六年あまり。まだおぼろげにさえ輪郭をつかめない深さ、怖しさを身にしみて感じている。数年遅れて同じ道を歩みはじめた娘千晶と私との関わりあいは、楪のようであると思う。そして又、青々と成長しつゞける親葉の下に、次代の芽を育てて下さっている師恩も楪の心と有難く感じている。

このような想いをこめて句集名を『楪』とした。


すばらしい序句を賜わった藤田湘子先生、選句の労をおかけし、且つ御懇篤な序文を賜わった宮坂静生先生に心から感謝申し上げる。

又、常に私の心の拠りどころであった故杉浦幸子さん、私を育てて下さっている句友の皆様、そして夫楽人にも御礼の言葉を捧げたい。

昭和六十三年　盛夏

市川　葉

第二句集

小諸の空

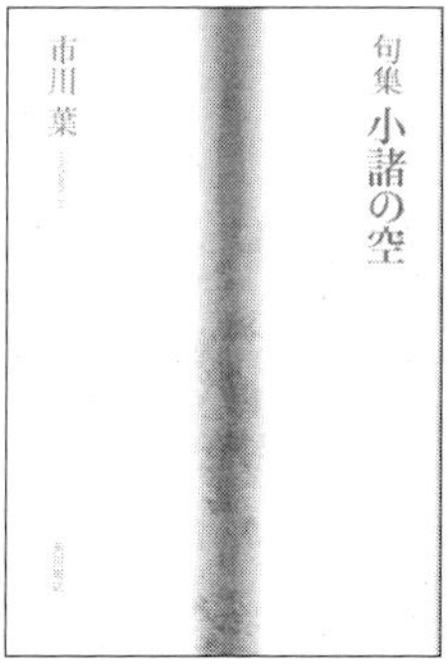

【第二句集　小諸の空　解題】

平成十六（二千四）年十一月二十六日、株式会社角川書店（東京都千代田区富士見二‐十三‐三）より発行。編集制作は角川文化振興財団。四六判、上製布表紙、カバー装、帯付き。帯文は、著者の師である藤田湘子が執筆した（次ページに掲載）。また、帯の裏に「湘子選十句」を掲載。〈佐久平一歩に一個薯植ゑて〉〈戸隠の祭の中を熊ん蜂〉〈糸桜大事にされて神馬老ゆ〉〈雪解靄物日のための鯉を飼ふ〉〈工夫ありただの菜飯と思ひしに〉〈日蝕に進む音なし蝶の昼〉〈滑子汁ゐなかの顔となりしわれ〉〈コード黒く大涅槃図のうしろより〉〈きちきちの滞空時間いい加減〉〈白菜も二男一女も佐久の貌〉である。

一ページ二句組、全百八十三ページ。編年で三百二十八句収録。装訂は巖谷純介。印刷所、内外文字印刷株式会社。活版印刷である。製本所は株式会社鈴木製本所。定価は本体二千六百円プラス税（刊行当時の消費税は五パーセント）。書籍コードはISBN4‐04‐876217‐6である。

当時の著者の住所表示は、小諸市丙三一一の二であった。平成五年にエッセイ集『私の晩霞』を上梓、平成七年に第十一回山室静佐久文化賞を受賞、平成八年には第三十一回鷹俳句賞を受賞している。

帯文

市川葉は、つねに柔らかなまなざしをしている。作品の手ざわりもまた、柔らかくしなやかである。だが俳句はどれも、鋭い季節感と剛直な背骨《はいこつ》に支えられている。著者が確乎とした作句基盤を持っている証《あかし》と言えよう。

藤田湘子

沢音　平成元年――三年

佐久平一歩に一個薯植ゑて

吊鐘を小突き梅見の二三人

伊賀ぶりの酢の香の淡き鱵かな

初ざくら雀は頬に斑を飾り

草の根を締めゆく雨や牧開

色うすきものを重ねて花疲

昼寝覚塔も檜も高きこそ

麻服や東京は来るたびに雨

まつすぐに草に入る雨夏神楽

木曾開田馬の蹄の灼けゐたる

切り下げて髪のやはらか風炉名残

草木瓜の返り花とて折りくれし

輓馬の尾みぞれまじりを捌きをり

二日はや水道管の虚声も

四温なり馬の額の白き星

二月来ぬかをり少きいちごジャム

肘つきて固き畳や夕ざくら

一輪車まだ畦焼もすまぬ田へ

靴下をくるくる脱ぎて磯菜摘

老人とひとつ木暗に落し角

古巣見ゆ雨の一日暮れなむと

篠の子をぽきりぽきりと盗みけり

黒南風や膝をよごして羊の仔

封筒に畳み込みたる蛇の衣

ガスの火の青きを夏の深むとも

晩夏なり椋鳥《むく》と雀の争ひも

家鴨飼ひたし帚木を育てたし

試し吹きして葦笛を子に渡す

岩魚とぶ杉も檜も風の中

首かざり燈下親しむには重し

戸隠の祭の中を熊ん蜂

存分に焚きて信濃の田を仕舞ふ

初夢のあつけなかりし齢かな

探梅行探鳥会と出合ひたる
砂肝を噛むや霙にかはるらし
雀らの翔ぶを怠けし椿かな
ぴいと鳴るだけの鶯笛なるよ
門口の春田いきなり打たれたり
白髪もう染めずふらここ漕ぎに漕ぐ
落し文谷ぐんぐんと深くなる

ぶつかりてふゆる谺やすひかづら

瑞巖寺門前海鞘の水垂らす

夕焼や牧の男に牧の牛

涼しさを言ふべく夫を待ちてをり

蟋蟀の脂光りも河内ぶり

身に入むや雀集めし潦

台風圏貝の吐きたる淡きもの

桑括り桑括りひと遠ざかる

湯豆腐のぐらりと子供ぎらひなり

沢音のととのふ暁や兎罠

忘年や暗き山から暗き川

音読やあたたかさうに山枯れて

山雨

平成四年――六年

後朝や草の氷柱の賑やかに

裸木の喬し一日書に倦まず

ゆつくりと一月過ぎぬ角砂糖

にはとりの蹤いて来る気よ薄氷

鷹鳩と化すややこしき診断書

春颱馬の鼻梁の荒寥と

小綬鶏に朝のぽつかり天気かな

身を締むる一本の紐初燕

草に干す櫂やボートや花曇

蟻蠓のためらひもなし青信濃

日焼子に安曇平の天気雨

サーカスの町に来る日や余り苗

ひと降りの来るかじやがいも試し掘

鎌祝焔の芯の群青に

露霜や瞑りて食む黒兎

起伏なき道に飽きたり猿茸

金星をはや得し空や稲車

勝馬へ抛り被せたる毛布かな

綿虫や鞍を外せし馬の息

月の出や胸の高さに蘆枯れて

括り置く一着分の貂の皮

薄氷や藁おちつかぬ兎箱

鳥雲にわれに老女の月日あり

馬小屋に馬の名札や春の月

遠足の空へ噴水調整す

磯遊び軽き眼鏡をして来たり

磯の香の失せたる海や松の花

夕桜屋台みるみる組まれたる

川音の記憶鮮烈山毛欅の花

立石寺止む気なき雨青蕗に

めまとひにぶつきらぼうな馬の首

木の階に絡む藤蔓避暑日記

木天蓼の白葉数へて佐久に在り

冷奴癒ゆることややつまらなく

吊されて玉葱のまだ太る気ぞ

段取りのつきたる声や地蜂採

蓼科に雲湧く速さ牧閉す

草原や蜻蛉の乾く音無数

菊膾日は黄道を離れざる

樺黄葉よべの天幕を畳みゐる

酢海鼠や事のをはりの模糊として

馬の尾を結ぶ麻紐氷点下

焚火立つ宵の月蝕ゆるゆると

山ありて心素直や根深汁

教卓の大分度器と花種と

並足にもどれる馬や花梓

種浸す百年家を住み継ぎて

女二人束の間に畦焼き了へし

風切って少女の鞭や牧開

糸桜大事にされて神馬老ゆ

ひとり診るたびに洗ふ手燕来ぬ

山の子は櫟花房挿頭とす

黒牛の母も黒牛雪解富士

本校の子へとどきたる源五郎

山毛欅にをり夜を啼きやまぬ時鳥

集乳車止まり天牛零れけり

樅の秀に黒き鳥ゐる旱かな

理髪屋の裏口を出て祭の子

さんさんと山雨来りぬ蛇の衣

蜩や坐ることなき神の馬

橡の実の落ちて戸隠行者道

天空のオゾンホールや神の旅
列車出しあとの空間冬の濤

草原

平成七年―九年

煖炉燃え明治の海図壁にあり

餅焦げる匂ひの旦往診す

雪解靄物日のための鯉を飼ふ

戸の開いてひと入れかはる涅槃寺

猫の耳吹いてゐるなり落第子

風除の松に隙なし猟名残

昼からは休診の顔桃の花

種選梢の鳥のさかしまに

羽化すすむ蝶に全し九十九里

筒鳥やみどりにまなこ疲れたる

分封の蜂や大空たつぷりと

水番の面体すでに老女なり

まつくらな山の容や祭笛

空蟬のまだやはらかし小淵沢

牛の眼に追はるる我や雲の峰

姥捨の鉄砲雨や立葵

六夜待藤蔓に顔打たれたる

絵燈籠したたかな熱放ちをり

あかつきの霧の中より山兎

通草蔓提げて仔牛の品定め

草の絮猫も吾が家も古びたる

明星を誉め越年の山に入る

暗幕を返せせば朱なり初写真

追羽子や鳶の領せる佐久の空

狐火やうすき空気の中のわれ

セーターの胸の牧神笛を吹く

桜貝きのふはたらきけふねむる

鶯笛竹のにほひの鮮しき

わが町をときをり愛す半仙戯

このごろの母の手強し桜蝦

流木に何の香もなし旧端午

賑々し伏せて五日の種俵

龍天に強情の眉われにあり

牧開鳶天心を逆おとし

草矢打つ降る寸前の八ヶ岳

椎の花散る面売の肩といはず

巴里祭馬の覆面真紅なり

樵照つて皀莢虫の食淡し

無蓋貨車大きな虹のかかりけり

尾燈赤く列車旱の町を出づ

草原の雨来る速さ捕虫網

噴煙の迷ひなき日や鷹渡る

秋風や並の器量の赤ん坊

蘡薁やわが耳遠くなりたるか

小豆選る時折道に眼を遣りて

薄幸は少女の誇煖炉燃ゆ

梟の見張れる闇を吾も見る

雪降るや老母は金を欲しがりぬ

五日はやあたたかさうな桑の瘤

ひと部屋に電球ひとつ霙降る

休めある雪沓なりし試し履く

熊笹の氷柱さやげり火山麓

工夫ありただの菜飯と思ひしに

巣籠や夜ごと夜ごとの箒星

種蒔の段取をつけ死者に侍す

老人の杖の早しよ山ざくら

日蝕に進む音なし蝶の昼

あぶらげはあぶらげ色や春祭

巣の鴉精養軒を窺へる

地に落ちし花は踏まれて植木市

教会の雀の担桶に覚えあり

夏沸瘡や不便な町に育ちしよ
屋根裏の鏡あそびや椎の花
辣韮干す葬の手順教へつつ
呼水を注ぐポンプや避暑の家
鹿の子佇つ見らるることをたのしげに
結局は逸れし夕立や牛の貌
火の山を祝ぎて昂り踊唄

わが顔の左右に耳ある霜夜かな

灯に映ゆる女の頸や夷講

暖房車しばらく船の見えにけり

神馬　平成十年――十二年

舞ふ鳶の奇数はたのし鍬始

滑子汁ゐなかの顔となりしわれ

かはらけは火入れ待ちをり冬の蝶

牛小舎に無用の鏡黄沙降る

いつも霧町に粽の出るころは

青あらしまさかの貝に中りけり

かくべつの匂ひはあらず蛇の衣

豆飯やからだ粗末に使ひ来し

板の間に直に坐るや青葉木菟

晩涼や奏者を待てる椅子二千

徒蔓にしたたか打たれ月の客

良夜なり転害門まで早歩き

秋風や電子辞書より鳥のこゑ

頭からつぽ月見団子の十五六

無月なり母を隈なく洗ひけり

山羊の仔のごつごつ頭神渡

木枯や寺の猫の仔みな真白

湯豆腐やときをり疼くものもらひ

たつぷりと歩きし靴や鶺鴒

冬凪や馬に施す安楽死

二月礼者たちまち猫に好かれける

捧げ来て一人がひとつ流し雛

一頭となりし神馬や水草生ふ

蒲公英や煩はしきは死の手順

病人の金あづかりぬ桃の花

苗障子引けばあつさり外れけり

看取居の筍飯となりにけり

頬白や根つこばかりの桑畑

何となく本屋に居りぬ小判草

雲海や現世の髪の逆立てる

河骨や泣く寸前の顔容

神よりも仏なつかし衣被

ひと沢に三つの字や鹿鳴けり

草雲雀山の西側しか知らず

胡桃干す夫の往診日和かな

負真綿して正体のなかりけり

田の畔に並ぶ雀や寒復習

朝東風や黒斑つばらに羊の仔

山火見ゆ母に正気の刹那あり

頰白の塀の外にもゐるらしき

霾や黒天鵞絨の乗馬帽

馬の仔にはや銘々の飼葉桶

水張りて桶芳しや牧開

野遊や七十の吾度し難し

春禽や祭の布令を畦づたひ

熊笹の芽のつついつついと陽気なり

喪の畳緑の蜘蛛を歩ましむ

萍や多め多めの喪の炊ぎ

降り出しの明るき森や蛇の衣

身を飾るもの外したる夏炉かな

筒鳥や照るも曇るも山は急

地の窪にたまる空気や虫送

海上の船は動かず夕焚火

しぐるるや燐寸待たるる絵蠟燭

雪降り積む小林一茶略年譜

わが前に来て坐りけり狩の犬

梟や寝て読むための本とりどり

愛しきやし三畳の間の餅筵

切干によき思ひ出のなかりけり

冬林檎割りぬ二つにそれぞれ香

佐久の貌

平成十三年――十五年

風花の海にふれなば魚のゆめ

鶴の前真赤な服を着てゐたり

玄関の石油くさしよ福寿草

大寒や膝をくづさず童女坐す

納豆の経木めでたし霾晦

春昼の抱きし兎の背骨かな

小綬鶏や偶にさづかる佳きめざめ

毛を刈りしばかりの羊呆とゐる

霾や島に羊の匂ひして

電柱と電柱の距離蝶生る

まつさをな風のものなり小かまきり

おもひきや引きたる草にかぶれたる

いかやうにしても横向く浮いてこい

日盛や泡吹虫は泡の中

繰延べて蠅取リボン左手右手

ほととぎす屋根裏をわが砦とす

八ヶ岳見えねば雨やほととぎす

毛虫焼くときの帽子ときめてあり

減りにけり信濃太郎の名の虫も

ゆつくりとかはるからだや吾亦紅

ものひとつ一つの重み鰯雲

踝へ二百二十日の小灰蝶

ばらばらに来て八人や夜学の灯

秋風やくろき色ひき黒揚羽

爽やかにマネキンの手を外しけり

朝靄のわつと晴れたり落葉籠

三匹の兎飼ひをり御講凪

雪晴やわれとどまれば音絶ゆる

梟の老いて敵意の目蓋持つ

二度三度撫でて寝釈迦の土不踏

毛物等に現の山火立ちにけり

太陽に満ち欠けはなし蛙の子

コード黒く大涅槃図のうしろより

日のさしてかはる空気や紋黄蝶
白鳥に引くよろこびのありにけり
寝るための豆電球や初蛙
土芳しふぐり具へし猫の仔に
つちふるや鳴かぬ兎を愛ほしむ
翌檜へ尾長の出入暮おそし
命あるものを封じて花氷

帆柱の直立父の日なりけり
切出の鞘三角や避暑の家
草原に生れなほしてんと虫
萍や捨てず読まざる学会誌
革布団要心深き音立つる
嶺いまだ明けず大きな夏炉かな
楽焼の仕上るまでの竹牀几

くさびらも胞子とばさむ月夜なり

かりそめに蓑虫を飼ふ燐寸箱

きちきちの滞空時間いい加減

立眠る馬の鼻面秋の蜂

焼栗の匂ひが橋の途中から

落葉して楽になりたりくるみの木

炉火赤し女が女ほめてをり

猪一頭物体として吊しあり

雪晴や研ぎて小さくなりし鉈

涅槃図の四すみとめたる画鋲かな

苗木売ねむさうな子を連れてをり

あたたかや串に団子の四つづつ

芝焼の端を通してもらひけり

春禽や生れしばかりの谷の水

連翹や死んでしまひし彼の研屋

川蜘蛛の走れる水面ごはごはと

図書室に居る饑さや橡の花

好きな服着れば雨降る牡丹かな

夏神楽水中の茎曲り見ゆ

水蜘蛛をつつくや脚の約まりぬ

司祭館雨の夏炉のしづかかな

亀の子の一本の紐ひきずれる

喜雨休金糸雀の胸るるるると

氷室から出て来しひととぶつかりぬ

凌霄や患者診ぬ日も着る白衣

鳴くことを学びそびれし蚯蚓なり

東に赤き星あり女郎蜘蛛

小灰蝶あれちのぎくに生れしや

夜長なりあとは男に任せけり

退路なし芋虫ひつくり返りをり

十六夜や大きな家に父母のこゑ

杉の実やのぼるほど山晴れて来し

火の山に初雪降れり軍鶏料理

風花や田舎の色の油揚

白菜も二男一女も佐久の貌

あとがき

本書は『楪』につづく私の第二句集です。句集名『小諸の空』は藤田湘子先生がつけて下さいました。私の住む小諸は海抜七百米近い高原の町。南に蓼科山、八ヶ岳を望み、北に浅間の連山が間近く聳えます。ここの空には邃さがあります。透明さがあります。よい題名をありがとうございました。

『楪』以後の十五年は鍛えられ、育まれ、私にとって極めて充実した期間だったと申せましょう。あらためて鷹という大きな翼に抱かれている幸せを思います。

本書を編むにあたり藤田湘子先生には再選の労をおかけしました。心から御礼申し上げます。また出版に際しましては、角川文化振興財団の中西千明氏、天神木明子氏に大変おせわになりましたことを感謝致します。

平成十六年　初秋　　夫八十歳の日に

市　川　　葉

第三句集　春の家

【第三句集　春の家　解題】

平成二十三（二千十一）年六月三十日、角川マーケティング（東京都港区虎ノ門二 - 二 - 五　共同通信会館四階）より発行。四六判、上製布表紙、貼函入り、帯付きで、著者の師である藤田湘子の死後「鷹」を継承主宰している小川軽舟が栞文四ページを執筆（次ページより掲載）している。帯の表はこの栞文からの部分引用であった。また、帯の裏に「自選十五句」を掲載。〈大泣きの子の出で来たる春の家〉〈ヒヤシンス死者に時間のたつぷりと〉〈見れば欲し貝風鈴も孫の手も〉〈日盛やちひさな駅にひとを待つ〉〈夏掛や逢はねばひとに忘らるる〉〈剥製の鹿の渇きや避暑家族〉〈夕蟬や軀の芯のなまぬるし〉〈茄子食べていのちしづかに減りゆくか〉〈病人の髭を剃りやる良夜かな〉〈夫在らず秋灯の紐長く垂らし〉〈振れば出る缶のドロップ秋の山〉〈雀らに雀の時間雪積めり〉〈凩や銀のフルート筐底に〉〈狩の犬口辺弛びゐたりけり〉〈初電車たひらな川を渡りけり〉である。

一ページ二句組、全百四十九ページ。季節別の編集で全二百五十五句収録。装訂は熊谷博人。印刷・製本所、精興社。定価本体二千八百円プラス税（刊行当時の消費税は五パーセント）。書籍コードはISBN978 - 4 - 04 - 731846 - 5である。

住所は現在の表記である小諸市市町に変わった。この時期、平成十七年に第六回現代俳句協会年度作品賞を受賞、「鷹」月光集同人に推挙されている。

雀の時間（栞文）

小川軽舟

自然に暮らす雀の寿命はだいたい二年から三年くらいだという。たとえば鮎のように、ちょうど一年で一生を終える生きものの場合は、季節のめぐりは一生に一度きりだ、雀はそれよりもう少し長生きなのである。二年から三年くらい。来年も桜を見ることができるかもしれないし、もう見ることはできないかもしれない。期待と不安が入りまじったような時間を生きているのだ。人間のように平均八十年も生きると、そういう切実さになかなか気づかない。

　雀らに雀の時間雪積めり

しぶとい癌と付き合いながら葉さんは今「雀の時間」に親しみを感じているのだ。私はひとり勝手にそんな想像をしてみる。

降り積もった雪を跳ねとばして餌をさがす雀たちは、満開の梢で花を散りこぼす麗しい春の日を迎えることができるのだろうか。それがわからないからこそ、今ここで迎える時間がいとおしい。

もっとも、雀の頭は過去を思い出すことも未来を予想することも知らない。あるのは過去にも未来にも影響されない現在だけだ。

いちにちの今を生きをり雀の子

雀は現在だけしかない健やかさを生きている。葉さんはたぶん、その健やかさをわが身に欲しているのだ。

葉さんの描く生きものたちのどこか滑稽でもの悲しく、そして何んと健気なこと。葉さんは生きものたちの健やかな現在を書きとめることによって、自分自身のための健やかな現在を得る。

靇るや駱駝まるごとらくだ色

からまつも雨もまつすぐ鴉の子

軽鳧の子のみんな同じでみなちがふ

芋虫の大きな頭浅間噴く

山羊の眼は顔の天辺黍嵐

鳴き惜しみつつ蜩の止みにけり

小灰蝶萩の日向を好むらし

狩の犬口辺弛びゐたりけり

人間だって子どもとなれば大差はない。

大泣きの子の出で来たる春の家

悲しいから、悔しいから、大泣きの子はただ泣きたくて泣くだけだ。私たち誰にでも、かつてこのような健やかな現在があった。

これと対極にあるのが、死者の世界を支配する永遠の時間である。

ヒヤシンス死者に時間のたつぷりと

とりわけ伴侶を彼岸に送ってからは、自分の今いる世界の時間と向こう側の時間との決定的な違いにしばしば愕かされるのである。

林檎咲く生前の景死後の景

生死のはざまにをりぬ洗ひ飯

膝掛と遺品となしりフルートと

二つの時間はけっしてまじわることはない。ただ、いつか行く向こう側がだんだん近くに感じられるのは仕方ない。

癌をなだめながら生きるのは心身ともにしんどいことだろう。

雀隠れ時間どんどん減つてゆく

何もかももうすぐをはり桐の花

茄子食べていのちしづかに減りゆくか

葉さんがこんな泣きごとを言っても笑って許そう。そして葉さんとともに健やかな現在を大切に過ごそう。その積み重ねのうえに次の季節が訪れるのを心静かに待とう。

駒返る草や返事を待ちゐたり

私たちが「雀の時間」に気づくようにと葉さんが編んでくれたのがこの句集なのだから。

春

雀隠れ時間どんどん減つてゆく

冴返る極彩色の腑分絵図

涅槃雪小さな島に目覚めたる

さまざまな音の中なる雪解かな

二人して担ふ岩塩匿出

厩出や風に転がる洗面器

物の芽のよろづ出揃ひ牧に牛

嗄声のをとこ先立て羊刈る

毛を刈りし羊の顔のどれがどれ

駒返る草や返事を待ちゐたり

薄氷に根のやうな隙《ひま》ありにけり

春愁のひと睡らせし注射かな

病棟に漾ふ酢の香春立ちぬ

囀や当直明けの口漱ぐ

いちにちの今を生きをり雀の子

川靄の動くは獺の祭らし

階段の上に猫居り涅槃寺

ひまひまに眠りの国へ君子蘭

春寒や辞書をひらけば紙の音

野阜も納所坊主も寧楽の春

朧夜や石油の匂ひして男

黄沙降る下着のやうな君の服

挿《か》頭《ざ》しゐる彼岸桜のまだ莟

霾や駱駝まるごとらくだ色

大泣きの子の出で来たる春の家

あたたかやメトロノームの螺子巻いて

花を惜しむ暇あらむか猫の耳

さらさらと食卓塩やさくら時

春宵の赤玉ポートワインかな

振つて切る束子の水や春祭

陽炎や脚ふんばつて立つひよこ

形なきものにぶつかりしやぼん玉

吹く風にポップコーンと雀の子

浮草のはぐくむ気泡仏生会
事八日電燈の笠ゆれてをり
次の世は闇か光か二日灸
松脂を絃にひきをり春灯
春宵や名刺残せる女客
蝶生れよゆふべのひかり失せぬうち
春月やくるみの家に育ちしよ

古巣あり巣組鴉は別にをり

春陰や魚の契りの短かり

堅香子の花や昨日の風が吹く

鬱金香いろんな音の弾けさう

海苔篊を遠見や湾の綺羅なせる

瑞巌寺門前蜆汁熱し

薄けれど全からねど桜貝

誰彼や細螺に赤と黄と緑

せんべいに旧知のごとし桜蝦

苗障子陽気な音の満ちてをり

噴煙は雲と和めり木の実植う

春なれや猫の足裏の肉球も

雲梯に兄の声あり入学す

頬白の頬りしんじつ一人なり

芽吹山かはりばんこに誰かゐず

薄暮なりをとこひとりが芝を焼く

菜の花やまさかの時の痛み止め

図書館の横の日だまり苗木売

林檎咲く生前の景死後の景

山独活を束ねし縄のややゆるし

絶食の三日はくれんひらきけり

たんぽぽの絮ことごとく次の世へ
手もて割くレタス山容かくれなし
ヒヤシンス死者に時間のたつぷりと

夏

見れば欲し貝風鈴も孫の手も

風わたる牧の草地のてんと虫

草原に雲湧き蟻の顎強し

地祭を終へたる茅花流しかな

雀いろどき柏餅なら味噌餡を

筍に西国の土つきてをり

はんざきの卵見に来し鬼無里村

五風十雨即ち燕孵りたる

からまつも雨もまつすぐ鴉の子

晴るるべし刻みキャベツを大盛りに

薔薇園にをり約束の時間まで

菖蒲引く東にわが活火山

散薬に噎せ六月の来りけり

梅雨蜩おそろしきほど山近し

梅雨の子が時間駆抜け行ったきり

むんむんと雨あがりたる杏かな

夕方のいつとき晴や落し文

蕗畑に屈めば現世消えにけり

青あらし後向いては先見えず

石榴咲き仮想恋人より書信

大瑠璃のあまりに近し肩冷ゆる

ずぶぬれの百草摘や谷ふかし

いまにして愛や金魚の泡つぎつぎ

船虫の散るよどこまで本心か

天界の騒立ちゐたりハンモック

軽鳧の子のみんな同じでみなちがふ

白絣山河は雨を欲りゐたる

風死すやしきりに猫の毛づくろひ

朝曇雀賑はふ檐ほしや

緑蔭に入りたり声の裏返る

乾パンの仄かに甘し御来迎

太陽に沈め沈めと行々子

青胡桃小学校の窓ひろびろ

曇天や白髪太夫の口動く

青鷺の嘴を上げたる煙雨かな

硫黄の香しみたる登山帽なりし

何もかももうすぐをはり桐の花

金糸雀の連鳴くカットグラスかな

夏霧にやはらかき舌ありにけり

椎咲くや馬の鼻筋通りたる

日盛やちひさな駅にひとを待つ

絵扇を閉づるや奥に誰かゐる

ゐないゐないばあ夾竹桃に触るるなよ

とうとうと鶏を呼びをり立葵

香水や誰の所為でもなき無聊

凌霄の花散る無間地獄かな

働きしあとの手足を簟

白牡丹一花ナイチンゲールの日

薄荷飴四万六千日も雨

蟬の穴火山鳴動つづきをり

短夜や頰叩かれて覚醒す

I・C・U水色の金魚呟く

夏掛や逢はねばひとに忘らるる

五階まで届く樹のなき西日かな

ほととぎす眠りは明日を齎すや

枕頭に薬あれこれ明易し

生死のはざまにをりぬ洗ひ飯

ことば下さい夕虹の消えぬうち

妄想にはちきれさうな蕃茄かな

すずかけの二階涼しき硯かな

飯饐ゆる真赤な花が咲いてゐる

剝製の鹿の渇きや避暑家族

口笛を吹くなら沙羅の散らぬうち

火取虫特急列車通過待

夕立の前の閑かさ夫臥る

夕涼や筬を先立て糸走る

望遠鏡夜涼の椅子をまはしけり

夕蟬や軀の芯のなまぬるし

秋

秋が来ますよこんばんはこんばんは
爽涼の帯に挟める切符かな
芋虫の大きな頭浅間噴く
露けさに男の下駄を借りにけり
吾亦紅火山灰降る音を聞きに出づ

きちきちの強き翅音や米どころ

秋風や版木に墨の色淡し

玄室の王女も醒めむ初嵐

蜉蝣は壁に燐寸は棚の上

夜長なり金魚のやうな嫁とをり

笹原に風の立ちたる帰燕かな

水を欲る夫よ葉月は大の月

すひのみに色無き風の吹く日かな

モニターの刻む心拍夜の長し

吾亦紅医師は言葉に臆病に

空中に漾ふ雨気や鳥兜

山羊の眼は顔の天辺黍嵐

怒らざる神は偽者麝香草

赤とんぼそつちの帽子ぬくといか

露けしや何を匿せる青シート

秋灯おのれに丸をつけてやる

地虫鳴くくすり任せの夢の中

放射線域秋風を鎖す幾重にも

茄子食べていのちしづかに減りゆくか

帰らずにゐて欲しここだ泡立草

生身魂有平糖のべたべたす

雨の香ののこる小路や地蔵盆

素つ気なき病人食や夜の長し

二百十日背中に熱き蒸しタオル

病人の髭を剃りやる良夜かな

月の座にありB4の茶封筒

水槽にグッピー増ゆる月夜かな

月光や藪になるべく竹林

十六夜や吾動かねば音あらず

霧深し動かぬ牛に牧童に

鳴き惜しみつつ蜩の止みにけり

道のべのすすきかるかや眠たいぞ

草原へ二筋道や十三夜

建ちかけの家の柱や天の川

露ちるや兎の耳のあたたかに

もつ鍋をつつき葉月も終らむか

禽獣は明日を惑はず秋高し

熱気球発つ蜻蛉の野なりけり

コロッケの移動販売秋晴るる

秋風や食卓塩の青き蓋

小灰蝶萩の日向を好むらし

さみしいぞ不意に蝗のとび立つは

馬銜外し花野の馬となりにけり

秋草の丈やわらべのみそかごと

仰臥して時間大尽草の絮

からまつの空ぎざぎざや牧閉す

永訣や絮を尽せる柳蘭

きゆと嵌むる小芥子の首や山粧ふ

夫在らず秋灯の紐長く垂らし

色変へぬ松や尾長のひと騒ぎ

猫に膝貸して文化の日なりけり

螻蛄鳴くや安全ピンの発条つよし

米磨ぐやかかりがね寒き朝なり

振ればば出る缶のドロップ秋の山

冬

空缶にたかりし蜂や御講凪

カルテ書くのみの独逸語日短か

鶏の思はぬ遠出初氷

香具師たちの仕舞すばやし冬の鵙

冬三つ星むささびどもは穴に醒め

むささびの飛ぶか飛ばぬか夜明けの木
初雪が根雪や牛の爪を切る
ライダーの迷彩服や冬日濃し
いちはやく顔の冷ゆるよ朴落葉
なるやうになる枯菊も寄る蜂も
夜よりも昼のさみしさ落葉松散る
落葉松散る秒針の音充満す

落葉踏み誰か近付く誰でもよし

木の葉舞ふ貧しきことば追ひをれば

蒟蒻のうまし木の葉の降る夜は

ざんぼあを置きたる闇の幸福に

くりまはし使ふ食器や神迎

椿象のひつくり返る夜寒かな

子を捕ろか寒林に日の淀みなし

まんなかを汝の席とす冬林檎
鋸の目立や冬菜干してある
無名よし日向ぼこりの男の背
着ぶくれて魂かへるところなし
雀らに雀の時間雪積めり
木の影の雪に鋭し数へ歌
タクシーもふくら雀もみんな閑

湯葉うまき霜降月の来りけり

雪降れり劇中劇の中も雪

きつつきの穿ちし幹や雪降り積む

十頭の輓馬の臀や冬茜

蜿蜒と点滴チューブ霜の花

冬麗や立てしまままなる譜面台

凩や銀のフルート筐底に

冬帝に仕へフルート吹きゐるや

呼びゐるは夫かもしれず日の障子

膝掛と遺品となりしフルートと

片敷ける衣のかろしよ虎落笛

山鳴の一夜明けたり狩の犬

インスタントコーヒー熱し狩の宿

シリウスや耳皷てて狩の犬

狩の犬口辺弛びゐたりけり

煎餅を割る大いなる凍来る

パソコンの文字に情なし冬ざるる

胸中を癌の子の飛ぶ霜夜かな

起きあがりこぼし狐火点りたる

霙降る豆電球は点けておく

湯婆に見つ合格の金印

あぶらげを焙りてをれば霙かな

氷晶のきらめく旦きたりけり

上天気鼻風邪の子よ蹤き来るな

手袋や東京駅に棲むこだま

雪女粗朶ことごとく燠となる

流木を寄辺の虫や年惜しむ

劣情のありや日向の雪達磨

去年今年ぐらと厨の貝動く

柱から柱のあはひ餅筵

ふくみたる水に水の香初昔

初泣きの子のあやされて又泣ける

初東風やまじめすぎるよ鷗の目

枕辺に寄り来るものと稲積める

繭ごもるごと過ぎにけり松七日

初電車たひらな川を渡りけり

木のすだま草のすだまや咳こんこん

銀の日輪鶏の乳み初む

あとがき

小学生だった次男が、小さな天体望遠鏡で土星を見せてくれたことがある。刃のようにもみえる澄みきった輪をやや斜に廻らしてその星はあった。なんという孤独さ、なんという健気さ美しさ。そのときの感激はいまもって鮮やかだ。

拡散しつつある宇宙の、無数の銀河系の中の一つのわが銀河系。その辺縁の太陽系の中心の太陽をまわる六番目の惑星が土星。理屈の上では多少わかっているつもりでも、その壮大さは想像の域をこえている。

土星の一年は、わが地球の二九年一六七日だという。そうすれば人の一生は土星の三年にも満たない。蜉蝣の一生も、ミトコンドリアのいのちも違う次元のものとして納得出来るというものだ。

わが家にはかつて六人がくらしていた。子供たちが次々と独立し、義母も夫も世を去り、猫三匹と私だけの日常がのこされた。

土星の三年も終ろうとしているいま、句集を甚だ未熟ながらまとめようと思いたった。忸怩たるものがあるが、時間は待ってくれない。

栞をお書きいただくことを快諾して下さった小川軽舟「鷹」主宰、出版の後押しをいただいた「俳句研究」の石井隆司様、そして心やさしいたくさんの仲間たちに、この場をお借りして心から感謝申し上げる。
最後に、三年前に逝ってしまった夫皖章（楽人）にも。

かすかなる囀に目をさまさるる　楽人

平成二十三年　初夏

市川葉

第四句集　一炊の夢

【第四句集　一炊の夢　解題】

平成二十八年一月二十日発行の本書『市川葉俳句集成』のために纏められた第四句集である。

「鷹」平成二十三年二月号より平成二十八年一月号掲載の秋の句まで、ほぼ五年間、全二百八十六句を収める。

この句集のための「あとがき」はなく、本書全体の「あとがき」を四百二十六頁に録した。

花菜和

平成二十三年

彼のひとのための石榴を盗られたる

秋のくれ塗箸売の若狭より

めつむれば現世まだあり菊膾

浦日和背中の懐炉熱し熱し

おうおうと夫の呼び声雪しんしん

採血の針の切つ先年惜しむ

寒紅や癌とおのれの根くらべ

若鷹の上昇気流捉へたり

淡雪や檜扇貝の愛媛より

ふはふはの真綿如月すぎやすし

蒲公英や明日のために飲む薬

暖かなひと日なりしよ花菜和

春の雲行く珈琲はカプチーノ

コックスの少年叫ぶ蘆の角

鷹鳩と化すや落ちたるブレーカー

少年の透くる耳朶畦火立つ

猫とゐる桜かくしのいちにちは

桜蘂降るはやばやと通夜の客

アネモネや少し太れば母に似て

薬臭の纏ひつきたる春の闇

かたかごやゆつくり冷えてゆくからだ

待つてください頰白が来てゐます

脛長き子に育ちけり春の山

鍵盤を拭けば音立つ暮春かな

切株の淋し大山蟻もまた

ハンカチの花や放課後長すぎる

卯の花や雨だれ小僧ぽつんぽつん

おほにぢゆうやほしてんたう雨降り来

蛍袋ときどき風を吐くらしき

ひとつ寝ればひとつ賢く紅の花

雨音のいつしか本気茄子の花

花石榴夢に未来は現れず

ことば発すなはんざきが動きさう

夏川に黒き飯盒浸しけり

鞦草歩けなくなるところまで

縷紅草鶏の瞬き素早しよ

豹柄の服のをばさん日の盛

枝豆のしたり顔など気に入らず

饗しの焙じ茶熱し法師蟬

月光やくすりに託すわがあした

こほろぎに嘆き憑かるる暇なし

おかま蟋蟀ぱたりぱたりと夜を託つ

まんじゅさげ声が掠れてしまひたる

山鳩も白樺もまた霧のもの

菊黄花あり若者の頰緊る

指揮棒の尖の象牙も雁のころ

郭公　平成二十四年

好きなもの帽子秋晴れ象の耳

もう誰も来ないきつねのかみそりよ

くさびらや明るく過ぎし山の雨

マウンテンバイク一団霧無尽

呼ぶ声も応ふる声も霧の中

霧を来しをんなに霧のかをりふと

採血に委ぬる腕寒し寒し

綿虫の日向や永久に夫不在

板書せり大きく十二月八日

飾売鼻を火照らせ居たりけり

白猫の庭をよぎれる湯ざめかな

火の端やふぐり豊かに狩の犬

次の世に何を託さむ冬木の芽

短日やほどよく煮えて鶉豆

寒さうに空晴れてゐる作務衣かな

みどりごは遠出さする鵜鶘

診察を待つわたくしは雪女

いまだ知らずマスクの下の医師の貌

脆き爪愛しみをればたびら雪

眉を描くのみの化粧や梅見月
半跏思惟解かぬ菩薩や冴返る
喜見城から木履の鈴の音
アネモネや廊下散歩の車椅子
貰ふならゴム風船は赤がよし
ちかごろの医書は難解霾れり
もぐら道水仙の芽を迂回せる

蜷の道だうだうめぐりして居ぬか
蓬生や風のかたまりつぎつぎに
雨降れば雨にかまけむ蕗の薹
残雪やポニーに被せて赤ケット
少しづつくづす貯へ蝌蚪の紐
ドアは手で開けて下さい山ざくら
家毎に鯉飼ふくらし山ざくら

さくら咲く多分あしたも家にゐる

嫁といふ愉しきひとと野蒜摘む

夕長し芥燻る一斗缶

水神を祀る囀酣に

麦秋や死んでしまふと泣くわたし

草蜉蝣ピーターパンを連れに来る

郭公にすこやかな朝貫ひたる

まつさをな木霊かへるよ閑古鳥

濁声の鴉に茅花流しかな

松材線虫《まつのざいせんちゆう》梅雨の兆しけり

刈草のかをる高原学舎かな

繭ごもる少女に藜長けにけり

野茨や老ゆることなき死者のこゑ

ひろびろと天井ありぬ昼寝覚

脂つこき馬の鼻面日の盛

馬虻のひつくり返り死ぬ気なし

刈り伏せし熊笹の香も晩夏なり

唐紅のTシヤツ葉月六日なり

草原に翳なかりけり鬼やんま

藪虱なんぞいちいち気にするな

線香花火額集めてをはりたる

草噛みてみやまあかねの生れたて

こほろぎが嫌です十時には寝ます

ネオン点滅椋鳥は樹にしづまらず

悉皆屋前の通草の口を開く

奥の間にひとり母ゐる秋日和

かりがねや花屋の水が歩道まで

立葵　平成二十五年

露けしや牛には牛の哺乳瓶

大粒の雨に真楮の芒かな

地の冷の足高蜘蛛に及びしか

からまつは散るに草臥れ切つてゐる

掌の朱欒木星に陸ありやなし

曇硝子の向かうに祖父のゐる炬燵

喚声湧くリンクの氷均す間も

浜焼の胡乱な魚冬ぬくし

四の五のと言ひぼろ市に小半日

要するに猫が襖を開けたのよ

食ふことに費す時間冬銀河

ふくろふやもう歩いては帰られぬ

山眠るあしたゆふべのベルツ水

曲りつつ燠となる榾頑張るか

亡き夫の診療所へも松飾る

福寿草朝の挨拶猫に言ふ

血圧を測られてゐる根雪かな

吸呑に入るるカルピス春よ来よ

春設けて竹一節に酌む地酒

揺り椅子の母は醒めをり牡丹雪

浅春や粥に落して生卵

桃の日や蔵のにほひのなつかしく

啓蟄の給食室の円グラフ

春昼を眠りて減らす現世かな

海苔巻の干瓢旨し入学す

地価下落お玉杓子のどつと生れ

木瓜咲くや軒の雀も嬥歌どき

火星赤し木蓮は明日ひらくべし

菜の花は田舎くさくて摘みたくて

菜の花やうふふうふふと少女たち

うぐひすのしつかり鳴けりひなた山

猫ゐればこそのくらしや春ともし

たんぽぽの絮次の世は康からむ

金雀枝や脛から育つ男の子

山の日はまなこに熱し鬼つつじ

椚咲くや知らない村のなつかしく

まろらかな山を神とし麦青し

菖蒲田にゆふづく水のねつとりと

酢に噎せて四万六千日の宵

登山帽くしやと手にしてこんにちは

馬蹄形磁石砂場の灼けてをり

白地着て大納言とは小豆の名

献血のあとの牛乳油照

手まはしの八ミリ映画夕涼み

盛塩の戸口冷房漏れて来る

まくなぎは殊にわが貌好むらし

帯留のアンモナイトや喜雨休

切口に乳噴くレタス浅間晴

樅の木にもぐる雀や日の盛

要点を言へよ瓜などそこへ置き

夫ほどは呑気に死ねず立葵

大風の来るよとダリア一括り

盆の客帰りしあとの皿小鉢

電柱はうつらうつらと葛に負け

返事下さい曼珠沙華咲きました

爽やかや夫の寝坊につきあへる

灯火親し付箋あまたの書を加へ

火を恋ふや舌に吸ひつくオブラート

鳴るか鳴らぬか荘苑の鹿威

生くることさても面倒藜の実

銀漢やことばの神と共寝せむ

浅蜊汁

平成二十六年

穂芒を光らせ過ぐる狐雨

キャンバスの下塗乾く緋連雀

過去長く未来短し菊枕

お結びに混ぜるかつぶし冬に入る

綿虫や気儘暮しも寂しいぞ

ストールや夜々に近づく箒星

木がらしに連れて行かれし箒星

凩や逆さに立ててマヨネーズ

霜の夜や玉子丼父と食ふ

風花は山の祖父《おほぢ》の吐息かも

点滴の無明長夜や雪降れり

竹ひごを矯めるらふそく雪催

笹叢に入る雨音や除夜詣
読初や美しかりし母の指
吹き冷ます湯や三つ星をわが頭上
手囲ひに灯す蠟燭春を待つ
春立つや使ひまはして鍋ふたつ
うすらひや髭をくはしく猫死せる
蕗味噌に適ふ御飯のかをりかな

田螺など鳴かせやり場のなき孤独

ぬひぐるみ放さぬ母や畦火立つ

早く来い土筆がみんな惚けるよ

知らぬ間に戻つてゐたり春の猫

倒壊のビニールハウス春の闇

春禽や額の仕上に紙鑢

出不精になりたるわれに土匂ふ

新しきワニスの匂ひ春祭

飼ひならすやまひひとつや桜草

高熱に四日籠ればは春蚊出づ

浅蜊掘脛の雀斑をふやしけり

浅蜊汁もう少しだけ頑張るか

霾や首をぐらりと雀死す

花菖蒲村は原野に戻りつつ

広目屋の練りゆく茅花流しかな

馬の背につのる暮色や麦の秋

橡咲くや手足つめたき朝なり

カットグラス海の匂ひのしてゐたり

汗くさき背を慈しみつつ憎む

郭公に呼ばれてももう歩けない

身を反らしおろす背負子や蟬時雨

アイスクリン山晴れて来る近くなる

起上り小法師つつきて涼しかり

お日様と直の挨拶黄萱原

星鴉落石の音一度ならず

獅子独活の花今生は未完なり

五月蠅なす神や仔山羊の頭突き急

ウエファースさくさく短夜をひとり

動脈と静脈は対油照

油団欲し共に坐すひとをらねども

法名は葉心大姉鰻食ぶ

ケント紙を統べるコンパス涼新た

窓ひとつ椅子ひとつ鶺渡るなり

晩菊や気合入れねば明日は来ず

一日がをはる間引菜湯に放ち

リクルートスーツ檸檬の香かな
寄り添ひて睡る羊や十三夜

桃の花

平成二十七年

石雀さん今年も石榴送ります

夜長なり機械の使ふ丁寧語

咳悸へ入る放射線治療室

梟が鳴くよ枕に頬埋めよ

湧き出づる大綿虫に羽音なし

御正忌や汁たつぷりの雁擬

狐雨さうかボーナスまだ出ぬか

子をとろ子とろ枯菊の匂ひ立つ

白白と干大根や通夜の家

出来合の物食ひ年を守りけり

年惜しむ鼈甲飴の鳥の形

破魔弓や玲瓏とわが活火山

舞ふ獅子に雲の逆巻く浅間山

奥の間の赤子起すな嫁が君

雪兎勝手に溶けてしまひたる

狐火の王子は夫が在所なり

野晒の杙一本や寒施行

就職がきまる雪降れもつと降れ

明日は明日電気毛布を強にして

放つといておくれ田螺が呟くぞ

三月の山よわたしは生きてゐる

種牛の広き額や春の山

止り木に孔雀三月過ぎやすし

胸高に紫紺の袴卒業す

後の世はゆつくりと来よ桃の花

陽炎やその二三歩が進めない

春夜なり離れがたきはiPad

二本づつ生えて豇豆の芽のすこやか

虎杖を嚙みて男に恵まれず

頼られず頼らず雀がくれかな

春灯や「続く」と書きてペンを擱く

夜を統ぶ学習塾の春灯

壺焼の焰の向きの定まらず

桜どき試飲のワイン甘たるし

藤咲くや指のつめたき母のゐる

刈草の上を離れず小灰蝶

行く春や封蠟朱き蝮酒

鯛の背に走る虹色夏近し

郭公よもう黒髪に戻れぬか

子の頬にシナモンの香や夏夕

一炊の夢か藻刈の舟すすむ

蟻地獄時間通りに事進む

梅雨冷の弘法麦の穂なりけり

鉾の稚児鼻白粉をかがやかす

生ビールいつも地球のどこかが夜

身欠鰊一世といふもここらまで

夜更しは月下美人のひらくまで

泉古ぶ翅ものを育てつつ

日盛や水に浮く葉と沈む葉と

蟬時雨父を焼きたる日のごとく

花梯梧長靴の踵鳴らし征く

新涼や使ひ惜しみて吉野葛

いとど跳ぶ塗絵などして遊ばむか

蜜蜂のとろりと釣瓶落しかな

ピーマンの信用出来ぬ容なり

枸杞の実やひとに逢ひたく語りたく

けむり茸踏まるるために生れしか

と見かう見大臣《おとど》貌なる稲子麿

穂芒やふり返るたび昏くなる

泡立草沢山咲いて疎まるる

晩菊や絵本の中のちちとはは

一年がたちまちをはる石榴もぐ
明日あるを信ず石榴が口を開く

Ⅱ　散文編

私の晩霞　抄

【私の晩霞　解題】

千九百九十二年（平成四年）十一月十日、株式会社花神社（東京都千代田区猿楽町二‐二‐五興新ビル六〇五）より発行の第一随想集。A５判変形（一四八×一八五ミリ）、上製布表紙、カバー装。

刊行に深く関わった宮坂静生の四ページに渡る栞文（今回の収録に当っては割愛）を挿入している。カバーに晩霞が帯に書いた浜木綿の絵を装画として用いている。

「Ⅰ」の章を「私の晩霞」とし、五十三ページ、「Ⅱ」の章に幼少期の思い出を中心としたエッセイ二十四編を収めて、九十八ページ。あとがきを付し、総ページ百六十七ページであった。印刷は工友会印刷所、製本は松栄堂。定価本体二千二百三十三円プラス税（刊行当時の消費税は三パーセント）。書籍コードはISBN 4‐7062‐1222‐1である。

今回、Ⅰ章の「私の晩霞」全文及び、Ⅱ章に収められているエッセイのうち著者自選による七編を収録した。

私の晩霞

出逢い

丸山健作は慶応三年五月、長野県小県郡祢津村五〇九に父平助、母けんの二男として生まれた。のちの晩霞である。

父は横浜で蚕種貿易商を営んでおり、たまの帰郷の折りには土産として珍しい錦絵などをふところにして来たという。

だだ広い台所の煤けた壁には「すいかに天ぷら」「うなぎとうめぼし」という様な食い合わせの表や、農事暦などと並べて「倫敦の市街絵図」が貼られていた。「丸屋根に馬車」「大橋と帆船」、幼い健作は飽きることなくこの絵図を眺め、未知の世界を夢見た。古いものと新しいものが混沌として豊かに息づいている明治もはじめのころであった。

「健に紙をやっちゃ駄目だ」「健に筆を持たせるな」父はときどき母を叱った。健作にとってあらゆるものが画布であり画材であった。描く紙がなければ障子でも襖でもよかった。筆をとり上げられると、今度は釘を持ち出して壁に描いた。手当り次第眼にうつるものすべてを、叱られでもしない限り一日中写しとって飽きるということを知らなかった。好きだったから上手だった。

祢津の健さんと言えばあの変り者かと近在で知らぬ人はなかったという。

かんしゃく持ちの少しひよわな子供だったが、知恵はたっぷりとあった。小学校は優等生で長野県知事の賞扇を貰ったという。

絵描きになりたいという少年健作の夢はなかなか実現しそうもなかった。旧弊な田舎のことである。音楽を志すことと同じように、絵描きになるということはまともな生き方とは思われていなかった。乞食絵師になるくらいなら家を出て行けと言われ一時勘当されたこともあったという。土に腰をすえ、物の種を蒔き育てる農業こそがまっとうな暮らしであり、それをそれるものは人生の落伍者であった。

昨日までのぐずついていた天気が、今日は信じられない様な晴天。平地よりは少し遅い夏もいまがはじめ。谷にせり出した樺の木も、今歩いて来た落葉松の林もまぶしい浅緑だ。健作は利根川に沿い道をのぼっていた。家業の蚕種商の手伝いで上州沼田へ出向いての帰り道であった。絵を描いて遊び暮らすほどの余裕は、二男坊の健作にはなかった。いやいやながらの仕事ではあったが、方々へ出向くということは、みちみち写生をする楽しみもあり、本当の目的はむしろその方であった。

今迄に一時手を染めていた南画は、それなりに上達し、ひとに賞められる位の腕前にはなっていた。屏風を描いてくれ、襖を描いてくれ、親類にお祝にやるので軸物を、などという依頼もうけてはいたが、どういうものか自分の画風にいまひとつ納得出来ぬ思いでいた。油絵にも手を染めた。しかし思いは同じだった。方向を見出し得ないあせりは日毎つのっていった。健作の熱しやすくさめやすい気質のせいとする人もいたが、それは的をえていないと思う。

草鞋もそろそろ替えなければならないし、脚絆もゆるんで来た。

木陰を作っている路ばたの楢の根もとに腰をおろし、支度を整え直す。ついでに写生帳をひろげる。こうなるともう時間はとまる。

どの位経ったろうか。

日ざしは気がつくとすっかり移ってしまっていた。これはいけない。立ち上がると、ずっと先の方の林の切れたあたりの崖の上に一人の青年が見えた。一体いつごろから居たのだろうか。健作よりは少し若いらしい。そして彼も絵を描いているようだつた。この山中に、自分と同じとき、同じように絵筆を動かしている奴がいる。不思議な感動がわいて来た。「一体どんな」半ば好奇心も手伝って健作は急坂をかけ上った。

風采の上らぬ青年だった。ひとに見られるということも一向に気にせず熱心に絵筆を動かしていた。描くことに夢中になっていたため、ひとが来たのに気がつかなかったのだといった方が当っているかもしれない。

近づき、覗き込んだ健作の体の中を電撃のようなものが走った。

今まで自分が見たこともない写実的な精緻な絵がそこにあった。

陽光は明るくさんさんと降りそそぎ、水は光りあって絵の中にあった。木は根もとから梢まで余すところなくすっかり画布に写しとられ、息づいていた。花の蘂一本一本ゆるがせにはしていなかった。あるがままの自然があるがままにあった。色彩は鮮やかに溢れ、よろこびと歌があった。完璧な水彩画がそこにあった。

これが自分のひたすら求めていた方向だ。健作は直感し大声で呼び掛けた。

「すばらしい。実にすばらしい。上手いですねえ。私も絵を描いているものですが教えて下さい。いっしょに描かせて下さい」

青年はまぶしそうな眼で見返し、にっこりとした。

丸山健作と吉田博との出合いであった。

健作、のちの晩霞の水彩画はここに始まったと言ってもいい。明治二十八年、健作二十九歳の初夏であった。鉛筆素描又は淡彩としての貴重な作品群は、当時とその直後のものとされている。

「絵を描きたいから描く。売れても売れなくてもよい、納得するまでは筆を休めない」という芸術家としては最も倖せな時期が、この後しばらくつづく。

小諸義塾での三宅克己との交友によってその画風に第二の転機が来たのが、此の四、五年後のことであった。

結婚のこと

小諸は名だたる坂の町だ。

浅間の山腹からゆるやかに伸びた斜面が、千曲川になだれ落ちる近くのところにしがみついている町といってもいい。

その中でも最も急な坂は、市町、新町あたりだろうか。ここの急な曲りのところでは、毎年何人かの人が、冬には転んで手や足の骨を折る。凍てのきびしい土地がらであるから今もかわらない。

その新町の入り口に相原助九郎の家があった。北国街道沿いの家の常として比較的狭い間口で奥はひろびろと土間でつながり、裏の畑へと抜けていた。

小諸義塾の図画教師として近くの小県郡祢津村から通っていた丸山健作に、この相原助九郎が襖絵を描くことをたのんだのだった。当主助九郎と、四人の妹のみのこの家は、小諸義塾の塾生として子供を出していなかったから、人伝てに健作の絵のことを聞いていたのだと思う。

想がきまると健作の筆は速い。それでも一部屋の襖絵である。何日か義塾の教師としての仕事のかたわら通う日がつづいた。

助九郎の四人の妹のうちいちばん上はすでに嫁いで居り、二番目のくに江が家事をとりしきっていた。いろいろと気のつくおとなしい娘であり、健作の身のまわりのことも何かと世話をしてくれる。筆洗はいつのまにか浄められ、ころあいを見計らっての茶菓のもてなしもそつがない。

小さな町でも新町は士族の町。新町小町と言われていた美しいくに江には凛とした気品があった。このひとを描いてみたい。健作はたのみこんで恥かしがるくに江をモデルによてない[註]人物画を描いて時をかせいだ。いつの間にかこのくに江が好きになっていたのだ。

前髪のひととところにくせがあり、丸まげに結いあげたとき、そこがどうしても段になる。ほかのところは多すぎるほどの素直な黒髪なのに。人前に出るとそこが気になるらしく、ときどき前髪に手が行ってしまう。そのしぐさが妙に愛らしかった。

襖絵があと数日で仕上るというとき、健作の心は決まった。「どうしても此のくに江を嫁にする」しかし、これは理不尽なことだった。くに江は上田の呉服商に嫁ぐことがすでに決まっており、酒まで入っていたのだから。

健作は押しに押す。

母や兄まで動かして相原家へ行かせる。連日のように自分も通う。

結婚は家と家との約束で決められ、当人同士の意向などは一切無関係な時代の健作の行動はひとの眼にも異様にうつったと思う。

くに江も此の若い才能を好もしく思い、此の人とならたとえ貧乏でもいいという気持を持ちはじめていた。

遂に健作はくに江を妻とした。

不義理をしてしまった上田の呉服商とはどこかということも、今となっては調べようがない。

この結婚はくに江にとって幸せだったのだろうか。表へ出ることをしない性格のくに江は健作に尽すことに徹した。それこそ、身を粉にして働いたものだ。翌年の十月に渡米した健作の留守の間に長子節《みさを》を産んだことでもわかる。明治三十二年の洋行は今の宇宙旅行のようなものだ。資金つくりの一助にと賃仕事に精出し、極寒の一月に夫の居ない信州でひとりで赤子を産むということも今では考えられない。くに江の苦難の歴史がはじまった。

いま私の手もとに銅版画のような一枚の写真がある。中川八郎、満谷国四郎、河合新藏、鹿子木孟郎、吉田博らといっしょに健作も写っている。渡米したボストンでの絵の展示即売会の折のものらしい。左端の健作は、羽織の腕を後にまわし、右頰を向けて、吉田の手にしている画板に見入っているようなポーズをとっている。その横顔が、私にそっくりであるということに不思議さを禁じえない。

註　よてない＝得意でない

くに江

晩霞の長女すみれは、兄の節《みさを》と三つちがいだった。

美しくておとなしい母くに江に似ればよいものを、すみれは色浅黒く、気ばかりつよい娘で、背丈まで父に似て小づくりである。

女の子は、父親に似るのが幸せ、となぐさめ顔にまわりの人は言うが、これは本当だろうか。後年すみれの娘として生まれた私は、母に似ていると言われて育った。これは不幸なことかもしれないのだ。

やさしいおもざしの兄を見るたびにすみれは、うらやましくなる。朝夕、小さな手でぬか袋をつかみ、しっかりと顔を洗ってみても、色黒は相変らずであまり効きめはない。

真っ黒な、つやつやとした、多すぎるほどの髪の毛を持っていて、それが母ゆずりのものだということにはまだ気付いていていない。

晩霞は絵のことになると、まるで幼児のようで、思いつくと、待つということが出来ない。何日もふらりと家をあけてしまい、前ぶれもなく帰って来るときは、うすよごれてしまった男たちを何人もどやどやと連れて来る。みんな絵描き仲間で、写生旅行のかえりだ。

「飯だ」と言われ、「酒だ、肴だ」と言われても、すぐに間に合う道理はない。戸棚のすみに、身欠鰊とか、干鱈とか、そんなものがあればいい方だ。ぐずぐずしていると、足音も荒く晩霞は台所の板の間をふみ、「この糞野郎」と罵声がとぶ。

「父さんも少しは考えればいいのに」気のやさしい節はそう言って母を手伝うが、すみれは父のお気に入りだから、晩霞のあぐらの膝にすわり込む。

晩霞は酒の味は知っていた。友人を集めて賑やかにしているときは、よそめにはかなり飲めるように見え、酒好きな人と思い込んでいる人もいたが、実際は酒に弱い方だったらしい。

すみれの髪をなで乍ら、話はどうしても絵のことになってしまう。それも、物の言い方は東信地方の人間らしく、かなり骨っぽい方だった。議論になればつかみ合いにまでなりそうなことがよくあった。「○○の糞野郎」「○○のバカ」である。

親しくしていた友人も入れかわる。この怒りやすい気性について行けなくなるのと、晩霞の方で友人の持っているものを吸収しつくして飽きてしまうのとの両方があったと思う。

くに江は晩霞に好かれて結婚したのであるが、男の常として、釣った魚には餌をやらない。そうして逃がした魚はいつも大きいと思うのである。きびしい義母にもよく仕え、内職の仕立て物にも精を出していたが、家計はいつも不足がちだった。働きづめの毎日があるだけであった。

くに江にいそぎの仕事が持ちこまれていた。幼いすみれは母に甘えたかった。聞いてもらいたいことがあった。しかし、母はとりあわない。生返事をし乍ら裁ち板に向っている。「こんな仕事なんかない方がいいんだ」母がちょっと立ったすきに、大きな裁ち鋏を持ち出したすみれは、母が縫おうとしている生地をジョキジョキと切りはじめた。

「おや、まあ、何てことをするの」おどろいた母がすみれの手を摑むがもうおそい。「あの人に何とあやまったらいいのやら。鋏がとんでしまったとはまさか言えないし」その時の困った母の顔をすみれはあとになっても思い出し、心が痛んだという。

今で言うリウマチ熱のようなものだろうか。あまり丈夫でなかったくに江は、この頃からよく熱を出して寝込むようになった。

洋行帰りの晩霞は、田舎の生活に飽きて来ていた。中央の画壇にとび出したかった。

アメリカで、可成りの成功をおさめ、華々しく帰郷はしたものの、自分の絵がこれで完成したわけではない。さらに上達を、そしてさらに売れるということを望んだ。芸術至上主義のみでは空腹は満たせなかった。晩霞にも支えていかねばならない生活があった。

明治三十五年一月、太平洋画会第一回展に出品した「初冬の朝」は画面左方に、箒を肩にかついだ女と、それに手をあずけている幼児が描かれている。人物画の少い晩霞の作品としては異色のものだが、このモデルは妻くに江と、長男節だと言われる。寒々とした田舎道、土手に枝を張る裸木。すべてその時代の祢津村の風物そのままだ。「森の木もれ日」「野末の流れ」等も同時に出品、大へんな好評を得たという。晩霞のおびただしい作品群の中でも、最高のものがこの頃描かれたのではないかと私は思う。

明治三十八年晩霞は東京へ出た。

すみれ数え四歳、節七歳。

晩霞はこのことを出楽園としゃれて言っていたというが、これは同時に失楽園でもあった。晩霞の画風は急速にかわることとなる。

画業はおそろしいほど順調だった。

しかし、上京後、十年に満たぬ大正二年、心臓病で病みがちであった妻くに江を失う。節、すみれの二人にとって、あまりにも早すぎる母の死であった。

同じ大正二年、くに江の死よりわずか一ヶ月あとに、くに江の長姉小宮山まきじの娘、くに江にとっては姪、二人の子にとっては従姉であるまる代が後妻として迎えられた。

いかに身のまわりが不自由になったとはいえ、この再婚は早すぎる。節と十ほどしか年のちがわないまる代にとっても、節、すみれにとってもこれがよかろう筈はない。

お互いに辛い日が、これから晩霞の亡くなるまでつづくようになった。

カステラ

育ち盛りはお腹がすく。

夕食をたっぷりと食べ、兄と二人二階へ追いやられても、昼間届いた「かすていら」の大箱が気になる。

継母まる代は健康な若い娘だったから、次々と弟妹が生まれた。

すみれが十一歳になるまでは、しばらく聞かれないでいた新らしい赤子の声が、毎年のように家にひびいた。

くに江の死の翌年、大正三年に次男（まる代としてははじめての子）皎が、つづいて二つ年下に博隆、その二年後に次女愛子が。

まる代待望の女の子愛子は、身障児として生まれ四十年余りの一生を終るまで丸山の家を出なかった。

三年おいて紀元、その年子の旭。

病弱なくに江からは、やっと二児を得たのみの晩霞は、十年足らずの間に、七人の子福者となった。

それまで末っ子として大切に育てられ、晩霞の愛情を一身に受けて育って来たすみれは、最も多感な年代に、年の近い継母と、沢山の弟妹を得て、次第に暗い性格になって行った。すみれは、父母の愛両方を失ったのである。兄節だけが自分ひとりのものだった。

親というものは、簡単に「お前はもう大きいのだから」「姉さんなのだからがまんをしなさい」等というが、すみれは、生まれてまだ十年とちょっとしか経っていない。そして、好きこのんでこんなちょろちょろする弟たちを産んでもらったわけではない。とても可愛くは思うのだが。

戸棚の中にしまいこまれたハイカラな「かすていら」。

お弟子さんの家から届いたものにちがいない。しっとりとした重い手ざわりと、卵のにおいの混じった甘い香り。殊に底のところの紙のついたあたり、あの焦げ色のところが、すみれは大好きだった。くに江の生きているときは、あそこのところを、べろっと剝いでもらって、お行儀はわるいが指でこそげ取って食べたものだ。

いつもそうして来たことが、十年ちょっとしか年のちがわぬ若い継母が来てからはすべて終った。

うかうかすると、節やすみれの口には、カステラなどは一切れも入らない。

「お前たちは大きいのだから」「皎や、博隆はまだ小さいから」

それだけの理由で、べたべたな幼い手に握られたカステラは大ぶりに切られて、小さなものたちには食べきれない。

「おくれ」すみれが手を出すと、気のいい皎は「はい」と手の中のものを姉に渡してしまう。

「ほら、又弟のもの取ってしまった。お前はいやしくて根性わるだ」

カステラは大方余ったまま茶の間の奥の戸棚に入ってしまう。そして、夜になるまで、まる代はこまごまと用をしていて茶の間を離れない。

節はおとなしい兄だった。利かぬ気のすみれを何よりも大切に思い、父や母との間をとりなしてくれた。

幼いものにとり巻かれ、新しい幸せを得つつあった父晩霞が、先妻の子供たちに少しきびしすぎるまる代をおさえ切れなかったのも、無理はない。

すべてに控え目勝ちで、すべてにゆきとどき、晩霞のどんな無理にも決して逆らわなかったくに江は、よそ目にはすばらしい妻だったと思うが、完全なものは面白みに欠ける。くに江は病弱ということもあって、うれしいにつけ、悲しいにつけ、すべてひとつ間をおいて静かだった。まる代はちがっていた。

くに江の従妹で、血は濃くつながっていた。この人も羽毛山小町と言われるほどの美人だった。丸顔の中の怜悧な眼がよく動いた。口もとの黒子が、陽気さと利かぬ気を語っていた。まる代がすべてを自分の思うように変えたいと考えるのは、ごく自然のことだった。夫晩霞は今や、名のある画家として近所では知らぬ人はない。何しろ「東京市　丸山晩霞様」だけで手紙が届いてしまうころだった。

じゃまな継子は早く寝せて、と思われていたわけではなかろうが、節、すみれの二人はいつも団欒の外にいた。

賑やかな笑い声や、走りまわる足音を階下に聞き乍ら、ひっそりと寄りそっていた。

どうしても勉強に身を入れざるを得なかった。

時計がゆるく十二時を打つ。

おなかがすいたと思う。

母が生きていたころは、握り飯とか、お茶漬けとか、ちょっとしたものが夜食に作られたのだが今はない。

そんなことにまで気付くにはまる代はまだ若すぎた。晩霞を愛することがすべてだった。


下の音が静かになってしまってから少し間を置く。

そして、すみれはそっと床を抜け出す。「よせよ」節が止めても聞かない。

手さぐりで、静かに階段をおり、茶の間に入る。奥には晩霞夫妻の寝室があるので、起きて来られたら大へんなことだ。

両手で、ゆっくりと戸棚をあける。

戸を内側に押し込むようにし乍らあけると、音はほとんど立たない。

そして、細心の注意でカステラの箱をとり出す。ひるの間にかくしておいた包丁を入れる。一切れ、二切れと切り出すとわかってしまうので、大きいままのカステラの端の方を幅いっぱいそのまま長く切りとる。そうすると、可成りの量を切りとっても、幅が少しちぢまるだけで、とったことは全くわからない。

こんな知恵をすみれは持っていた。

紐のようにつながったカステラを大切につかみ、もとのように箱にふたをして戸棚をしめて、とそこまでは良かったのだが、茶の間の長火鉢の角に向うずねをぶつけてしまい、その拍子にがさりという様な音を立ててしまう。

「おや。何?」まる代の声がする。

痛いすねをさすり乍ら、それでもすばしこくすみれは階段を上り、ふとんの中にもぐり込む。

起き出したまる代の歩く音がする。

電気がつく。

すみれは気が気でない。

「何だろう。ねずみかしら」まる代は二階の子供たちの盗みには全く気付いた様子もなく、下はまた静かになる。

節とすみれは、こうして夜食にありついた。

甘い、そして少ししょっぱいカステラだった。

私はカステラはきらいである。

生きもの

「おはよ、おはよう」

二階の窓のあたりから濁み声が呼びかける。妙に舌足らずだ。

「おい、誰か来てるぞい。出て見ろや」

晩霞の家に泊まった翌朝、親類のおばさんが言う。

「鳥だよ。おばさん」

「そんな鳥あるもんか。たしかに人の声でお早うと言ったぞ」

ゆずらぬおばさんを、すみれは窓のところに連れてゆく。

九官鳥が一羽、せまいおりの中を忙しげに行ったり来たりし乍らしゃべっている。

「おはよ、おはよう」

「まあ、とんでもねえ鳥があったもんだ」

この九官鳥は、買われて来たときから、「おたけさん」「おはよ」「うぐいすはホーホケキョ」「へいたいはトテチテタ」のことばが言えた。しかし、何年たってもそれっきりだ。新しいことばは何ひとつおぼえない。毎日、毎日、首をちょっとかしげて同じことばをくり返す。

「おたけさん」は以前に飼われていた家のお手伝いさんの名か。それとも九官鳥に教えこむことばは「おたけさん」にきまっているのか。

みんなの耳の底にこの声がこびりつき、うなされそうになるまで同じことばをくりかえす。

晩霞の口ぐせの「この糞野郎」は、この九官鳥にも何回もあびせかけられたが、九官鳥は意に介さない。

「うぐいすは　――ホーホケキョ」

「へいたいは　――トテチテタ」


犬。ブルドッグだ。

やけに幅広い肩と、筒のような胴。短い曲った脚。それと、何よりも皺の多いその顔の悪相ぶりはみごとだ。

めったに鳴かない。鳴かなくても、自分の存在を相手がいやというほど意識しているということを彼は知っている。

聡明な犬だ。

顔とうらはらに気立ては実にやさしく、ことに晩霞には忠実この上もない。珍らしさに買われて来たというだけの縁なのに。

散歩は書生の日課だ。

力があるから体をななめに後の方に倒して歩いても、引きずられそうになる。でも決して引きずりはしない。その辺の力加減を彼はよく心得ている。

「ポチ」晩霞が時たま声を掛けてやると、敷石伝いによたよたと走り寄り、両手を廊下のふちに掛け、顎をその上に乗せる。短かく切られた尾を精一ぱい速く振る。

どうしてポチなのだろうか。

彼は全身焦茶色の短い毛で、顔のところが少し黒みを帯びているだけなのに。犬は「ポチ」、猫は「ミケ」。こんな無責任な名の付け方はないのに。忙しい晩霞は、気まぐれと思えるほどにしかポチと接しない。面倒もひとまかせだ。しかし、犬の主人は一生に一人。素性のいい犬はことにそうだ。このポチの主人も晩霞ひとり。

あとのもろもろの人は、晩霞がいる限りポチの眼中にない。ポチは常に待っている。気まぐれな主人がいつ呼びかけてくれてもすぐにそれに応えて尾を振るために。そしてそんな機会はめったにないのだが。

十姉妹ときたら、その一族の仲のいいこと。はじめ番《つがい》を買って来たのだが、卵を産んで、まめまめしく夫婦で羽もない雛の世話をする。雛鳥は、親鳥から口うつしに、どさどさと餌を放り込まれ、胸の奥のその餌のつぶつぶが外から透けて見えるまでいっぱいにされる。羽が生えそろうと、もうあとはあっという間だ。

十姉妹に巣立ちということはない。少くとも飼われている環境では。親鳥も、大きくなった雛鳥も、ひとつ巣にぎゅうづめになって眠る。いちばん下になってしまった鳥が、本当にぎゅうと声を出すのを聞くことがある。つぶれそうだ。

あまりきゅうくつなので、もうひとつ巣を入れてやる。

晩霞のもくろみでは、巣が二つになれば、二つに分れてゆっくり眠るだろうというわけだが、そこが十姉妹。そうはいかない。

新しい巣はそのまま空っぽ。

どうしても入りきれない鳥は、ぎゅうづめの巣のすぐ近くで、止まり木の上でねむる。巣箱をいくら大きくしても駄目だ。そこが十姉妹らしいところだ。

十姉妹は箱を分けてでもやらぬ限り、一族は一つの巣に住む習性を持っている。

先妻の子二人と、後妻の子五人の七人の子供。女中二人に書生が三人。妻とあわせて十四の口。ごちゃごちゃと一軒の家に住み暮らしている。ひっきりなしの来客。

まるで俺の家は十姉妹の一家みたいだと晩霞は思う。

十姉妹。それにしても、いいことばじゃないか。

晩霞の墓は郷里祢津にあるが、雑司谷墓地にねむる先妻くに江の墓にも分骨されている。小鳥の碑がそこに建てられているというが、私は見たことがない。

虎の顔

デパートの展覧会場にいた。

丸山晩霞展というふれこみに、ある期待と親しみをもって入ってみたのだった。

「おじいさまの絵、沢山おありでしょう」と、私の家の事情を知らぬ人は言う。

しかし、私の母は晩霞の先妻の子であり、晩霞の妻として長くつれそったまる代とは生さぬ仲だった。

まる代は片時も晩霞のそばを離れぬ人であった。まめまめしく仕え、いろいろなことを積極的にとりしきる女丈夫だった。

「お父さま、私に絵を描いて下さい」ということばが、私の母の口から直接晩霞に言うことはなかなか出来にくかったらしい。まる代のいないわずかなすきに頼んだものも、あとで「今は、○○さんの絵を描いてもらわなきゃ」というひと声でだめになってしまう。

塩瀬の布三反を母が持ち込んだ。

自分の子三人に、一人に一本ずつ帯の絵を描いて貰い、成人したときに渡そうと思い立ったからであった。

晩霞は快くひきうけた。

描くその場に母は居たかったのだが、用にかこつけて絵を描く段になると、画室から出されてしまった。

三本の帯地はみごとな仕上りだった。しかし、それを広げてみて母は息をのんだ。

一本の帯地は、ちょうど前のところに出るべき絵が裏側に描かれてあり、もう一本は、縫込みのところに絵がかかり、帯に仕立て上げると、絵が半分かくれてしまうことになる。満足な帯に仕立てられるものは一本しかなかったのである。

「あのまる代さんがいじわるをしたんだ」あとあとまで母はくやしがっていた。母にしてみれば、いつも晩霞にぴたりとつきそい乍ら、女の人の着るものについては、くわしく知らぬ晩霞に、きちんと注意をしてくれなかった継母が許せなかったのだと思う。実際のことは知らない。

母の長女として私が生まれたとき、晩霞から「群鶏図」を、そして上の弟のときは「鐘馗図」の軸をもらった。いずれも単純な図柄乍らみごとなものだった。ところが、下の弟が生まれたとき兜の置き物が贈られただけだった。「お父様はいくらでもお描きになれるのに。どうして絵を下さらないいんだろう」母のさびしそうな顔を今もおもい出す。

私の家には晩霞の絵は他所の人が思うほどは多くなかった。本当に数えるほどしかなかった。しかし、それらはどれもいい絵だった。

展覧会場は軸物が主だった。

晩霞の絵というと、すぐに軸に描かれた日本画風の高山植物の絵を思われる人が大半であろうが、あれは人に乞われるままに描いた、売るための絵であると言うのはあまりにも酷であろうか。

晩霞は洋画家であり、水彩画家であると思う。本領は写生画にあるのではなかろうか。

美しい図柄の、りんどうの群生している絵があった。

その会場のものとしては最高の値がつけられていて、とても私などの手に入れることの出来るものではなかった。

描かれてから一体何十年経っているだろうか。最晩年の作としても、もう半世紀近い昔である。紫の色が実に鮮やかだった。今描き上げたばかりで、触れれば絵の具のしめりが伝わって来そうなほどだった。

晩霞は絵の具も一流のものしか使わなかった。これははじめからそうだった。このりんどうも恐らく岩絵の具が使われていたにちがいない。本物の色をもつ鉱物を砕いて作った絵の具だから、いつまでも本物の色を保っているのだろうと思う。

晩霞の絵には実に多くの偽物がある。

素人眼には全く見わけのつかないほど上手なものもある。

晩年の絵は、その単純な線の運びと、淡い色づかいが簡単に真似出来るものになったためと思う。

絵のことに全く素人の私のところにも、時折りは血縁者であるというだけの理由で目利きをたのんで来る人もある。

数少ない晩霞の絵乍ら、朝晩それを見て育って来た私には、晩霞の絵だけに限ってならその真贋はわかると思う。

偽物は筆の運びに迷いがある。速さがない。そして奔放さにも欠ける。落款は初期のものからだと、実に沢山の種類が使われているので、一目でこれが本物と言える力は私にはない。サインも、明治三十年祢津の定津院嘉部祖道師のもとに参禅して、「晩霞天秀」の居士号を受け、晩霞を雅号、天秀を雅印にしたというが、晩霞天秀と書かれたもの、晩霞のみのものもある。初期の健作、あるいは健策というサインには残念乍らまだめぐりあっていない。サインはいずれも字は伸びやかで、独特の美しさをもっていて真似は出来ない。

そして、最後の決め手は絵の具の質ではなかろうか。偽作者には、あの高価な岩絵の具まで使って真似るということは出来なかっただろうと思うのだ。

ふつうの絵の具は時代とともに色あせる。

晩霞の絵は時代といっしょに歩み、いつも描き立てのように鮮やかな色をたのしませてくれる。はっきり偽物らしいと思われる絵に対しても、私は断定するほどの自信はない。

「どうでしょうか。私にはよくわかりませんが」というくらいが精一ぱいである。

本物と信じて買えばそれもそれでいい。自分がほれ込んでいる絵なら誰の手になるものでもいいのではないかと思う。

晩霞の絵だから今買っておき、そのうち値が出たら売ろうなどという金もうけの手段に祖父の絵が利用されるのよりはずっとましだからである。

他人の手で値をつけられて売られて行く祖父の絵を見るのは実に悲しい気がする。絵は愛されてこそ幸せと思う。

会場の隅に飾られた軸の前で、私の足が止まった。ひまわりの絵だった。

筆をむりやり握らされて、なぐり書きをさせられたというようなものだった。

一本の太いひまわりが、不安定によろけていまにも倒れそうだった。何という絵だろうか。晩霞の流麗さはみじんもなかった。

老醜がにじみ出ていた。

「ひどい。どうしてこんなものが」

じっと立っているうちに涙が出て来た。

私の推測で言わせてもらえば、病中のものではなかろうか。

晩霞は何度も脳出血の発作におそわれている。絵描きにとって、絵のかけなくなるということは、生の終りを意味していたから、片時も絵筆は身のまわりを離れなかっただろうと思う。

少し具合のいい折りに紙に向って庭先の花などを震える手で書いてみたものの一枚ではなかろうか。そうでなくては、あまり素材にしなかったひまわりなどが出て来るわけがない。

晩霞の得意とするものは、高山植物であり野の花であった。西洋種のものはほとんど描かれていない。どこをどう廻ったものか、めぐりめぐってデパートの即売場にこのような絵が出て来ようとは。

絵は、いつもその画家の最良の状態のときに描かれたとは限らない。習作もあろう。戯れに描かれたものもあろう。

後世にのこるのは、最もいいときのもののみであってほしいし、評価も、そういった絵だけにしてほしいと私は思う。

その画家の研究家としてなら、あらゆる時期のものをほりおこして調べる必要もあるだろうが、一般の目にふれるものは、やはり最上のもののみを、というのは血縁者としての眼だからであろうか。

すべてをむき出させられ、他人の眼にさらされてしまうのはあまりにもかわいそうである。


晩霞の絵はよく売れた。

需要に追いつかないほどであった。

大衆の好みをよく知っていたためであろう。


知人のT氏が東京市会議員に立候補したとき、その資金は自分が作ってやると晩霞が約束し、水彩画一枚を百円で売り、T氏が当選するまで三百枚を描き与えたという話をT氏の文で読んだことがある。何年かの間のことではあるが、三百枚である。多作の人であった。

それだけに、売れっ子になればなるほど、高い芸術性は望めなくなるのは当然であろう。起きている間中、画室に籠って生活費をかせぎ出さねばならなかったある時期の祖父の姿は想像するに忍びない。

ひまわりの画は安い値がついていた。

出来るだけ早くそこから下げてもらいたい絵だった。買いとってしまいたかった。

しかしもう一点の軸が私の眼にやきついたのである。

何の変哲もない軸物だった。

石楠花が、画面のやや下方にうすい桃色の花をかかげ、上方には手なれの日本アルプスが、これも淡い墨色で描かれている。晩霞としてはごくありふれた構図だ。

しかし、その中間、一匹の虎が描かれていたのである。

晩霞は動物の画は、あまり描いていない。そして、この絵はこの虎によって、絵全体の調和をみごとにくずしていた。

虎は淡色の墨色の体の中に黄色の縞をつけて顔を妙な具合に前方にねじむけていた。

その顔つきたるや、迷いに迷った筆の運びがそのまま出ているのである。鼻の辺から、眼にかけて、遠くから見るとそこだけが浮き出て妙な違和感があった。そして、何よりもその顔は人間くさいのがおかしかった。

私の母の顔そっくりだったのである。

母は晩霞によく似たおもざしだった。

虎は晩霞の顔をして立っているのだ。

どこの家から出されたものだろう。妙な絵だ。乞われるままに描いた絵だろうと思う。「ひとつ、先生縁起のいい虎をここに」と言われ、気のいい晩霞は書きはじめたに相違ない。迷い乍らひくにひかれぬ晩霞の心が、虎の顔にあらわれたものと思われた。

この人間くさい稚拙さが私を捉えた。

絵としての価値は低いかもしれないが、虎の顔に肉親としての親しさを見つけたのだった。

私は、やはり格安の値のついているこの絵を自分のものとすることに決めた。

といっても、私の貰っている月給よりは、はるかに高価なものではあったが。

これは、しまっておく絵だと思った。

かかえ込んだこの軸は意外に嵩がなく、軽かった。家に居る主人にこのことを何と説明してよいか私は言葉をさがしていた。

繻子の帯

母が二ヶ月近い昏睡状態から醒めることなく亡くなったのは秋のはじめだった。

弱かった母としては六十七歳まで生きられたということは、もうけものだったかもしれない。父が亡くなってからの二年間、母の働きは本当に眼をみはるものがあった。後継者である弟が一人前の医師になるまではどうしても家業を守っていかなければという必死の想いが母を生かしておいたのだろうと思う。

私と二人の弟達は三十代で両親を失った。

そして、母の形見の衣類は若い私達だけで、実に機械的に三つに分けられ、それぞれ一山ずつを家に持ち帰ったのである。

すべてにつつましい母の着物は、よく洗い張りされ、膝のところが抜けて来れば袖へくり廻すというように着つくされ、肩に縫目のあるものも何枚かあった。母のぬくもりが、すっぽりその中に残っているようだった。

利用価値は全くない古着ではあるが、私の歴史もその中にあった。見なれた母の着物が、それを着ていた母の俤と重なって、私の記憶をひきもどしてくれるからである。

何枚かの着物の下に粗い格子縞の朱色の繻子の帯があった。すべて地味好みの母のものにしては、珍しいものだった。恐らくほんの少女時代のものだろう。でも何故そんなものが捨てられもせず母の簞笥の中に大切に取っておかれたのだろうか。それにしても古めかしいと思い乍ら手にした帯をひろげてみた。朱色は帯の裏の色だった。表は黒繻子で、締めて丁度太鼓となるところに大きな石楠花がたったひとつ、そして前に出るところにとりどりの高山植物が油彩で描かれてあったのだ。石楠花の右下にはまぎれもない晩霞のサインが。私は知らないまま、母の宝物を手に入れてしまったのだった。

晩霞は水彩画家として名を残したひとであるが、初期には油絵も描いたらしい。しかし、私はいちども祖父の油絵は見ていなかった。そして、これがその最初の出逢いになったのだった。石楠花は淡いピンクと藤色で描かれ、周囲に筆使いにためらいのない葉を勢よくめぐらしている。絵の表面に粗いひびわれが見られるのが、描かれた年月の古さと、この帯を使い込んだ回数を物語っていた。躾糸の切れ端も少しのこってそこだけが妙に生き生きとしていた。

母はいつこれを晩霞に描いてもらったのだろうか。美しい花の描かれた黒繻子の帯をしめた立姿に似つかわしいのは、ごく若い娘だろう。赤い裏地から見るとそれもまだ肩あげがとれぬ年ごろか。

祖母くに江の仕立て上げたばかりのものに、祖父晩霞が心ゆくまで絵筆を走らせている情景が自然に私の心の中にあらわれて来た。そして、それをみつめている母すみれの幼い顔。描き上った帯を手にしたときの母の弾んだまなざし。しめるときの新しい繻子のきゅっきゅというひびき。

薄紙を透すようにぼんやりとした像ながら私の記憶以前の記憶としてそれはあった。

すべての人達がもういない今、この帯一本が過去から現在、そして私が去ってしまったあとまでもずっと存在するということが、不思議に思えてならない。

祖母の針あとが残る布に、祖父の筆の運びのままの石楠花がいきいきと残っているのも。

私の晩霞

東京市本郷区駒込神明町十四番地。

坂をのぼりつめたところにその家はあった。夜は近くの目赤不動で狐が鳴いたという。市電が時折りちんちんと音を立てて下の方を通った。

板塀に陽が当っていた。多分夕方だったと思う。四歳の私ははじめての紙芝居を見ていた。黄金バットの赤いマントがひるがえり、骸骨の顔が大声で笑った。

手にしていたうすいおせんべいに糸のついたようなものは何だったのだろうか。買わなければ紙芝居の仲間に入れてもらえない駄菓子の類かもしれなかったが、食べたという記憶はない。

学位をとるため、何年か稼ぎためたお金を持って上京した父は、長女の私を小諸の在の両親のもとにのこして行った。二人の子供を手もとに置けるほどの充分なお金が父になかったのと、上京した息子がそれっきり戻って来ないのを恐れた私の祖父母が人質がわりに孫娘を置いて行かせたのとの両方の理由からだった。半年に一回くらい、私は両親に会うために祖父といっしょに上京した。

その日が近づくと、祖母は西の家のよしいさんのところに私を連れて行き、髪を切ってもらい、小諸の洋品店に祖父を走らせて新しい服を買って来させた。

上野公園に近い下谷七軒町の小さな借家に私達を迎えた母は、切ってもらったばかりの私の髪に改めて櫛を入れ、ぴかぴかの裁ち鋏でていねいに切りそろえてくれた。そして上野の松坂屋で買って来たというワンピースに着替えさせ、

「いいかい。おじいさんのうちへ行って『どこで買ってもらったの』と聞かれたら『小諸のアカカンバン』と答えるんだよ」と私に言いふくめた。

せっかく祖父の買ってくれた洋服をもう一人の祖父である晩霞の家にはなぜ着て行かれないのか私にはよくわからなかった。そのときの両方の服を今もありありと思い出す。長すぎるスカート、袖口を折り返して着て行ったこれも長い胴の粗い格子縞の上衣。もう一方はクリーム色の地にブルーの水玉のスモック風のワンピース。

田舎にのこしてある子供にもちゃんとした暮らしをさせているということを自分の父に見せたい母の見栄だったろうか。

黒い板塀を入り、敷石伝いに少し歩いてから玄関があった。私はひとみしりのはげしい子供だったから、その広い家も、そこに住んでいる大勢の大人達にいれかわり立ちかわり声をかけられることもいやであった。そのころ、晩霞の長男である節《みさを》伯父は晩霞と義絶しているような状態だったので、この伯父に二人の子供が居るには居たが、私が、晩霞の接するはじめての孫と言ってよいのかもしれなかった。一年にせいぜい一、二回しか会うことのない田舎育ちの孫娘の扱い

には戸惑ったことであろう。着流しでずいとあらわれた晩霞は無言のまま皿を私の前に突き出した。はじめて見る美しい洋菓子であった。やわらかな色どりのばらの花がのり、その上に仁丹のような銀色の玉が光っていた。ヘンゼルとグレーテルの話に出て来るお菓子の家のようだった。この美しい食べ物に私は眼をうばわれたが、どうしてもありがとうということばが出ない。手を出して受けとるという動作が出来ない。母のうしろに廻って上眼づかいに祖父を見ていた。そんな睨み合いに腹を立てたのか晩霞は脇のテーブルの上にそれを置くと奥の方へ消えてしまったのである。

私の記憶の中にある一番はじめの祖父晩霞との出合いであった。

後年、晩霞一家と親しくしていた人に聞いた話である。晩霞は小県郡祢津村の生家の近くに羽衣荘という当時では珍しい別荘を建てた。そこに私と同い年のその人は家族とともに招かれたという。玄米食が出された。それにたっぷりバターを使った大きなオムレツがついた。その人は、当時ではあまり口にすることのなかったバターの香りにこれがハイカラというものなんだなあと子供心に思ったという。

玄米食とオムレツ。晩霞の中にはふるさとの祢津村と、駒込神明町とが常に同じ重さをもって混在していたのではなかろうか。

その羽衣荘へ脳出血で病床にあった晩霞を見舞ったのは、父母の家にひきとられてはじめての冬、小学校一年のときであった。えんじ色のオーバーを買ってもらっていた。衿や袖口がやたらとチクチクしていやで「これ馬の毛で出来ている」と私は文句を言った。なぜ馬の毛と思ったかわからない。以前に馬の尻っぽに頬を打たれたことがあり、そのざらざらとした感触を思い出したためかもしれない。車に弱い私にとって小諸から祢津までの道のりは大へんな苦痛を伴った。何回も吐き「馬の毛」のオーバーを汚してしまった。

祖父の病状は思いのほか良く、片足をひきずり乍らではあるが歩くことが出来るまでになっていた。浅黒い顔の真中の鼻だけが赤かった。「お酒が好きだから」だと言われていたが、その形は母の鼻そっくりだった。

晩霞は恋多き人だったと言われている。小諸義塾の教師として赴任早々、すでに婚約者のあった相原くに江に一目ぼれして強引に妻としてしまったという。この祖母も伯父と母をのこして母が十一歳のとき亡くなってしまった。新町小町と言われた美しい人であったそうだが、私の母はその人にあまり似ていなかったように思う。晩霞は背が小さく痩せ形で色の黒い人であった。私の母はそれをそっくりうけついでいた。眼から鼻へかけてのおもざしは晩霞そっくりであり、新町小町よりははるかに劣っていたという。

その家でどんな会話があったのやら私は全くその圏外にいた。かんかんに凍った夜の空気と、祖父の赤い鼻と、車酔いの気分の悪さと、馬の毛のオーバーとが私の記憶のすべてであった。

その次は三年生のときだった。不意に晩霞は後妻まる代を伴って訪ねて来た。床の間には私の出生祝にと書いてくれたという群鶏図の掛軸が飾られてあった。画面の下半分ぐらいから大小の白い丸がいっぱいに並び、それぞれに赤いポチポチがつけられていた。それが少し離れて見ると五十とも百とも知れぬ鶏がひしめいているように見えるふしぎな絵であった。足も顔もない。あるのは丸い胴と、とさかと思われる赤いポチポチ。こんな絵のどこがいいのだろうと私は思っていたのだが、半世紀近く経た今でも鮮明に想い出すのはそれがすぐれた絵であったためと思う。

上座にすわった晩霞夫妻はおみやげの品をぶっきらぼうに私に渡した。赤いこうもり傘と「小学一年生」の本であった。傘は二、三歳の幼児の玩具のそれで開くと柄がチリチリと鳴った。とまどい乍ら受けとった私に「こんなに大きくなっていたのか」と晩霞はぼそりと言った。「何年?」「三年生」「本、相生町の竹沢で買ったのだから取りかえといで」祖母がそう言ったのをきっかけに私は座を立った。「東京のおじいさんなんて何もわかつてないからきらい。おばあさんはもっときらい」本屋に行って私は二学年も上の「小学五年生」の本ととりかえてもらった。小さい子供に見られたことへのせめてものはらいせであった。

鹿教湯へ湯治に行く途中ということだった。

その日、祖母は家のものを小諸中の呉服屋へ走らせて、「みやこの中割れ」をさがさせた。私も一軒の店へ行き乍ら、それがあることを願った。祖母が不自由するからというやさしい気持ちよりも、やっぱり田舎の店は駄目だと言われるのがいやだったからだ。義母であるまる代と何かと上手くいっていない母の肩を持ちたかった。権高い祖母は好きでなかった。「みやこの中割れ」はとうとう小諸にはなかった。東京にもそんなものがあったかどうか今となっては知る術もない。

さくらんぼの季節だった。

いちごは好きなだけ食べさせてもらっていたが、さくらんぼは食べられる数が決められていた。家にさくらんぼの木があり、いっぱいに実をつけていたから値段のせいではない。

藤村の子供さんが疫痢で亡くなられたとき、晩霞は「さくらんぼを食べてそれがわるかったのだ」と、聞いたらしい。子供にさくらんぼはいけない。そういう風に短気に思いつめるところがいかにも晩霞らしかった。さくらんぼは幼いものの敵であった。母はそう育てられたので、自分の子供にも同じようにしたのだ。そして私も、さくらんぼを洗い乍ら数をかぞえる。高価なものだからというおもわくも多少は働かせ乍らではあるが。

そして、晩霞が何回めかの脳出血の発作で亡くなったのは私が五年生の春であった。

電話が鳴り、ひとの出入りが激しくなり、父も母も家に居なくなった。子供は置いて行かれた。肉親の死というものにはじめて出逢ったのだが、何の感情もわかなかった。悲しむにはもう少し間が必要であった。何となく祖父の家の長椅子のビロードの手ざわりを思い出していた。

二度目の洋行のおみやげに晩霞はビロードのワンピースを娘である私の母に買って来てくれたという。衿にスイスのレースのついた真っ黒な服でとても美しいものだったという。「あれがあれば今お前に着せられるのに」と母はよく言っていたものだ。母の継母は自分に生まれる子供のためにと、そのワンピースを母にはあまり着せてくれなかった。でも、学校の式のときだけは着ることを許され、編上げの靴をはいたのだそうだが、母はその恰好がきらいだったという。下着などというものも揃えなくてはということを晩霞は知らなかった。着物を着なれていた子供に足をにょっきり出す冬の仕度は寒く辛かったに相違ない。おまけにシャツもスリップも持たない母は、一体美しいワンピースの下に何を着せられていたのだろうかと今思う。

ダンディできざなほど気取り屋で、短気で、あふれるほどの肉親への愛情を持ち乍ら、慶応三年の生まれらしくぶきっちょな表し方しか出来なかった晩霞。

九官鳥やシェパードを新しいもの珍しいものというだけで飼い、意気がっていた稚気いっぱいの晩霞。

大家族を養うために売れる絵を描きつづけ、たぐいまれな才能を浪費しつづけていた晩霞。

志を立てて上京、あるところまで行きつけた一人の男の孤独をそこにみるような気がする。

思ふことは皆やつて眠る桃の頃

辞世の句として発表されたこれも、私にはスタイリストとしての晩霞があらかじめ用意しておいたもののような気がするが、それを確かめる方法ももうない。

桑苺《めど》

家から坂を登りついで三十分ほどのところにその小学校はあった。町全体が坂であったから、もう山の中腹と言ってもよかった。

山国の春は遅い。しかし来るときは、それはまた忽然とやって来る。梅も桜も、一ヶ月をおかずに咲きついで、どうかすると桃までがいっしょになる。私のようなぼんやりとした子供には、梅と桜の区別もつかない。匂うのが梅。枝がごつごつしていて幹が黒いのが梅。学校の庭にあるのが桜。大きい木が桜。

麦が青み根雪がとけ出すと、どこからともなく肥料の匂いが漂って来る。「たんぼの香水」私たち子供はそう言って鼻をつまんだ。陽炎の立つ田んぼの畔におおいぬのふぐりが一ぱいに花をつけ出す。星の花だ。

校門横からまっすぐに下へ伸びた道をそのまま下りてゆけば、たやすく家にたどりつけるのだが、そこを通った記憶はあまりない。殊に春から夏にかけては、坂の中腹にある蚕糸試験場からメソジスト教会の裏にかけての桑畑が主な通り道であった。

農家は、どこでも殆んどの家が蚕を飼っていた。毎年毎年新しく出た枝を伐られている桑は大きな「桑っかぶつ」になって畑にどっしりと根を据えていた。桑っかぶつの間に、葱の畝が並び、ほうれんそうの芽が伸びて来る。

蚕糸試験場の裏手にはどういうわけか、枝を伐られていない桑の木が何本かあった。それが初夏になると一ぱいに実をつけはじめる。桑のめど。今想い出してみても、懐しさで涙ぐんでしまうようなことばだ。

晴れていれば埃がいっぱい。雨が降れば、甘みも薄れてじゅくじゅくとすぐ腐る。食べすぎて赤痢になったという子の話もあって、「食べてはならぬ」と母から厳しく言いわたされていた。でもそれは表向きのこと。どうかすると、細い枝の先に思いがけず山がいこの丸い頭を見つけてこわがったりし乍ら、親にかくれてけっこう夕方まで桑畑の中をとびまわったものであった。

その日、私は新しい夏帽子をかぶって学校へ行った。クリーム色のパナマの様な材質で、白い裏布がつき赤いリボンがひらひらとうしろに長く垂れていた。

五時間目の授業が終ると、私は校庭の石段を一気に駆けおりて友達のあとを追った。

十二月生まれのちびで、運動神経は人一倍鈍く、おまけに入学寸前に町へ移って来たものだから、私の友達は極端に少なかった。

入学して一週間、ただ一人の話し相手もなくぼんやりとしていた私の前に一人の女の子が立った。色の白いふっくりとした丸顔で眼のくりっとした子であった。「よし、此の子」心にきめた私はその子のうしろに回った。「あんた、エプロンのひもほどけているよ。むすんであげる」しっかり結ばれているその子のエプロンのひもを私はさっさとほどいて、又結んだのである。

それ以来その子の友達となって、二年目の初夏であった。

めどは桑の大木に鈴なりであった。

熟しすぎたものは、木のまわりにぽたぽたと落ち、蛾や小虫たちが群がっていた。ランドセルをそこいらに放り出すと、私は友達のあとから枝にとびついた。食べごろのものは実がしっかりとしまって、つぶつぶが光っている。熟しすぎたものは、此のつやが少しなくなって、全体にうるんだ様な色をもちはじめる。赤くて、けば立ったかんじのものは、まだ若く、口に含んでみるとすっぱい。枝に手を触れて、そっとしごくとほろほろと熟れたものからこぼれ落ちる。緑色の軟らかそうな蜘蛛がからまっている実もある。はじめのうちは、手の汚れるのを気にしていたが、少したつとそんな事はどうでもよくなる。夢中で両手で口に放り込む。どの位食べたのだろうか、何となくもういらないという感じがして来た。でも、桑の木は大きいし、実はたっぷりとあった。持って帰って家で食べよう。私は躊躇なくかぶっていた新しい夏帽子を脱ぐと、その中にめどを入れはじめた。

坂の下の製糸工場の終業のポーが鳴った。もうあたりはすっかり夕方だった。帰らなければ。お互いに顔を見合わせた私達は、その変貌ぶりに驚く。唇と両手の先は真青。洋服には転々と赤黒いしみがつき、いつの間にか裸足になっていた両足は土ぼこりで真白である。とんとんとはらっても靴の中は尚ざらざらとし、落ち込んでいたためどが潰れて気持ちわるく足にはりつく。大へんな事になってしまった。ふだんからきびしい母の顔が大きく浮んで来た。

学業半ばで結婚した私の父は、どうしても勉強を続けたいという気持を捨てきれずに、私が三歳のときに、母と赤ん坊の弟を連れて上京したのだった。

もうそれっきり帰って来ないのではなかろうか。そんな風な考えを捨てきれなかった祖父母は、自分達の手もとに、孫娘の私を残しておくことで、息子夫婦の上京を許したのだった。

下谷七軒町の露地奥のその家は、玄関を入ると二間だけで、硝子戸の向うにすぐ裏の家の板べいが見えた。時折、夕方など上野の動物園から獣たちの鳴き声が風に乗ってきこえて来た。

半年に一度ぐらいの割合で、祖父は私を連れて上京した。町の洋品店で買ってもらい、意気揚々と着て行った私の服は、母の手で脱がされ、デパートの包みから出された他の洋服に着替えるまで私の外出は許されなかった。その頃は都会と田舎の違いは今よりも激しかったから、見るからにやぼったい私の服装は母の眼に耐えられなかったのではなかろうか。

久し振りに逢う両親は、やさしければやさしいほど何となくよそよそしく、都会風に色白くかわいらしく育って行く弟も疎ましく思えた。私はごつごつとした黒い祖父の手をひっぱりいつもそのうしろに回っていた。祖母の待っている田舎の家に帰りたかった。

ある夕方、お膳の上に新しい子供茶碗が置かれていた。踊っている人形の絵の描いてある美しい茶碗であった。「うちの子になれば此の茶碗あげるよ」母がそう言った。「いやだ」私はためらわずに首を振った。今でもその茶碗の鮮やかな模様をはっきりと想い出すことが出来る。

二年あまり東京で勉強をした父は、一応の区切りがつくと約束通り町へ戻り、入学直前の私をひきとったのであった。はじめて一人っきりで寝かされた私の耳たぶに、ある朝血がこびりついていたことがあった。「ねずみがかじった」それを見た母はぽつんとこう言った。それからも私はずっと一人で寝せられていた。


豆腐屋の笛が坂を上って来る。

何やら下の街の方から夕方のさざめきが聞えて来るようだ。

「帰ろう」私はあわてて夏帽子の中のめどを放り出す。それにしても私の帽子は何という惨憺たる姿になっていたことか。新しい白い裏布は、紫色のしみでぐじゅぐじゅで、もう頭の上にのせる気にもならない。友達とさよならもせずに、ランドセルをかつぐと夏帽子を手にしてのろのろと坂を下りはじめた。どうしようか此の帽子。何とお母さんに言ったらわかってもらえるだろうか。

玄関の重い格子をあけると、油の匂いが鼻をついた。

「どうしたの。今頃迄どこにいたの」母の大きな声を聞き乍らへたへたと土間にすわりこむ。

「めど食べて来たね。あれほどいけないって言っといたのに。まあその帽子は何。そんな子はいまに赤痢になって死んじゃうからね」

菜箸は小まめに動き、天ぷらが新聞紙の上に次々に並べられてゆく。私はそれを見乍らぼんやりと天井を見る。

涙がふっと湧いて来て、あとからあとからこぼれ落ちる。そして、赤痢になる時を、それから死ぬときが来るのをじっと待ちつづけていたのだった。

　工　場　の　終業《しまひ》　の　ポ　ー　や　桑　苺

　母　怖　し　帽　子　に　溢　る　桑　苺

この二句を若き日の母に捧げたい。

ねるまえに

三階の子供部屋は西向きの窓がひとつ。道をはさんで学校の庭。夏の八時といえばまだ宵の口。遊びたりない子供達の声がようやく薄暗くなったあたりに透る。午後一ぱいの西日をあびていた六畳はむんむんとしてとても眠れたものではない。弟と二人蚊帳の中をころがり乍ら外のもの音を聞いている。おそい家では夕飯時であろうか、お茶碗のふれ合う音とか、笑い声とか、魚を焼くにおいとか、ばかでかいラジオの音とか、いろいろなものが混じりあって、けだるい宵闇の空気となる。窓のすぐそばにあおぎりの木。ぽたぽたとそらを打ってこちらへ近づこうともがいているのは大きな蛾だ。門灯に誘い出されて、行き場をなくしてしまったのだろう。弟と私は息をひそめる。細かくゆれている短い触角。柔らかくふくらんだ胴。そして何よりも眼につくのは茶色い翅に大きく描かれた丸い輪の文様である。それは何の前ぶれもなく私たちの前にあらわれた悪魔のようだ。

「母さん大きな蛾だよ。こわいよ」

叫んでもドアをきっちり閉めて行ってしまった母さんの耳には届かない。ドアを開け、狭い階段を六段下り、廊下を曲って又、ちがう階段を十三段下りると洗面所。そこから右に曲ってつきあたりが父さんと母さんの部屋。一度あがって来た階段は、もう朝になる迄下りてはいけない。「姉ちゃんおれおしっこしてくる」六歳の弟は立ったまま蚊帳をめくる。「蚊が入るよ」廊下は叱られそうにぎしし、ぎしと鳴る。あの便所は嫌いだ。壁に落書、便器は緑色、おまけに電球がしょっちゅう切れる。いつか床ごと下におっこってしまう様な気がする。下の便所は白いタイル張り。汽車のようだ。洗面台には父さんの歯ぶらし、半練りのライオン歯みがきはバサバサして、うすい桃色で、味も粉っぽい。練はみがきがほしいのだけれど、ぜいたくと言われている。誰かが風呂に入っている。洗面器の音がからんからんと聞えて来る。うちのお風呂は踏み台を使わなければ入れない桶のお風呂だからいやだ。出がけに薪を一本足して来るのがきまりだけれど面倒くさい。ぬるくすると叱られるし、ゆっくり入っていると、あとがつかえるといって又おこられる。入り口の硝子戸に三角の穴があいていて、小さい方の弟が此の前覗いていた。「だめ」と言ってつばをかけたら弟が泣いて叱られた。おしっこをして来た弟が蚊帳のまんなかをけあげる。蚊帳は下から見ると年寄りの馬の腹掛けみたいだ。緑色の地に赤いふちとり。父さんたちの蚊帳は水色のぼかしのある白い蚊帳。広くて涼しそう。大人になったら絶対にああいう蚊帳に寝る。学校の庭にある大きな木。欅というのだろうか。二股になったそこから私は生まれて来たと母さんが言う。私はもう八歳、そんなことを信じると思うのだろうか。大人は、いつもあたり前のことをさもふしぎそうに言う。わかりきったことをはぐらかす。いつか、

「私はほんとに母さんの子?」

と泣き乍ら聞いたとき、「ばか」と言って母さんはいきなり頰をぶった。本当は継子なのだろうか。下で父さん母さんといっしょに寝ている小さい弟だけは本当にあの人たちの子だろうと思う。うまれたときから知っているから。私の母さんは、ひょっとするとほんとにあの欅の木かもしれない。

映画のはねる時間。下駄の音が坂をころがってくる。

ねむり込んで私の側に寄って来た弟を向うへつきとばし、私も眠る。

あしたは床屋にゆかなければならない。

いわし

硝子戸を開けると煉炭の匂いがむっと来た。「さあ、どれにするの。好きなのを言ってごらん」赤いあれがほしい。いい色だ。つやつやしていて。

祖父のところから急にひきとられて来て、はじめての母との買い物だった。

数日後に入学をひかえていた。

言わなくともわかっている。母さんなら。

ふだんから無口であったが、外へ出ると全く口が利けなくなってしまう。言えと言われるとよけいだめである。身動きも出来なくなり、下を向いて立ちつくす。母は娘のそうした田舎くささが嫌いだった。

「言わないの。そんなら母さんの好きな色にするよ」

私の期待は裏切られた。店を出た私の手にはオレンジ色の筆入れが持たされていた。家に帰り私はそれを壁にたたきつけた。

外で喋らない私の態度はいつになっても変わらなかった。母はそんな私に手を焼いて少しでも喋らせようとよくお使いに行かせたが、これは大きらいであった。

ある夕方、財布を握らせ母は言った。「丸山さんでいわし買って来ておくれ。大きかったら十匹。小さかったら一人二匹ずつにするから二十匹。いいね」家は使用人を含めると十人の大家族であった。

丸山魚店は家から数軒先にあった。やっと顔見知りになった店のおばさんに「このいわし大きい？」と聞くと、「ああ大きいよ大きいよ」と言い、居合わせた二、三人の大人といっしょに笑った。

「じゃ十匹ちょうだい」十五センチほどのいわしであった。「ほんとに十匹だけでいいのかい」「いい」お店のおばさんが大きいと言ったから十匹でいい。私は自信たっぷりに十銭の代金を払って家へ帰った。

七輪の火をあおいでいた母はいわしを見るなり言った。「こんなに小さいのじゃ二匹なきゃ足りないよ。さあ、もう一回行って買い足しといで」十銭白銅が一枚私に渡された。

おばさんが本当に十匹でいいかと聞いたとき、いいと言った。やっぱり買い足しに来たかとひやかされるのがいやだからあの店にはもう行かない。

私は少し遠い駅前の魚屋に向った。

黙って立っている私に「嬢ちゃん何にするね」とおじさんが大声で聞いた。「いわし十匹」「はい十匹ね。十一銭」つやつやした大ぶりのいわしであった。困った。十銭しか貰って来ない。私は手の中のお金をつき出した。「何だ足りないのか。いいや一銭特別にまけとこ」

さっきよりはずっしりと重いいわしの包みを抱えてほっとした思いで家に帰った。

夕食のとき大小ちぐはぐないわしの皿を前にして、なりゆきを聞かされた父は「葉が魚屋を値切って来たのか。そうか大したもんだ、えらいぞ」とほめてくれた。

そんなんじゃない。丸山さんのおばさんが大きいってうそをついたからあの店にはもう行きたくなかった。母さんが十銭しかくれなかったからどうしていいかわからなくて困っていただけ。値切るなんてとてもそんなこと。だからもうお使いはいや。

私の心は陽気な食卓の空気とは反対に小さく固くちぢんで行った。

小さい方のいわしは丸干し。大きい方のいわしは生いわしであった。

欅の木の下で

　風が通る。汗で湿った髪の中からずーっと背を抜けて足の先まで幾筋も幾筋もの風が通る。家の東側の欅の木が鳴っている。一枚一枚の葉が風に揺れて、その細かな音がいっぱいに集まりさわさわと樹全体が喋っているようだ。

「もう起きて梨畑へ行っといで」祖母が向うの方で言う。ねむい意識の中に梨の甘さがひろがる。そうだ、のどが乾いている。

　土間に置いてある鬼笊をひっくり返し、底を二、三回地面に叩きつけごみを払ったあと、両手に抱え裏の畑にゆく。「隣のうちじゃ若い衆《しょう》がまだ昼寝をしてるからそうっと通りな」ゴム草履が足に吸いつく。隣の裏口は開いていて、すだれの内側がまっ暗。石垣にゆきのしたがいっぱい。水引草も生えている。いつかあの水引草を取って来よう。どうして私の家の裏には竹ばかり生えているのだろう。

　さで小屋の脇を通る。祖父が山から背負籠《しょいこ》で運んで来た松や櫟や楢などの葉の乾いたのが天井まで詰っている（これをさでと言う）。小出しにして家に持って来て火付けに使う。さでは年中なくてはならないもののひとつだ。ときどき此の小屋に入ってさでの上に登り戦争ごっこをする。

あとで体中が埃っぽくなって気持ちがわるいし、さでを崩して叱られるけれど、つるつるとした乗り心地はとても面白い。さで小屋の中は灼けたお日様の匂いがしている。

梨畑の入り口には申しわけほどの木戸。内側から閂が掛けてあるが、その気になれば、誰でも簡単に外せる。長十郎の木が四、五本と二十世紀が四、五本。洋梨の木も二本ある。これはここいらではとても珍しい。「金肥《かなごえ》は怠け者の使うもんだ。あれを使うと味が苦くなるし、実も固くなる」祖父はいつもそう言う。木のまわりに丸く溝を掘り、堆肥や下肥を欠かさない。うちの梨は近所中で一番おいしいと私は思う。長十郎はまだ早いけれど、二十世紀は今が食べごろ。「お盆のときみんなで食べられればいいのにね」私は東京にいる父や母の顔を思う。

育ちすぎて入り切れず袋を破ってしまった実がずい分ある。梨の袋は新聞紙を切って、家で作る。袋貼りは面白そうだ。「やらせて」私は雑だから小さい穴のあいた袋にしてしまうことがあり叱られる。この穴から蜂が入ってわるさをしてしまうのだそうだ。でも袋の上からだって蜂は針で梨を刺して甘い汁を吸っているらしい。鳥も食べに来る。梨の傷口には黒い色がつき、みるみるそれが広がり、ちょっとの風でも樹から落ちてしまう。それを拾って帰るのだ。傷のないしっかりしているのは、日を選んで祖父が採り、丁寧に木箱に詰めて遠くの親類に送る。私達が食べるのは、蜂や鳥が食べた傷のある落ち梨ばかり。でも生き物は本能でよく熟したのを知っているから、生き物のお余りが一番おいしいと祖父は言う。

「ほう、今日はそんなにあったか」広縁に腰をおろし、梨の黒いところを広くえぐり取ってから四つ割にする。ここが少しでも残っていると、苦い味が口いっぱいに広がって嫌な思いをする。芯のまわりの酸っぱい味が好きだから、種のあるところだけほんの少し三角に取ってもらう。「服につけるなよ」梨の汁が肘を伝わって落ち、ぽたぽたと簡単服の胸をぬらす。大皿いっぱいの梨が、祖父母と私の三人で食べつくされる。「じいちゃん、あごがかゆい」放り渡された手拭いには祖父の汗の匂い。「さーてと、もうひとっ働きして来るか」みんな立ち上がり、私には私の仕事。

昼寝の枕を片付け、奥座敷から田の字に並んでいる部屋を全部ざっと掃く。なんにもない部屋ばかりだから畳の目にそって箒をざっざっと動かすだけでいい。奥座敷は畳が少しきしんで鳴り、裏の竹藪がすぐ眼の前で暗く、とても怖い。欄間のほりものに後から掴まれそうだ。ここに来るお客もきらい。ふつうはみんな茶の間で話して帰る。

裏の共同水道から汲んで来て、日向水にして置いたものを風呂に入れる。夏の間は、庭に出してある小さい方の風呂を使う。祖父は何でも自分で作ってしまう。どこからか石を持って来て、上手に組み合わせてかまどにし、その上に風呂をのせてある。野良から祖父が帰るころ、庭を掃いたごみとか、木くずとかを焚きつける。生木からはジュージューと茶色の泡が出て眼がしぶくなる。水は日向で大分温まっているから、ひとくべすると入りごろとなる。二人では少しきゅうくつであるが、私は子供だからかまわない。

庭の鶏小屋はもうすっかり静かになっている。ちょっと前まで止まり木に登ったり下りたり、あちこち向きを変えたりしてざわざわしていた鶏たちもやっと眠ったらしく、白い尻の並んでいるのが見える。

裸のまま庭を走る。縁側にある雑巾で足をふかないとおこられる。そのままでいたいけどお行儀がわるいので、寝間着を着る。

ひとつしかない電燈を奥座敷からひいて来て、祖母がそばを打っている。いつも夜は夏はそば、冬はうどん。御飯はめったに食べない。

欅にまた風が来る。卓袱台の下に入れてある足が蚊に刺されてかゆい。欅に住んでいる蚊だろうと思う。

「ほらそばが出来たぞ。食べてから寝ろ」

マイ・ネイム・イズ・オーシャン

母は滝野川の女子聖学院を出た。

一流とまではいかないが、カナダ系のミッションスクールで、当時としては可成りリベラルな学校だったようだ。

プロテスタントだからシスターとか、マザーとかが黒い服を着て教壇に立つわけではない。そういった学校はそれで独特のいい雰囲気のものであるが。

英語教育はまず会話からはじまった。入学してはじめての授業で、いきなり外国人女性が「アイウエオ?」と呼びかけたという。くり返しくり返し同じように言われるので、きょとんとしていた生徒たちも、つい後をつけて「アイウエオ?」と声を出したという。それが日常のあいさつ「Are you well?」だということがあとでは自然にわかったのだが。こうして母は耳から入る英語をたたき込まれていった。戦争直後、田舎の県立女学校での英語はひどいものだった。一学期たっぷりかけてローマ字をおぼえさせられている私を母はなさけながった。「そんなものあとで自然におぼえられるのに」。

私が医学生のころ海賊版でやっと手に入れたセシルの内科書を、辞書を繰り乍らではあるが、とうとう逐語訳をしてしまった母の英語力は、あの年としてはかなりのものだろう。何しろ明治三十五年の生まれなのだから。

母の学校では日記も英文で書かせられた。入学後間もないころ、提出した日記を見た担任は、信仰あつい生徒であると母をほめたという。何のことかわからなかった母は、やがて自分の間違いに気づき顔から火の出る思いだったと私に語った。RとLをまちがえたのである。Playとpray。遊んだことはすべて祈ったということにかわっていた。日記ではひっきりなしに神に祈っていたのである。

聞くこと、しゃべることと同時に、書くこともはじめからたたき込まれ、それに応えるよい生徒だった。

何年か上に洋《よう》さんという方がいたそうだ。背が高く、美しく、成績も抜群。その方の姓の方は私は母から聞いていない。

学年末、英語のスピーチのコンクールがあったという。そのとき、その洋さんという方が演壇に立った。そしておもむろによく透る声で「マイ・ネイム・イズ・オーシャン」と語りはじめたそうだ。オーシャン——大洋——広い海。夢を運んでくる大洋。そして希望がひらけてゆく大洋。洋という字がオーシャンというひびきとともに母の心をとらえてはなさなかった。

ミッション出にとっては誠に場ちがいな東京女子医専に入り、化学記号ひとつ知っていなかった。当然試験に間に合わせるにはりくつ抜きの丸暗記しかない。母の記銘力のよさと、根気のよさはここで充分に発揮され、教科書という教科書はすべてそこに書いてある写真ともども母の頭の中に丸ごと入ってしまった。本一冊、一冊の頁が母の頭の中で順序よく繰られた。勉強はこうするものだと母はよく私に言ったが、私ははじめからそんなやり方は放棄していた。自分の言葉に置き換えて箇条書きにし直さなければ覚えられないしくみに私の頭は出来ていたからである。ドイツ語も英語と同じように母は出来た。クレムペラーの診断書など、手ずれの出来るほど読み込まれてあった。

母の結婚はおそかった。折角医者になったからそれを生かそうと、独身を通すつもりもあったという。

「一つ年上だけれど若くみえるから」と仲人に言われ父は見合いをした。実際は同じ年の父は九月、母は八月の生まれで、母が一ヶ月年上だっただけだったのだが。

私は結婚の翌年一月のはじめに生まれる予定が一ヶ月早い十二月に生まれた。小さい赤ん坊だったという。

マイ・ネイム・イズ・オーシャン。母の脳裏に魔法のようにこのことばがよみがえった。

赤ん坊の名前は洋だ。太平洋の洋だ。

父は母とはちがったいみでのロマンチストであった。花岡という姓に似つかわしい名を選びたかった。自分は長兄、次兄と相次いで亡くしていた。そのあとに生まれた伯母は、此の家は子供が育ちにくいと言われたこともあり、生まれるとすぐに門口に捨てられた。あらかじめしめしあわせてあった近所の人にすぐに拾い上げてもらい、外から来た子といういみで外志《そとじ》と名づけられたという。これで神様の目がごまかされたか、その後に生まれた子供は皆無事に育った。外志伯母はいつの間にかみんなとしと呼ぶようになっていた。さとじ、かねじと女の子のあとの待望の男の子として私の父が生まれた。強い子にという希望と、寅年生まれということで虎男と名づけられたが、虎男は「とらさん」「とらおさー」と呼ばれ育ち、この即物的な名前を父はきらった。虎猫までがとばっちりをうけて疎まれ、私の家ではきじ猫と呼んでいた。

「よう」という音で、花岡という姓とうつりのいい字をあれこれ選び、葉という字に落ちついた。秋には黄ばんで落ちてしまう甚だ心もとないもので縁起もよくないと成人した私は思うのだが、父はこの名に満足したようだ。つづく私の二人の弟も菖《しょう》、茁《めぐむ》という甚だ類のない名を貰うことになってしまった。

父は産婦人科医であったから、生まれた赤子の名付け親をたのまれることがよくあった。艸かんむりに凝りはじめた父は苣《ちさ》子、菫《ただ》子、苾《かおり》、などの名を辞書から探し出して罪もない赤ん坊を悩ませることになった。後年蕃《しげる》という名の人に出逢いもしやと思い聞いてみると、果たして父が名付け親だった。彼は今迄ずっとバンとしか呼ばれないと笑っていた。

私の名に母は不本意だったと思う。母にとって「マイ・ネイム・イズ・オーシャン」でなければ意味がなかった。

この十月、台風直後の太平洋を見た。三角波が沖からきらきら、きらきらといくつも近づき、荒々しい音を立てて砂をすくっていた。

山国に生まれ育ったものの常として、私はいつも海をあこがれていた。波の音を聞き、汐の香を吸いたいばかりに、日本海へ幾度足を運んだことだろうか。しかし、私の求めていたものはあくまでも海であり、洋ではなかったということにこのとき気付いた。

海はやさしい。凪いでいるときは勿論だが、荒れているときも、気の短い父親のようなもので、怒りが過ぎ去ってゆくのをじっと待てばいい。

それに比べて洋のなんととらえどころのないことか。色も、匂いも私の海とは微妙にちがう。半島から半島へ通うフェリーのわずかな乗船さえ、太平洋は私を拒否した。洋はあまりにも大きすぎる。洋の持つ孤独さを自分のうちにとり込める年齢になる迄、私の名は葉でいいと思う。

母の見ていたオーシャンと私のオーシャンとは別のものであるかもしれない。

夏の終りに

東京に住んでいたすぐ下の弟はふっくりとして色白。それにひきかえ、二つ年上の私は真黒に日焼けして、弟とはほとんど背丈もかわらず貧相である。弟とは年に二、三回は逢っただろうか。研究室に入っており現金収入のなかった父母は帰省もままならなかったと思う。真新しい革靴をはいて弟は帰って来る。女の子のような言葉づかいでおっとりとしている弟。そして、東京へ戻るとき私のはき古した靴を弟ははき、私には弟の新しい靴がのこされる。

みんな行ってしまってがらんとした部屋にひとり寝ころがって私はふてくされている。戸棚がひとつ。あとは何もない。陽の影がうごいてゆく。大きな蠅が音をたてて障子につきあたる。けんかして弟からとり上げたブリキの汽車。本当ははじめから私にはそんなものに興味がないのだから、足でけとばす。ひっくり返って車がからまわりしている。

リヤカーをひいて駅まで送りに行った祖父が帰って来るまでにはまだまだ間がある。数日間の父や母との生活は私を混乱させるばかり。私一人なぜ置いて行かれるのか。そして弟はどうしていっしょに行ってしまうのか。

部屋の中がだんだんとむし暑くなってくる。でも私は障子をあけない。この部屋の中にひとりっきりで天井を見てひっくり返っていると妙に落ちつく。部屋そのものがひとつの世界であって、眼をつむって一、二、三で戸をあけてみると、星がきらきら輝いている空の真中にとんでいるかもしれないし、父や母より早く東京に着いているかもしれない。何もないことが却っていい。赤茶けていながら変につるつるした畳も、硝子戸がはまった戸棚も、そして部屋のしきりの重い板戸も子供のいる場所としては本当にちぐはぐである。

家の庭の水引草は私がみんなしごいて花を落してしまったから赤い棒ばかり。敷石の上にいる蛙は何日もそのままでいつのまにか緑色が灰色にかわっている。つついてみると皮がかすかに動くので生きているらしい。松の木の新しい芽をどうして祖父は半日がかりで抜いてしまうのだろうか。鶏小屋ではいつも争いが絶えない。そして鶏は私をよく見ようとするとき、垂れているとさかをうるさそうに払って片眼だけ金網に近づける。もう片方の眼はそういうときつむっているのだろうか。裏の家の蚕が肩について来たとき、取ろうとひっぱると、沢山の足から細い光る糸をひきずっていやいやはがれるのはどうしてだろうか。そして、梨の芯のところは、私は大好きだけれどなぜすっぱいのだろうか。

「これ、閉め切って何をしてるんだ。もろこしとって来たぞ。来ていっしょに皮をむけ」と祖母の声。

夕方まで

「どりこの」飲んでみたかった。

手を引くと歩くお人形。体はコルクで出来ているという。本当にほしかった。

どちらも「講談倶樂部」とか「主婦の友」とかのうしろの方の通信販売の広告にのっていた品物だ。私はとなりの家で飽きもせずその頁をめくった。

「頭痛にノーシン」「錠剤わかもと」。

「血のみち、中将湯」のお姫さま。「レートクレーム」「佐久間ドロップ」。「仁丹」のおじさんは四角い胸で顔は横向き、ナポレオンに似ていた。牛小舎の壁とか、板塀とかいろんなところにこういった広告はぶら下っていた。

坂の下から「池野のタクシー」が来る。東のうちのおじいさんがお医者をあげたらしい。もうすぐ死ぬんだなと思う。

子供が集まって来て、火の見やぐらの下で待っている。

「来たぞう」ぱらぱらとかけ寄り、車を追いかける。中には車のうしろのタイヤにしがみつき、角のところまでそのまま乗っかって行くものもいる。排気ガスの青いけむりをてんでに深く吸い込む。「あーいいにおい」。

雨の降った日など、車の通ったあとにこぼれたガソリンが紅色の輪をのこして行く。きれいだけど少し毒々しい。

門のある家は近くに一軒だけ。

厚い白壁に落書き。「日本一」と書いてある。「本」の字が大きくひろがって少しよろけているが、墨でちゃんと書いてある。下の方に煙を吐いている汽車の長い長い落書きもあるけれど、これは釘で彫ってある。そして、下のコンクリには点々とくぼみが門の中までいくつもついている。コンクリを打ったあと、しばらくむしろを掛けて固まらせるのだが、その間に隣の正蔵さんのうちから逃げ出した豚が走ったのだ。おじいさんがいくらおこっても豚のことだから仕方ない。

門の両側は蔵。厚い厚い壁。

弟が叱られてよく入れられる。「ワーン」「ワーン」という声が少しはするが、そのうち静かになる。強情な弟は、半日でも入っている。決して「ごめんなさい」とは言わない。

蔵の中にある干柿だの干しいもなどを食べ、もみがらの中におしっこをして根負けをしたおじいさんがあけてくれる迄そのままでいる。

蔵の二階にある大きな箪笥と長持ち。黒い色でおそろしく古い。模様のある引き手がつき、その真中に鍵の金具まである。中には黒い着物。裾の方に花や波の模様がついていて、そこだけ厚く綿が入っている。おばあさんがお嫁に来たときに着て来たものだ。綿帽子というものを冠っていたというけれど、角かくしとはちがうものらしい。でも、見たことはない。「賞」と書いてある赤いビロードの箱に入った金の盃。「本当の金?」と聞いてみたが、おじいさんは笑って答えない。お父さんの子供の頃の作文、お習字、蔵の中は見るものがいっぱいだが、ねずみの糞だらけなのは困る。

もやーっとした空気。寝てしまったら起きられそうにない。

蔵の前に鶏小舎。

役立たずといつもおばあさんにおこられ、いちばん沢山餌を食べている雄鶏と、沢山の雌鶏。お尻のところがただれているのは、別のかごを伏せて治るまでそこに入れてある。赤い色を見ると、みんなでつついてどんどん傷を作り、つつきころしてしまうからだ。

鶏小舎に入るとき、赤いたすきとか、前掛けのひもとかは気をつけて外して行かないと、そこをめがけて鶏がとびつく。

「こっこっこっこっ」と鶏がさわぐ。卵を産んだというしらせだ。「とりに行っといで」。くぐり戸から小舎に入る。鶏くさい。「子供だからって馬鹿にするな」鶏をかき分けて卵をとる。暖かくて、少しざらざらしていて、どうかすると羽までついていていて。

おばあさんはその日ごとに卵を分けておく。卵買いのおばさんが来ると、それをはかりに掛けてもらって売る。

炬燵は春先はひよこに占領されてしまう。真っ黄色いかたまりが、いくつもいくつも押し合い乍らぴよぴよと鳴きつづける。寒さに弱いからずい分と大きくなるまで炬燵の一つの角はひよこのものだ。おじいさん、おばあさんは平気だけど、くさくてかなわない。

羽がすっかり白いものにかわって、足が長く伸び、頭のてっぺんにうすいオレンジ色のとさかがギザギザと山のような形に出はじめるころ、少し大きな箱に移してひよこ達は日当りのいい土間に置かれる。相変わらずぴよぴよと鳴き、あまりその姿にふさわしくなく可愛い声にばかじゃなかろうかと思う。中に一羽か二羽、とさかも際立って大きく、足に蹴爪の出るのがいる。「あの店、また雄鶏を混ぜて来やがった」おじいさんが文句を言う。

そしてこの鶏は外厠のそばに逆さに吊られる運命となるのだ。

鶏を料るのは気味わるいけれど面白い。

おじいさんが首をきゅっとひねったあと、お湯を掛けて羽をむしる。手を出したくなってもさわらせてはもらえない。包丁を入れて、きちんとさばかれ、肉は肉、もつはもつと分ける。古っぱを料ったときは卵というたのしみもある。大きい丸い玉から豆粒よりももっと小さいつぶつぶまで、びっしりと並んだオレンジ色の卵。野菜と煮込むとコリコリして卵らしくない。

きれいに身をとったあとの骨はおばあさんの仕事となる。家の前を流れている弁天様の清水は、川ぞいの平らな石ひとつひとつが一軒ずつのおばあさんの洗い場と決めてある。勢力のあるおばあさんの場所は、大きな平らな石で、うちのおばあさんは二番目ぐらいの勢力だから少しおちる。かまどの灰が置いてある。藁で作ったたわしがその上に乗っている。いつもおばあさんたちはお茶碗や、鍋などを持ってこの石のそばにすわり、灰できれいに洗い上げる。

東京からお母さんがひき上げて来た荷物の中にすすぼけたやかんがあったが、おばあさんはこれをぶつぶつ言いながらピカピカに磨き上げた。「東京に川はないの」と私は聞いた。

この川っぷちの石で鶏の骨をたたく。何回も何回もていねいにたたく。骨はぐしゃぐしゃにつぶれて骨の髄が出て赤い肉のようになって来る。これを丸めて肉団子にする。うちの肉団子はおばあさんがあわて者なのでざらざらしていて、のどが痛くなるからいやだが、上のおしげおばさんの作ってくれたものはつるつるとしておいしい。

鶏はみみずが好きだ。おばあさんは長いものはみんなきらい。私が畑で大きなみみずをつかまえて「ほら」といいながら見せる。「やだいな。ちゃっと鶏にやっといで」おばあさんは横を向いてよく見ない。金網にみみずをぶら下げると、片眼でじっと見ていた鶏はすぐにつつきに来る。もう片方の眼は何を見ているのかと思う。顔の両わきに眼があるということは一体どういう風に世の中が見えるのかよくわからない。

家の西側に縁側伝いに離れがある。

昔、伯母さんがお医者をしていたところだけれど、今はいつも学校の先生に貸している。りんごの木一本が境で、それから中へ入ってはいけない。中が見えても見てはいけない。きれいな先生の奥さんが手招きして、紙に包んだお菓子をくれようとしても貰ってはいけない。りんごの木のかげから男の子が覗く。くりくりした眼の大きな子だ。二つ年下の弟よりはちょっと大きいか。

「男の子なんて」私はつんとして通りすぎる。

夕方が近い。

山から木を切り出した荷車がいくつも通る。あの車をひいているおじさん達は村はずれの「おこげさん」の店に寄り、大鍋で湯気を立てているもつの煮込みをおかずに焼酎をのみ、御飯を食べて行く。「めし」とだけ大きく書かれた看板の下に髪を結った若い女の人が働いている。おこげさんのうちに来たお嫁さんだ。どうしておこげさんと言うのだろう。火傷をした跡がひたいに少しあるためだと聞いたけれど本当のことはよくわからない。

荷車は牛が引く。馬が引く。

牛のあとには牛のべったん。馬のあとにはおまんじゅうをぽこぽこ並べたような馬糞《まぐそ》、「まんなかまぐそ。はじっこ犬のくそ」。

牛のべったんを踏んづけると背が伸びない。まぐそだと背が大きくなる。子供はみんなまぐそを踏みたがる。まぐそは細かい藁のくずのようになって、そのうちどこかへとんで行ってしまう。

山羊の乳を貰いに一升びんを持って行く。いじわるな山羊はめざとく私をみつけると、頭を低くして、突きかかろうとする。あの瞳孔の四角い眼玉はどうみてもきみがわるい。

あごの下にある二つの白いひものようなものも、ごつごつとした体つきもあまり良くない。お乳だけが二本の細い後脚の間で桃色にふくらんでぶらぶらしている。

おじさんが絞るとジュージューと勢よく乳が二本の線のようになって瓶の中にたまる。

なれない人だと、乳は全然出ずに、おまけに山羊にけとばされるそうだ。山羊も鶏の次にきらいな動物だ。

たまに遠くの伯母さんが鯉を持って来てくれる。新聞紙のびしょびしょに濡れた細長い包み。くるりとほどくと大きな鯉が寝ている。眼はあいたまんまだ。たらいに水を張り、その中に抱き上げた鯉を放すと、しばらくは横になっているが、少しすると真直に立って泳ぎ出す。二、三日泥を吐かせたあと、頭をこんと叩いて静かにさせ、輪切りにして食べる。浮袋を貰うのがたのしみだ。ぷりんとしている長三角形の袋の二つ連なっているものを、弟とじゃんけんで勝った方が貰う。生ぐさいけれどそんなことはあまり気にならない。

ひとつだけある「きも」は何枚目かの鱗の下にあるそうで、それをつぶすと折角の鯉が苦くて食べられない。用心してとり出したきもはお皿の上にある黒い小さなかたまりだ。これをおじいさんはつるりと飲む。「ほしいか」「いらねー」私達二人はかぶりをふる。

鼻の下が何となくぬれて来る。吸っても間に合わない。着物の袖口でそれを拭うと、やっと夜だ。一日はほんとうに長い。町へつづく道よりももっともっと長い。

大人になりたいと思った。大人になったら酔わないで池野のタクシーに乗れるだろう。どりこのを飲み、歩くお人形も買える。

レートクレームや中将湯はよくわからないけれど、買うかもしれない。

あとがき

私の晩霞は、同時に私の母すみれの晩霞でもある。母の眼、母のことばを介しての祖父の姿しか私は知らない。おそらく偏見に満ちたものだろうと思う。しかし、客観的に肉親を見るということは、今の私には出来ない。私は私なりの晩霞を、私の知り得た限りの晩霞を書いてみた。事実と反している場面があるかもしれず、思いがけない方に迷惑をおかけしないとも限らない。その点についてはここでお詫び申し上げたいと思う。

小さいころ、一日はおそろしく長かった。「むかし」ということばなど生意気に使ってみたりしたが、それはせいぜい一年位前のこと。私は、使いはじめたばかりの、たっぷりあり余る時間をぜいたくに浪費していたものだ。空想と現実との境は模糊としており、夕ぐれは、ひとさらいが大きな袋をもって戸口に立ち、魔法つかいが蚊帳のすそをめくった。銀杏の葉を拾いあつめて眼をつむれば、アラジンのふしぎなランプはそこにあった。遊べるだけ遊んだあとは真暗な夜が来た。闇はおそろしく強い力で私達を締めつけたものだ。寝小便の子供が多かったのもむりはない。

いまはどうだろう。水銀灯が家の裏の自動車道を照らし、終夜営業のレストランや書店が人を集め、テレビが茶の間の夜を支配してはいるが、私は理屈ぬきにやはり闇がこわい。生き物としての私の細胞のひとつひとつに覚え込まされている原始感覚のようなものであろう。これを死ぬまで私は持ちつづけているにちがいない。

夜が暗ければ暗いほど昼の明るさは際立つ。そして、私は最も明るい光の中にいた幼年期のことを書きたかった。まだ書き足りてはいないのだが。

「岳」主宰宮坂静生先生から、本書出版のおすすめをいただき、かずかずの御助言と、御尽力を賜わった。今後私はどこにいっても、松本の方角をたしかめてから枕の向きを定めなければなるまい。此の場をお借りして、心から御礼を申し上げる。

又、校正にお力をお貸し下さった小林貴子氏、出版の場をお与え下さった花神社の大久保憲一氏をはじめ編集部の方々にも深謝したい。

平成四年 盛夏

市川 葉

ぼく猫

【ぼく猫　解題】

平成二十六（二千十四）年五月一日、邑書林（長野県佐久市新子田九一五 - 一）より発行。A5判変形（百四十八ミリ×百六十八ミリ）、上製、紙クロス表紙、カバー装。帯はない。装画は、著者と「鷹」の俳句仲間でもある小諸在住の画家・小泉博夫のオリジナル。本文に十八点の著者の手によるカットを挿入、その内の二点を表紙及び裏表紙に金箔で押し、一点を著者自ら彩色して化粧扉に使用している。

本書へは掲載文章全文及び、カット三点を収録した。

15級活字使用、全百十九ページ。印刷・製本所、モリモト印刷。定価本体二千円プラス税（刊行当時の消費税は八パーセント）。書籍コードはISBN978 - 4 - 89709 - 762 - 6である。

プロローグ

ね、聞いて「クロ」の話

脚（?）のふみばもないとは、こういうことだろうか。

かなり広い居間なのだが、本、本、本、雑誌、その上に本。毛布、おせんべいの缶。わけのわからぬ書類（考えてもみて！　昭和六十二年などという日付のものさえある）、碁盤《ごばん》、養命酒の瓶、兎の毛皮の帽子。株式会社アールと書いてある段ボール、封の切ってないおびただしい手紙。ファックスの束。畳は敷かれているらしいが、らしいというだけで、それは全く見えない。

やたらなものを踏んでおこられるくらいなら外にいる方がいい。

でも、庭に一歩踏み出すたびに、小さい草の実があたりかまわずつく。何という名だろうか。草虱《くさじらみ》か、盗人萩《ぬすびとはぎ》か。

本当は名などどうでもいい。とにかく家のまわりをひと歩きしてくるとうんざり。取りにくいし、そのままうっかり腰を下ろすとちくちくする。

おばさんがぼくを呼ぶ。

「おいで」

従わざるを得ない。

「こんなにバカ[注1]をくっつけて来て。ちょっと静かにしていなさい。しょうがないこと」

ぼくは低い声を立てておばさんの膝に体をあずけ、動きたいのをじっとがまんする。

今日は、ぐっと体がひきしまるようなよい天気である。ぼくの家の前の坂をのぼりきったところのさとうかえでではもう紅葉がおわり、そろそろ葉をおとしはじめている。このへんでは珍しい木らしいが、いつ誰が植えたものだろうか、知る人はいない。

一雨ごとに夏は洗いおとされ、秋の色となっていく。ぼくの家の桜の木も、さとうかえでほど敏感ではないけれど、秋に気がついているらしい。

近くの家がみんな改築だの増築だのされて、その度に庭の木は切り倒され、コンクリートとアスファルトばかりの町となってきた。

その中で、ぼくの家は自慢じゃないけれど築三十年余、建てればそれで事終わりという人たちであるから、荒れ放題。

そこへもって来て、おばさんは木から生まれたらしい。せっかく植木屋さんが来ても「そこは切らないで！」「そのままの方がいいよ」とつきっきりで金切り声をあげる。おかげで庭は全く林状態。

この頃は午後も三時を過ぎる頃から、近所中の雀が集まって大さわぎをし、桜の木は雀の木となる。

「雀がさわいでいるよ」

「聞こえないよ」

新聞の虫となっているおじさんは、耳をはずしているらしい。

「――たく、お父さんの耳遠いんだから」

おばさんが、ぜひ聞かせようと窓をあけると、雀は一斉に木からとび立ってしまう。

「聞こえないよ」

ばかばかしい、当り前だ。

夏のはじめ、この家の老猫が亡くなった。

歯槽膿漏《しそうのうろう》に、腎不全。白内障、胃潰瘍《いかいよう》と、入院のたびに病気がふえ、医者のすすめもあって腎保護食というものを毎日食べさせられていた。あれはまずいらしい。

水ばかり飲み、うつらうつらと過ごしているのを見かねたおばさんたちが、もうあきれるほど生きたのだから、いまさら何を食べてもどうということはないと気がつき、食事制限をといてくれた。

また元気が出て来て、昼間は日当りのよいところを占領しそこに座る。トイレと食事の時以外はそこを自分の場所ときめ、がんとして動かない。

そうこうするうちに、おじさんとおばさんに、どうしても泊まりがけで出なければならない用事が出来、老猫は病院へあずけられた。そしてそこで亡くなった。

ぼくは、どういうわけかこの老猫の最後の声が、直《じか》にぼくの心の中に呼びかけてくれるのを聞いた。

「わたしの家をゆずるよ。わたしは足かけ二十五年もいたが、食べ物もそこそこ、寝るところにも不足はなかった。悪くないと思うよ。誰かに取られないうちに早く行きなさい」

気がつけば、ぼくはもう三日もろくなものを食べていなかった。

ふらつく足をふみしめ、ふみしめ、薪《まき》の積まれているせまいすき間を抜けた。

「こっちへおいで！　うちの子になるか？」

おばさんの声に思わず走る。抱き上げられ、体をさすられ、ぼくは声をあげておばさんをなめた。そして、散らかっていて住みよさそうな家に入った。ふくふくのごはんにかつおぶしの匂い。

腰をおろしてしばらく夢中のときをすごしたのである。

えっ？　ぼくっ？　ぼくは黒猫くろ。それ以来ずっとここにいる。

体重いま六キロ。


（一九九八年）

カトレアや首傾けて座る猫

注1　バカ……服などに付く草の実の俗称。東北、信州、九州などに広く分布する言い方。

猫――共に生き、そして去って行った君達

また、誰か戸を開けっ放しにしたらしい。

勝手口に大きな黒ぶちの猫が来ている。

「ニャー」と控え目な一声。廊下で所在なさそうにしていた当時三歳の息子が急ににこにこして出てゆく。

振り向き振り向き裏の空き地まで息子を連れ出した猫は、そこではもうかけがえのない友人どうしだ。じゃれころがり、追いかけ追いかけられ、埋立てたばかりの土地はこの一人と一匹にほわほわの土けむりで応えてくれる。遊び飽きると、息子は猫を両手で捧げるようにして抱え、戻って来る。

しかし勝手口まで。猫は決して中に入ろうとせず、降ろされるとゆっくりと戻って行く。こんな日がしばらく続いたものだった。小さな医院を町はずれに開いたばかり。患者待ちの溜息の出るような毎日だった。

「猫を飼うのはだめ」

この禁を犯して子供達は物置に猫を匿《かくま》った。飼い主を見つけるまでという約束で娘は猫をスカートにくるんで連れて来た。そして、なしくずしに猫は家に住み込み、暮らしはじめた。

一体それから今まで、何匹の猫が一緒にいたのだろうか。

雌猫《めす》のサンボは娘のかくれんぼによくつきあってくれ、本気で喧嘩もした。これの仔等のユキ、

シモ、アメ、カゼ。シャミー・セン、トムキャット。勝手な名前をつけられた彼、彼女たちはそれぞれに生き、そして去った。

雄猫《おす》には覚悟の家出ということがある。朝まで足もとにまとわりついて甘えていたものが、昼ごろ隣家の塀をいつものように越えて行ったきり、二度とその顔を見せることはない。玄関のかすかな物音にも、もしやと私は夜半に何度起き出たことか。

しかし、彼らは野良猫としての自由な道を選んだのだ。

猫の寿命はせいぜい十年といわれているが、一番長生きをしたのはシャム猫のアメ、享年二十四であった。人間の年で言えばいくつぐらいか見当もつかない。

成人して家を離れていた息子は帰って来ると、このアメの尻っぽを探りながら、「猫又[注2]になっているかも」とふざけたものである。

しかし、老いはすさまじかった。腎不全のための特別食で暮らし、かつてあの美しかった水色の眼は白内障になり光を失った。呆《ぼ》けもはじまり一日中うろうろし、大声で鳴きつづけた。逝かれて本当にほっとした。

「おい、一寸《ちょっと》来てみろ」

アメが死んだその日、夫の声に外へ出てみると、仔猫が庭先にいる。

「おいで」

声をかけるととびついて来た。真っ黒なすらりとした雄猫だった。貴公子然とした緑色の眼の野良猫あがりのクロ。アメとの入れ替りと運命的なものを感じたのだった。

数ヶ月後、埼玉に住んでいる娘が猫を連れて帰省した。黒毛の迷い猫で、これは雌猫だった。小さいからチビ。二匹の黒猫は大した争いもなく育っていったが、クロは徐々に外の暮らしが多くなって来て、とうとう全く帰らなくなってしまった。チビも今はやはり外猫としての道をえらんでいる。

石垣の上で日なたぼっこをしているのを見つけ、声を掛けても、気が向かなければ振り向きもしない。彼女のために玄関先に餌をいつも用意しておくので、いま近所中の野良猫のたまり場となってしまっている。これ以上増えないのを祈るばかりである。

アメリカンショートヘアの毛並にあこがれていた私は、次の猫を求めてペットショップを訪ね歩いた。このこましゃくれた小さな生き物が驚くほど高価なのに半ば失望し、最後に行きついた一軒で格安な彼女にめぐりあった。二匹一緒のゲージに入れられていた、ひとなつっこい生き生きとした眼の一匹に私はとびついた。命を金で買うということに少し後ろめたさを感じながら。

美しい縞模様が猪《いのしし》の仔の瓜坊《うりぼう》に似ているところから、ウリと名付けた。

ふわふわのやさしい生き物、仔猫。

しかし、長い間培《つちか》って来た私の想いは、彼女が家に着いたときから完全にひっくりかえされてしまった。

彼女はしっかりとした足どりで部屋部屋を探り歩き、自分の居心地のいい場所を定めた。

小さいながら、他の猫の気配を排除し、徹底的に攻撃した。抱かれるのを嫌ったが、自分の甘えたいときには、人間の膝に遠慮なく登る。また、彼女はすばらしく早熟で、家に来て半年ばかりすぎると五匹の仔猫を産んでしまった。しかも、仔猫らは母親の毛並は受け継がず、揃いも揃って俗にいう黒白のきじ猫だった。皆同じ顔立ちでよく似ていた。三匹はやっと貰い手がついたが、行き場のないまま二匹が家に残った。母親がウリなのでナスとトマトに名前を揃えた。彼らはいま生後八ヶ月。体重六キロを越すという恐るべき発育を続けている。家中の戸を開け、本棚に飛び乗り、寝床の上を連なって駆けまわる。

彼らが早く一匹前の猫となって落着きを見せてくれるのを望んではいるが、母親のウリの素ぶりを見ていると、そうは簡単にはゆかない気がする。彼女もまだまだ遊びたい年頃だからである。

八月大名[注3]三匹の猫とゐる

（二〇〇二年）

注2　猫又……各地に伝承される妖怪で、飼い猫が老いて化けるといわれている。

注3　八月大名……秋の季語。稲刈前の農閑期に、酒肴をこらしささやかな贅沢を味わった。

ぼく猫

I　ナス登場

ぼくは猫。名前は「なす」。

お母さんはアメリカンショートヘアでペットショップ育ちである。そのためかどうか気位が高く、かなり怒りっぽい。でもぶっちゃけた話、少し育ちすぎて格安の値がついていたという。血統書もあるといわれていたのに、送られて来ないまま七年経《た》ってしまった。

そして、お父さんは猫の社会のしきたり通り、どこのどなたかともわからない。お母さんの趣味の問題だろうが、その顔、あまり想像はしたくない。

ぼくたちはいちどに五匹生まれた。お母さんがとても若かったので、ここのおばさんにすっかり甘えたまま炬燵《こたつ》の中で生まれ、ふつうのように引越しもせず、そのままそこで育った。

何しろ五人きょうだい。しかもみんな同じ縞柄。だれがだれやらわからずごちゃごちゃと大きくなり、貰い手のなかったぼく「なす」と弟（らしい）「とまと」が家にのこっている。

話しおくれたが、お母さんは「うり」。どうもこの家のおばさんはいい加減な名前をつけてくれたものだ。でも、この名前は三匹ともとても気に入っている。

欲を言えばいまふうに片仮名で「ナス」と呼ばれたいのだけれど。これからはこの呼び方で書くことにする。

　ここのおじさんは変わっている。ひるごろ起きてきて食事をして（当然ぼく達のカリカリとか缶詰とはちがう、わけのわからないものだが）、新聞、テレビ、昼寝とつづき、又暗くなったら食事をして、テレビを見ながらうたたねをし、外が明るくなりかけたころ、本格的に寝床に入る毎日なのだ。

　ぼくたちの日課とあまりにも違うので、めったにおじさんの寝床には行かない。「こら、ネコ」と三匹いっしょくたにして叱られるのがおちだし。

　ところで、ぼく達の育ての親のおばさんが急に姿を消してしまって、三週間がたった。

　外で遊び呆けているぼくを「ナス、帰っといで」と呼んでくれる声も、カーテンを開け閉めする合図もない。ぼくたちのよりどころにして「重いよ」「きついよ」と言われながら乗っかっていたおばさんの寝床はぺしゃんこで冷たいままだ。おばさんはどこだ。トマトも知らんと言う。母さんのウリも困ったと首を振るだけだ。

　一日に二度ほど近所のアカギさんが来て、カリカリと缶詰をあてがってくれ、ぼくたちはそれを夢中で食べてはいるのだが、何かひとつきまらない。味の中心がないのだ。

　この家のおじさんの元気がなくなって来た。

　いろいろのひとが集まってごちゃごちゃ話をしている。「I.C.U.[注4]を出たって」「お父さんのごはんの当番は？」「うん、もう歩いてる」「今日病院へは何時ごろ行く？」だの聞き耳を立ててみるが意味はわからない。さっきから言っているように、ぼく達は猫なのだから。

三月のおわりごろ、いつものように廊下からとび出そうとしたら、あの嫌な奴が庭中に来ていた。体がすくんだ。此の前のときは足がぶすぶす沈んでおそろしく冷たかったのだ。

玄関にまわってみる。こっちの方ならあの嫌な白い奴はまだ来ていないかもしれないと思ったからだ。でも前の家のおばさんが箒《ほうき》を使いながら「雪になっちゃったね」と大きな声でしゃべっている。今日は寝ているほかはない。

こんな日から十日近くたった。

おばさんが、ぼく達のおばさんがふいに家へ戻って来たのだ。

「ナスや」

相変らずのおばさんの声にどきりとし、ぼくは思わず後しざりした。ぼくの頭から尻っぽの先までおばさんの手がゆっくりと触れ、そのぬくみが伝わって来たとき、ぼくはおばさんの顔をみつめて「ニャー」と鳴き、おばさんの脚にどすんと体ごとぶつかって行った。

おばさん、ぼく達といつもいっしょだよ。置いていかないでよ。約束だよ。

抱き上げし仔猫の爪の抗へる
病院の非常口より猫の夫

（二〇〇八年）

注4　I.C.U.……Intensive Care Unit の略で、集中治療室のこと。

Ⅱ　おじさんがいない

おじさんがいない。大分前からいない。ずうっといない。

ぼく達三匹の名をいっしょくたにして、「こら、ネコ」と呼んでいたおじさんだ。どの人間が好き、どの人間がきらいと言う権利は猫の方にあるのだから、向こうがどう思っているかということは気にする必要はない。

ぼく達「ナス」「トマト」の母さん「ウリ」は大のおじさんびいきだった。おじさんの肩に手をかけた。おじさんの膝に乗った。

いま、おじさんの姿はない。おばさんひとり戸棚に倚りかかる恰好で坐り、ぼんやりとテレビを見ている。

このテレビの上がこのごろのウリ母さんの場所だ。だらんと横になり、長い美しい尾をテレビの画面に下ろしている。

「じゃまだよ。ウリ」

おばさんの声にも尾を振るだけ。テレビの画面は二分されている。たまに来るおばさんの息子（断っておくが、ぼく達の兄弟ではない。人間の男だ）は、「うちのテレビだから猫が乗れるんだよね」と笑う。うすべったい、大きな窓のようなテレビがあるそうだが、まだ会ったことはない。やっぱり上はあたたかいのだろうか。え、乗れるだけの幅はないんだって。そんな。

玄関脇の部屋は線香のかおりがする。おばさんがいそいそとお菓子を持って入る。かすかにおじさんの気配。チーンと鉦が鳴る。どうしてもその部屋に入りたいのだが、なかなか機会にめぐまれない。

おばさんは散らかり放題の居間に、おじさんのいたときと同じように過ごしている。

おばさんのまわりにはいつも紙切れがいっぱい。何か書いては消し、ぶつぶつ言いながら厚い本をひらく。電子辞書を打つ。

ぼくは思うところ、おばさんは電子辞書のかなりの使い手ではあるが、似たような機械の携帯電話は全くだめらしい。メールとかいうものは毛嫌いしている。

そもそも、こうなったのはどうもあの「インベーダーゲーム」をばかにし、「たまごっち」を拒《こば》んだことにあるのではないか。

喫茶店で時間をつぶしたり、優等生の「ひよこ」の二、三羽も育て上げておれば、こうも時代におくれることはなかっただろう。

いつもマナーモード。出るときは家に置きっ放し。「連絡がつかぬ。何のためのケータイだ」と叱られているらしい。留守番のぼく達は乗っかったり、転がしたりして遊び道具に使っているのだが。

そう、おばさんの書いては消しているものは俳句ということばらしい。俳句には季語というものがあり、その季節、季節にあてはめなければいけないというから誠にややこしい。

ぼく達猫も季語に入れられてはいるが、名誉というよりは、独断と偏見に満ちている。猫の仔、恋の猫、猫の夫《つま》、かまど猫、かじけ猫などがあるが、ぼく達の気高さ、品のよさをあらわすものは皆無である。

それに、季語のついでに言っておくが、猫火鉢、猫車、猫鮫《ねこざめ》などぼく達とは全く別のものだし、猫に鰹節、猫に小判、ましてや猫をかぶるなどに至っては侮辱《ぶじょく》も甚だしい。

昔からぼく達のことはいろいろ取りざたされ、本になっているものも多いらしいが、「長靴をはいた猫」のあの残酷さと小狡《こずる》さは仲間としてどうかと思うし、「牡猫ムルの人生観」のムルは超天才でもはや理解の外にある。

雨の日、曇っている日はとにかくねむい。自分の場所ときめたところ（ウリ母さんは勿論テレビの上だが）、坐っているおばさんの左脇とか、炬燵の上に陣取ってねむることにしている。

ぼく達のことを「ねこ」と呼ぶのは、よく寝るところからだというのがどうも本当らしいが、条件のわるいときには、無駄なエネルギーは使わぬ方がいい。これはやはりのエコにもつながる。鶏のようにあちこちつつき廻ってわさわさしている連中はそれだけの頭しかないのだ。

おじさんが居なくなってから、二階に寝ていたおばさんは下の奥の部屋にベッドを持ち込んだ。察するところ十四段の階段の上り下りが体にこたえるようになったらしい。

従って、ぼく達がいつも夜はおばさんの布団の上で寝るという習慣も終りを迎えた。あまりの重さにおばさんは困り切っていたらしく、寝るときはドアに椅子を押しつけ、ぼく達の侵入を断固拒否したのだ。

「おやすみ、また、あしたね」

ぼく達が夜食を済ませると、次々に電気が消えてゆく。「セコム」のスイッチが入る。

「アンシンシテオスゴシクダサイ」と女のひとの声がする。おばさんは言うまでもなくおばさんなのだから、ここは若い男の人の声だったらいいのにとぼくは思う。

月曜のひるごろ、生協のトラックが来る。

「猫かん」「カリカリ」「猫砂」

どさりどさりとほとんどぼく達のもの。

おばさんには冷凍の魚とかヨーグルトがちょっぴり。

こんなにお金がかかっているのだから、やっぱりぼく達がこの家の中心だろうと思う。ウリ母さんは今年の夏で九歳、ぼく達ナスとトマトは八歳。猫としては十分成人なのだが、おばさんは言う。

「私が死んだら、こいつらが困るから、いっしょに生きて面倒みなきゃ」

おばさんの体は悪い虫に食われて、それを切り取ったというけれど万全ではないと思う。でもいまのところは元気らしい。少しはぼく達も役に立っていると信じる。その手をなめながらぼくはつぶやく。

「死ぬときだっていっしょだよ。でもずーっと先のことだよ」


（二〇〇九年）

Ⅲ　トマト入院する

今日は、わたし「トマト」が、入院したことを話そうか。

そもそも入院とは「患者が治療検査を受けるために一定期間病院に入ること」又は「僧が寺院に入り住職となること」の二通りのことばが広辞苑にはある。

一寸待《ちょっと》って！　わたしにそんなに学があるのではない。この家のおばさんの横に座って薄目をあけて見ているだけのことなので、意味は一向にわからないのだ。

「太りすぎ」「メタボ猫」などと言われながら暮らしていたが、これはわたしのせいではない。有れば食べる勿体《もったい》ない精神のためだ。やはりわたしの生まれついての性質か。

ある日、急に世の中が黄色に変わった。

絶え間ない吐き気があとからあとから来る。うずくまっているより仕方がない。

おばさんがアカギさんに電話をしている。アカギさんはよくわからないが、やはり猫のおばさん格でとても気のいいひとだ。おばさんよりは十五歳も年下というけれど。

「トマトが変なの。わるいけどちょっと来て！」

とどのつまり、わたしは妙なトランクの中へ二人に押し込められた。

「トマト大き過ぎ！　きちきちで尻っぽが上手く入らないよ」

おばさんとアカギさんの喚《わめ》くうちにタクシーに乗せられ、あっという間に妙な匂いのする建物に着いた。

「ウオーン」

鳴くより方法がない。

「お名前は」

「いちかわよう」

あわてたおばさんは自分の名前を言ってしまった。

「いえ、患者さまの」

「あっ、いちかわトマト」

桃色の診察券をもらい、黒い台の上に乗せられた。

「うわ、久しぶりにこんな大きな猫を見た。いつから、どんな様子ですか」

尻っぽを持ち上げられ透明な棒がさし込まれた。

「体温四十度もある。黄疸が出ていますよ」

血液を採られ、

「重症の膵炎と肝炎です。ちょっと危ないかもしれません。入院になります。ま、全力を尽してみますが」

狭い狭い（わたしにとっては）金網の箱。なんと上にはフェレット、床には亀、隣には宿敵の犬の奴も入っている。わたしは唸《うな》るよりも呻《うめ》いた。観念するとはこういうことであろうかと、九年の歳月をふりかえったのである。

ウリ母さんは、大きく生まれすぎたわたし達のお産があまりにきつかったのだろうか、生まれたてのわたし達を廊下に放り出したまま行ってしまった。

「おやおや困ったこと」

おばさんはわたしを拾い上げ、洗面所へ持って行き、体を包んでいた袋を破ってわたしを叩いた。

「ミャー」

洗面所で体を洗ってもらい、

「早く鋏を！」

おばさんとおじさんの手で臍の緒が切られたのである。

少し落ち着きをとりもどしたウリ母さんと五匹のきょうだいたちはごちゃごちゃ大きくなり、きょうだいのうち三匹はどこかへ貰われていったけれど、わたしはそのまんま生家を出ず、おばさんの子供状態で甘ったれて来たこの九年。

考えてみればわたしはもう中年。猫の一生なんて束の間というものだ。

食べるのを断固拒否しているわたしの鼻の穴に細い管がさし込まれ、日に何回かどろっとしたものが胃に入り込んで来る。腕の毛と、下腹、お尻のまわりの毛をみんな剃られ、それぞれ点滴、おむつがあてがわれた。見る影もない。

おばさんは暑い、暑いと息をぜいぜいしながら毎日見舞いに来る。ブラシをかけてくれる。撫でてくれる。わたしはじっと見つめるより他はない。

「又来るよね」

一時間ばかりするとおばさんが帰る。それから長い長い時間がつづく。

ある日、わたしを見て、おばさんは腰を抜かさんばかりに驚いた。わたしがＩ.Ｃ.Ｕ.に入っていたからである。

「そんなに悪いんですか」

「いいえ、ケージが汚れたので掃除している間移したんです」

「へえ、それにしても猫のＩ.Ｃ.Ｕ.ね」

おばさんはあちこちから覗き込んだ。全く何にでも興味を示すひとだ。

血液検査も、レントゲンの結果も思いのほかぐんぐん良くなって来た。おばさんもお財布の中のお金を数えながら、少しずつ元気になった。何しろ病気は重い、保険とかいう人間社会の約束もないのだから。一時わたしのお弔《とむら》いのことも考えていたらしい。

ひと月ほど経《た》って、鼻の管がつまってしまったのを機会に、一時帰宅して様子を見ようということになった。

アカギさんとおばさんが迎えに来た。おむつを少し貰った。何のことはない。人間の大人用のものに尻っぽの穴をあけただけのものだ。またまたせまいトランクに「ウオーン、ウオーン」と喚きながら押し込められ、あっという間になつかしいわが家の玄関へ。

「いくらかかった?」

「十八万ばかり」

「でも命にゃ替えられないよね」

おばさんの口から、溜息とも何ともつかぬことばが漏れた。

廊下を二、三歩行くと、おむつが外れてしまう。

「おや困った」

おばさんが追っかけて来てはかせてくれる。又すぐとれる。

「ま、いいか、家を汚されたら掃除すればいい」

おばさんは決心したらしい。

でもわたしは、いつもの乾いた清潔な砂のトイレを目指し、よたよたと歩いた。久しぶりの快感がじわーっと来る。

「すごい、トマト、ちゃんと出来るじゃない」

おばさんの眼が輝いた。

お勝手をのぞくとウリ母さんナス兄さんとわたしの三匹分のお皿がいつもの場所にある。やさしいにおい。思わず鼻をつけてみる。

「トマト、食べられるかい」

おばさんは、にんべんの削り節をこんもりと奢《おご》ってくれた。ひとくちひとくち嚙みしめる。

「お、食べた食べた」

アカギさんとおばさんのうれしそうな声に、わたしにも元気が戻って来た。

帰った当時は妙によそよそしかったウリ母さんもナス兄さんもだんだんうちとけて来て、二、三日後には寄り添って寝てくれるようになった。平和な毎日がつづいた。

しかし、三ヶ月後、こんどはわたし達の頼みの綱のおばさんが入院してしまったのだ。心配のあまりわたしはウリ母さんに訊く。

「フェレットも犬もいないよね」

ウリ母さんは呆れ顔で言う。

「ばかだね。人間の病院だものいるわけないさ。でもひょっとして亀はいるかも」

アカギさんが来てくれて朝夕の食事の面倒は見てくれる。家の中のことはわたしたちが守ってみせるから大丈夫だけれど、でもわたしには、おばさんの膝に寄りかかり背中を撫でてもらう至福の刻がいまは無い。さびしい限りだ。

「おばさん、何でもいいから早く帰って来て、わたしの毛づくろいのお手伝いをしてよ」


（参考＝『広辞苑』に拠る）

【退院】①入院していた患者（病気にかかったり、けがをしたりして医師の治療を受ける人）が治って病院を出ること。②住職の地位を退くこと。③近世、僧侶に科した刑の一種。その職を解き、居住した寺院から退出させること。

でもわたしは、今のところ、この言葉をおしえてくれたおばさんには会えない。

おばさんに梅干し猫にかつをぶし

（二〇〇九年）

Ⅳ　外伝

ぼく達猫のいのちは、大体十四年から十五年ぐらいのものと聞く。もっともぼくの先々代（血のつながりはないのだが）は二十四歳まで生きたという。これは例外中の例外というものだろう。

わが家の外猫ムニャさんは、玄関先の段ボールの中で暮らし、決して家の中には入らず、おばさんの与えてくれたスーパーの特売のザラザラを食べ、時には仔猫を産み育て、外猫としての品格ある日常を送っていた。

それが、ある日忽然《こつぜん》と姿を消してしまったのだ。

「ムニャー、ムニャやー」

おばさんが餌の皿をもって家のまわりを歩きながら大声を出していたが、それっきりムニャさんの音沙汰はない。ウリ母さんは、

「あの猫は、わたしが来たとき、もういいかげん年寄りだったからね」

と考え深げに言う。ぼくはおばさんに話しかける。

「そっとしておいて。最後はひとりになりたいんだよ」

さて、これからはむかしむかしのお話をしよう。うちのおばさんの、おとうさんの、おとうさ

ん、つまりおじいさんは、類《たぐい》まれなる猫の調教師だったということだ。そのひとは慶応《けいおう》（ひょっとしたら早稲田《わせだ》だったかもしれない）三年生まれ、当然わずかの間、ちょんまげのお世話になっていたとも思う。

普通の農家の普通の暮らし。低い身分ながら、どの家にも猫が家族として加わっていた。そのころ家の天井にはぼく達などには見たこともない鼠《ねずみ》という厄介者が住み、二十日鼠というもっと小さいやつらは畑の稲藁や、家の戸棚などをうろちょろしていたという。

いまはもう薄くなってしまったが、ぼくらは狩猟族という誇り高き本能を持ち合わせている。そして、こずるい鼠どもは農家の作物の上前をはねて育ち、宝物のように飼われていたお蚕様を食い荒らしていたのでけっこう美味だったらしい。たまにぼくがとって来るもぐらは、体格好は似ていると聞くが、あれはまずい。

というわけでおじいさんもブチという猫を飼っていた。白でも縞でも虎でも三毛でも、いつの代も猫の名前はブチだったから、何代目のブチかはわからない。

麦飯に味噌汁をかけたものを台所のすみの欠けた茶碗であてがわれ、こんなものにも舌つづみを打ち、足りない分は鼠を捕りに出掛け、半自給自足の暮らしをしていたようだ。

このブチさんを尊敬をこめてブチ様と呼ぼう。

ブチ様は極めて頭のいい猫だったらしい。生まれて一ヶ月半でもらわれて来ると、すぐに家のまわりをかぎ歩き、間取り、日当りを確かめ、いつもおじいさんの煙草盆《たばこぼん》の置いてある横を自分の座ときめた。少しけむりくさいが、気のつよいおばあさんにしょっちゅうわけもなく叩かれるよりはずっとましだったからだ。

そして、一生会得《えとく》出来ぬ仲間もいる引戸開けの技術を、指導者もなく三ヶ月で会得してしまった。

そのころは家の間仕切りは大てい重い板戸。ほそいすき間に爪をさし込み横に引く。頭と両脇の髭の長さまで押し開ける。そうすると体はするりと通り抜けられる。

おじいさんが「こら、ブチ」と大きな声でどなるが、ブチ様はふり向きもせず「ニャー」と返事をして出て行く。

「やれ仕方ないもんだ。寒くて困る」

よっこらしょとおじいさんは立ち上がり、板戸を閉めて又炬燵に入る。外で用事をおえたブチ様は、ガリガリと板戸を開けて戻って来る。

「こら、ブチ、閉めろ」

又おじいさんがどなる。

閉める？　どういうこと？　ブチ様の思考回路はからまわりし、混乱。ではとおじいさんの後について歩き、学習することにした。

ここがブチ様の偉いところだ。多分、おじいさんも相当な猫語つかいだったろうと思う。おじいさんは、ぼく達と同じに手を使って横に引く、戸が開く。このことに問題はない。おじいさんは、開けたときと反対側に手を使って横に引く、戸が閉まる。おじいさんは、ブチ様の手を取り、直接指導を重ねた。

あ、こういうことか。自覚しはじめ「ブチ閉めろ」と叱られ叱られ、四ヶ月かかってこの技を会得したという。

開けたら閉める。簡単なことのようだが、今日ぼく達はやらない。絶対に。それは、かねがねうちのおばさんに「戸を閉めることが出来たらサーカスに売るからね」と言われているからだ。サーカスという世界がどんなにきらびやかなものかは知らないけれど、いまの衣（これは自前だが）、食、住に満ち足りた暮しをわざわざ捨てるほど馬鹿ではない。

因みにこのブチ様の話、おばさんのいとこの八十二歳のひとから、おばさんが直接聞いていたのである。

「ほーんと、ほんとだってば」

でもおばさんは電話を手で押さえながら、

「まさか」

と言って、ぼくを見てにやにやした。

要するに猫が襖を開けたのよ

（二〇一〇年）

V　おばさんの部屋

ぼく「ナス」はおばさんのお気に入り。

それに応えて思いっきりすり寄り、尾をおばさんの脚にからませながら、そっと咬《か》む。

これはぼくにとってはこの上ない愛情表現なのだが、毛もなくてごく薄いおばさんの皮にはきつすぎるようだ。

「痛いじゃないの」

気持ちの通じることも、通じないこともある。ぼく達もそれを大人の心で受け止め、気持ちよく暮らしている。

ウリ母さんは風呂場の戸があいていると、ちょろっと入りこみ洗濯機の下を見張る。排水口からかまど馬がとび出して来るからだ。母さんは速攻くわえて勢いよく廊下へとび出し、「ウワーン、ウオーン」とくぐもった声でぼくとトマトを呼ぶ。行かねばならない。

遠巻きにしてぼく達の見守る中、かまど馬がそっと母さんの口から離れる。やつは想像もつかないほどの高さに跳ねる。

ピシャーンというかすかな音。円い胴に細長い五本か六本の脚、そう、脚はすぐにとれてしまうので四本のときもあるのだ。ぼく達の追っかけっこがはじまる。

「弱いものいじめは止め止め」

おばさんがふわっとつまみ上げ放してやるが、もうやつの息はない。動かないものにはすぐに興味は醒める。もちろん食べる気持ちははじめからない。狩猟本能がわずかの間かき立てられるだけのことだ。たとえ毎食カリカリで養われていようとも。

元来、うちのおばさんは早起きの習慣だったのに、このごろはどういうものかおそい。遮光カーテンを閉めて寝ているためか、ひとり暮らしになったためか、齢のせいか。

「おそい」

「はらすいたな」

ふだんは最も猫らしく、寝てばかりいる弟のトマトはこういうときだけはよく動く。ドタドタと廊下を歩きおばさんの部屋の戸をひっかきながら、「ミャオウ」と大声で呼びかける。猫かぶりと言われても仕方がないような（もっともトマトは元来、こういう甘ったるい鳴き方しか出来ないのだが）声を出す。

「おや、もうこんな時間」

ふらりと現われたおばさんは、「おそくなってごめんね」とまずぼく達に朝食をくれる。

おばさんのベッドの頭まわりには雑多な、それこそ言いようもないほど雑多な文庫本がこれまた雑に散らばっている。そのうしろ、天井まで造り付けの本棚が三つ、読むか読まないかしらないけれどぎっしりと本。飾り戸棚にも本。その上に高麗人参の焼酎漬の硝子瓶がでんと乗っている。

入りきれないらしい本は、よそから持ち込んだ卓袱台《ちゃぶだい》の上に山積みだ。地震が来たときはどうなるか他人事《ひとごと》ながら気になる。

　そしてある日、この本でぎしぎしの部屋にぼく達と同じ位の大きさの日本人形が二人出現した。(ひるの間はこの部屋はぼく達の出入り自由だ)。着物で盛装した男女、市松人形というちょっとしたものらしい。収入のないおばさんがどうしてこんなに高価らしいものを手に入れたのか不思議に思っていたら、おばさんがアカギさんに話しているのを聴いて納得した。

　先日の晴れた日曜日、骨董市が立つというので人なつかしくなったおばさんは出かけた。いか焼二串と、貝焼一串を匂いにつられて買ったおばさんは、通りから少し横道へ入ったところに露店がぽつんとあるのに気がついた。そして、そこにこの人形が風に吹かれて立っていたのだ。

「いくらなの」

「一体千五百円」

日焼けした店番の人が応えた。安すぎる。手も足も汚れひとつないし、着物にも帯にも虫食いのあとはない。

「新しいわね」

「そうだね」

「どこから出たの」

「それはちょっと」

「倒産品？」

「ま、そんなとこ」

秋風に吹かれていた骨董でない骨董市の人形は、こうして三千円でおばさんの家に来たらしい。ぼくは匂いをかいで、一寸後ずさりして自分の鼻をなめて初対面のあいさつを切り上げた。動かないもの、うさんくさい匂いのするものはあまり好かない。

閑話休題。

さあ夜食のはじまりだ。夢中になっているぼく達を見ながらおばさんは言う。

「おやすみ、またあしたね」

あした。いつまであしたというものはあるのだろうか。カリカリ、サリサリと夜食を食べながら、ぼくは思う。

「またあした」いいことば。ずっと今日のあとあしたが来ることをぼくは希《のぞ》みかつ信じる。

ぼくも眼で言う。

「またあした」

次の間に猫の鳴きゐる良夜かな

（二〇一〇年）

Ⅵ　ぼく達の歴史

わが家の初代猫はブチだったそうだ。

広い田んぼを半分埋め立てて、おじさんの診療所が建てられた。断っておくが、ぼく達行きつけのさくら動物病院というあの恐ろしいところとはちがって、人間専用の、ケージもないゆるやかなところだ。

土埃の舞う埋立地の向こうから、ひょっこりと現われたブチ猫。その頃、人間歴三歳のおばさんの息子と猫との共同戦線におじさんはずるずると破れた。チビ太と名がつき小さな皿が宛てがわれたという。

それから三年、くらしの目途がついたおじさんは、診療所の隣に待望のわが家を建てることにした。今までの診療所の間借り生活から粗末ながらも独立した一軒の家。期待をこめて毎日チビ太さんも、おじさんの息子と見に通った。そして半年、家が完成するとおじさん一家は引っ越し。当然ながらチビ太さんもついて来たという。猫は家につくというのはうそだ。猫はひとのやさしい気配につくのだと思う。

四十年すぎた。この家にぼく達猫の居なかったときはない。

二代目のサンボさん。放浪のシャム猫おやじと品の良い炬燵猫ばあさんの間のひとりっ子として生まれ実に聡明だったと聞く。自分から言うのもちょっと気がひけるが、ぼく達猫は子供のうちはくるくる太ってふわふわで本当に愛らしいものだ。

サンボさんはちょっと違っていた。足が長くほっそりした体で、ちっとも仔猫らしくなかった。貰って来たおばさんは「沢山食べな。太らなきゃ」とサバやアジの身をごはんに混ぜて食べさせてくれたという。何しろ出涸らしの煮干しに舌つづみを打っていた時代、破格の待遇だったと思う。

でもおばさんの期待するほどは大きくならず、毛艶のいい、しなやかな婦人となったのである。そしてまあ、子供を産むこと産むこと。若い頃は年に三回も。おばさんは皆育てさせてくれた。ふつう人間どもに間引きをやられてしまったころだ。

がやがや、がやがや。お勝手に群れた仔猫たち。それでも貰い手がつき、おばさんのお気に入りの子だけはときどき家に残されたという。

ぼく達雄猫は冒険が好きで独立心に富む。ある年齢に達すると、敢然と巣立ちするのだ。一、二回家のまわりに顔を見せるのがふつうだが、それを最後として、旅猫となり思うままの生活に入る。ぼく達も子供の頃はそういった暮しにどんなに憧れたことか。

というわけで、若い雄猫はいつも旅猫予備軍としてわが家に居たのだ。ユキさん、トムキャットさん、シャミー・センさん、モップさん、みんな出て行ってしまった方々だ。

サンボさんが農薬入りのネズミ捕りを食べるという奇禍に遭い亡くなり、残されたアメディオ通称アメさんは、若いころはじめての喧嘩から男性という資格を失い、唯一例外としてずっとこの家ぐらしとなってしまった。そして二十四歳まで生きたという。稀にみる大往生というべきか。

アメさんのお弔いの翌日、隣のヨシムラさんの家の薪のかげからすらりとした黒猫が現われた。アメさんを失いさびしかったおばさんは「家に来るかい?」と声をかけた。すぐさま「ニャー(人間のことばで言えば、はい)」と返事。その方はいそいそと近づいて来たという。これがクロさん。でもやはり雄猫、一年間の寄宿のあと忽然と消えたという。

そして、もう一代チビさんという半野良の方のあと、いよいよ由緒あるアメリカンショートへアのわが母ウリの時代となったのだ。

これまでのこと、人間の歴史でいえばたかだか四十年あまりのものだが、猫歴でいえば江戸時代ぐらいからの長さであろうか。

ぼく達猫に人間ほど豊富な語彙《ごい》があるならば、初代チビ太さんは渡世人或いは股旅者と呼ばれていたかもしれず、サンボさんは正しくゴッドマザーだった。ここに来て登場するわが母は歴としたペットショップ育ち（血統書は送られて来ずじまいだったが）、気位《きぐらい》が高い。

さてさて、幼い頃はいざしらず猪《いのしし》の仔の瓜坊《うりぼう》に良く似た体の模様からウリと呼ばれている母の気持ちはどうだろう。何という単純な発想であろうか。そして、きょうだい五匹のうち家に残されたぼく達二匹、母さんがウリだから、子供の名前も夏野菜に統一してナス（ぼく）とトマト（弟）。ふざけている。

だからお互いに本名有理、那須、当麻人という漢字名がついていると思うことにしている。どうだろう、少し恰好いいと思うのだが、これは頭のいいぼくだけのないしょ。

度重なる雄の方々の家出で心配症になったおばさんは、ぼく達が成人するのを待って入院させ、雄としての生き方を止めることにしてしまったのである。ついでにウリ母さんにも子育ての苦労から解放させる手段をとった。

幸か不幸かぼく達は幼な心のままふっくりむっくりと成長し、いつの間にやら十歳を過ぎてしまった。

こう長くおばさんと付き合っていると、面倒くさいが人間のことばがつい分かってしまう。トマトなどは気が小さいので、ついこのごろも「寝て食って寝てという暮しをしていると駄目だよ、少し運動もしなくちゃ」とおばさんに眼をあわせて話されたとき、思わず立ち上がり、戸を開け、廊下をひとめぐりしてしまったのだ。

そういうおばさんも病気をかかえ、かなりだらだらしている毎日だ。だからぼく達はことさらおばさんに言う。

「ごはんにしてよ」

「ちょっと外へ出たいの」

「トイレの砂とりかえて。早く早く」

おばさんはやっと重い腰をあげる。おかげでおばさんの生活にもメリハリがつく。

いま思う。生きがいって何だろう。やさしさって何だろう。猫として精いっぱいおばさんに甘え、のどを鳴らしておばさんに応えることではないかと。

いっしょに生きようね。「ごろにゃん」。

猫とゐる日がな卯の花腐しかな

（二〇一一年）

Ⅶ　思うこと

「犯さず　殺さず　貧しきところからは奪わず」

今日もテレビの時代劇チャンネルで鬼平犯科帳をやっている。つけっ放しのようだけれど、暴れん坊将軍とか水戸黄門のときにはさっさとチャンネルを廻すか、切る。

うちのおばさんには妙に気むずかしいところがあって、ことばには特にうるさい。江戸には江戸ことば、京都には京ことば。侍と町人のことばときちんと分かれていないドラマは見ない。

耳学問にも長け、猫又になりつつあるぼく達にも、人間のことばがその時代時代によりかなりかわって来ているということがわかる。

その辺、ぼく達猫はどうなのだろうか。

山というもの海というものも知らず、知りたくもなく、暮らしの今の縄張りはせいぜい五百メートル四方。

あまり遠くのことはわからないので定かではないが、伝え聞いたところによると、クレオパトラに愛されて、ピンと立った尾は指輪掛けに使われていたという猫、大航海時代の帆船に乗り穀倉の番人を立派につとめていたという猫。

時代は下って受難のときもあった。魔女の使いにされたり、三味線の皮に張られたり（実は今もそうかも）したという多くの仲間たち。

しかし昔も今も、猫種は違っても、ことばそのものは違わないということは断言出来る。そうでなければ都会からひとりぼっちで連れて来られたアメリカンショートヘアのぼくの母さんが、この辺の素性もわからない殿方とすぐ心が通じ合うなんて無理だったろう。

そのうえ、ボディランゲージは赤ん坊のころから実に豊かだ。これは時代を越え、町を越え国境を越え、もしかしたら宇宙を越えても、ぼく達猫の世界に共通だと思う。

耳と髭、全身の体毛と、美しい尾を使い分け、遠くにいる相手にも意志を伝えることが出来る。もっともかすかに唸《うな》ることもあるが。

「好奇心」「嫌悪」「攻撃」というときの四肢の構え方と耳の動作の違い。

「こわい」「何だこれは」というときは、みるみる全身の毛が逆立つ。

実にわかりやすい。そして繊細且つ優美な喉鳴らし「ゴロゴロ」という表現に至っては、人間の及ぶところではない。

「顔で笑って、心で泣いて」などという、狡猾《こうかつ》でわけのわからないことはじめからやらぬ。

唸り、耳を伏せ、毛を逆立てると大ていの敵は退散する。

深追いという無駄にして危険なことは思慮深いぼくは決してしない。縄張りの外へは出ない。

これは大人のとる態度というものだ。

多くの先猫たちが勢いあまって道へとび出し、追跡の途中であたら若い命を落としたことを見聞きし、学習したのである。

道には嫌なにおいをまき散らし、途方もなく速く走るクルマという大きな奴が右往左往しているものだ。しかも、そいつは何しろ強い。立ち向かって勝ったという話は聞いたことがない。

　ぼく達の家は広い。ひとりぼっちのおばさんとぼく達三匹だけとの同居にも慣れた。

　むかし子供部屋だった二階三部屋はよく日があたる。階段が苦手のおばさんは滅多なことでは上がって来ない。本棚の漫画少年もジャングル大帝も、シールが貼られたままの机と、その上の学習ノートも、梅のぬいとりのついた肩掛け鞄も、そして床にごろごろと居るブルマーク印の怪獣たちも、いまはウリ母さんの自由だ。廊下に積まれた居心地のいい古布団の上にほわほわと毛をまき散らしながら、ウリ母さんは日のあたる間、ほとんどそこで過ごす。

　そしてぼく（ナス）は、下の寝室に入ることをとうとう許された。いつでもぼくが手を掛けやすいようにドアは細めに開けてある。御多聞《ごたぶん》にもれず、抜け毛に富むぼくのために、ベッドの布団の上に更にシーツを掛け、裾の方に大きな茶色（洗い替えに黄色のときもあるが、どちらかというとぼくには茶色が似合うと思う）のバスタオルが敷いてある。ぼくはその辺のことはよく心得ているのでバスタオルの範囲を出ないようにして憩う。

　このごろは用事のないときは昼と言わず夜もなるべくここに詰めることにしている。何しろおばさんの体調を見守ってやりたいからだ。

　そして弟のトマトは全く仕様のない奴で体ばかり大きなくせに臆病。おばさんの居るところを離れたがらぬ。

「じゃま、重い」とおばさんが喚《わめ》くと、情けなさそうにまん丸の眼でおばさんを見る。ぴたりと付いていることもおばさんを見守る手段のひとつかもしれないが。

さてさて、母さんのウリは客あしらいがとてもいい。誰か来た気配をいち早く察し、階段をとんとん降りて来ておばさんの先に立ち玄関まで迎えに出る。

「まあ巨《おお》きな猫」

足もとにすりすりされ大ていのお客さんは引いてしまう。

「もっと巨きいのがいるんですよ。ナスおいで」

そこでぼくの出番だ。おもむろに立ち上り、伸びをして両手で戸を開けおばさんの声の方に出て行く。

「うわあ、これは何と」

ぼくはお客さんにすりすりはしない。じっと見上げたのち、くるりと向きを変え、精いっぱいの美しさを披露すると、尻っぽをぴんと立て、細かくふるわせながら餌場に向かうことにしている。

もっと、もっと巨きいトマトは呼ばれない。極端に内気で、耳を伏せ、尻っぽを後脚の間に挟み、もうどこかにかくれてしまっているからだ。

このごろ、おばさんは声が出ない声が出ないと会う人ごとに訴えている。いつも一人でいるおばさんは声を出すことがあまりない。ぼく達の名を呼ぶときぐらいの他は黙っている。

だから気がつかないのだが、電話が鳴り出すとおばさんはそれに向かいしゃべりはじめる。「ウン」「ア、ソウ」「デモネ」そんな言葉の合間に電話からは賑やかに声がくり出す。「ジャマタネ、ゲンキデネ」と終るまでひどいときは一時間近くも。

おばさんの左手はしびれ、電話をあてていた頬は赤くなっている。

おばさんの声は小さくてガラガラ。長い間しゃべるのは苦痛なのだ。人は恋しいけれど。

ふだん声を出さない暮らしのせいか、それとも使いつづけている薬のせいか。本当は思いたくもないが病気が進んで来たせいか。

おばさん、もっとボディランゲージを使いなよ。ぼく達のようにさ。

あ、でもおばさんには髭も尻っぽもないか。

身ほとりの猫こそ親し冬林檎

（二〇一一年）

Ⅷ　ネコの謂れ

ぼく達はどうしてネコと呼ばれるのだろうか。鑑《かんが》みるに二つの説があるらしい。

ネズミを捕《とら》えるからネコ。でも、これはおかしい。少なくとも小諸市市町五の三の七には通用しない。大体、ネズミというものはどんなものだろうか。ぼくはこの夏で十一歳になるのだが、まだ見たことも、声を聞いたこともない。

十二支《し》の一番はじめに位する子《ね》というのがネズミと同じかどうかも、ぼくにはわからない。一歩ゆずってそれを認めるとしても、真夜中の十二時を指し、北の方角を言うとなると、ますますこんがらかる。

北は寒い。「北窓を塞ぐ」が冬の季語ということをおばさんが言っていた。ぼく達は寒がり。昔からネコは炬燵で丸くなると歌われているように、ぼくはおばさんのベッドの電気毛布が好きだ。たとえ五月になろうとも。そして、真夜中というと健全なものは寝ているのが当然。うちのおばさんなどは、十時になると「レンドルミン」とかいう薬一錠をありあわせの液体で飲み、ベッドに直行する。

「世の中に寝るほど楽はなかりけり。浮世の馬鹿は起きて働く」

こんな今の世には顰蹙《ひんしゅく》を買うような言葉も、病気持ちのおばさんの口から出ると素直にうなずける。つまり、ネズミは浮世の馬鹿に通じるということか。

余談だが、アガサ・クリスティー、夢枕獏、島崎藤村、平岩弓枝、宮部みゆき、池波正太郎、J・K・ローリング等々の本がベッドのそばに置いてあり、おばさんにとってはほとんどが読んだことのあるものばかりだが、ベッドに入るとかならずどれかを手にする。おばさんに従ってベッドにとび乗ったぼくは、本を払いのけ、おばさんの枕に頭をならべる。

しかし、おばさんもしぶとい。何とかぼくの手を退けページを繰る。そのうち、薬が効き出すと、活字に色がつき、物語の筋がとんでもない方向にひとりあるきし、おしまいになるという。本はぼくの頭の上にぱたりと落ちる。

ぼく達の眠りはごくごく短いから、少したつとベッドからとび下り、ほかの二匹、ウリ母さんとトマトの待つ居間に戻る。居間は十畳。テレビ（以前はウリ母さんがその上で寝ていたものだが、最近買い替えられた新しいテレビは薄すぎて、上に乗ることが出来ず残念）、食器棚、本棚、積み上げられた菓子箱、電話の子機、どこでもドアフォン、など雑多なものが雑然と周囲に置かれ（そのためか、おばさんはよく躓《つまづ》き青痣《あおあざ》が絶えない）炬燵が真中におさまっている。ぼく達は、長座布団の一つ一つに一匹ずつ座り、そこでねむる。

この部屋の豆電球（ほら、ＬＥＤとかいうエコのやつ）は一晩中点《つ》けてある。ぼく達のためと言っているけれど、おばさんのためだと思う。ぼく達は夜目がきく。夜半におばさんの眼がさめたとき、この部屋の障子が仄明《ほのあか》るく見え、あ、あそこにネコたちが居ると思うと心がほっとすると友達に言っていたから。

ぼくは居間とおばさんのベッドを少なくとも一晩に三回は行き来する。三匹どうし、舐め合ったり、おばさんの様子も見なければならないからだ。朝、おばさんは言う。

「ナスが出入りするのでよく眠れないよ」

猫の気も知らないで。

大分脱線してしまったが、さて次のネコという説はよく寝るからついたと。大体ネコ科の猛獣（もちろんぼくも含めて）は肉食だ。

草食のやつらのように、いつもいつもお腹をすかせ、起きている間もぐもぐと口を動かしている必要はない。だいいち品がない。

ぼく達は腹いっぱい餌を食べると、それが消化するまで寝てくらすのを常とする。で、いまのザラザラとカリカリの猫餌と、猫かん、あれは何だ。堕落だ。ネズミを捕え食うべし。話はもどる。ネズミは居ない。見たこともない。仕方ない。

動物園に久しぶりに行って来たおばさんが言う。

「ライオン、いい艶をして岩の上でぐうぐう眠っていたよ。うちのナスに似てたよ」

比べられるのはおこがましい。相手は百獣の王、ぼくはしがないネコ、しかも全身黒縞。虎と言われるのだったらまだしも。

寝るといっても馬鹿な奴らとちがって熟睡ということはしない。いびきをかいていても、どこかでアンテナが働き、バリアがはりめぐらされている。

特におばさんの気配には、そばを通っただけで自動的にぼくののどはゴロゴロと鳴る。呼びかけられると耳はその方向に動き、尾は振子となる。そして背を撫でられるとぱっちり眼がさめる。おばさんとぼくの時間だ。ぼくはおばさんに体をぐいぐいと押しつけ、期待をこめておばさんの膝に手をかける。生まれてから十一年の絆って深いよね。

で、ぼくは何を言おうとしていたんだっけ。とりあえず、この項畢《おわり》。

猫老いていよよ賢し簟[注5]

（二〇一二年）

注5　簟（たかむしろ）……夏の季語。竹で編んだ筵のようなしきもの。涼を取る。

Ⅸ　とうもろこし

眩しい。

夏の間は樹《き》の下などが好きでよく寝ていたが、おばさんに呼ばれると帰らざるを得ない。

「ナス、おいで」

この声は食欲に結びつく。

玄関を開けてもらうと、大急ぎで廊下のぼくの皿に向かう。ひと掬いの所謂《いわゆる》カリカリ。何という幸せのときだろう。お行儀の悪いことだが、食事後の満足感に当然の舌なめずりをしながら居間に入る。

「猫が出入りするから、蚊がついて来て嫌だよ」

おばさんが文句を言う。大体ぼく達は夏の暑さに辟易《へきえき》しながらも、厚いふわふわの毛皮を脱ぐことはない。体温は三十八度ぐらいが普通らしいので熱を感知して蚊がつき纏う。でも幸いなことにぼく達はこの美しい毛に守られて刺されることは殆どない。稀に鼻の頭とか耳の尖《さき》をやられるときもあるが、これは例外中の例外である。

というわけで、おばさんのむき出しの肌は、蚊にとってすばらしい餌場だ。

「痒《かゆ》い、痒い」

あっという間におばさんの手も足も蚊の攻撃を受けてしまう。掻いているうちに真っ赤になり、真ん中が白く膨れる。二、三日は痒いらしい。毛を持たぬ人間はつくづく不完全なものだと、かわいそうにも思う。

今は秋はじめ。

おばさんには、おばさんの志《こころざし》があるらしく、草も木も生えたものはみんなお宝。家の周りには草がびっしり。手入れをしていない樹《き》は枝を伸ばし放題で、鳥どもがよく来る。従って彼、彼女等の落し物から芽が生え、放りっぱなしなのでそれも育つ。築四十年余りの間に白膠木《ぬるで》、紫式部、蝮草《まむしぐさ》、ときに胡桃《くるみ》、渋の木[注6]、桑や、蛇《じゃ》の鬚《ひげ》、その他いっぱいのわけのわからぬものが生え、トトロの家状態。

上にある百五十坪ばかりの畑地は、二つに分けて、西側の半分はその持ち主の九十歳のお爺さんが耕し、東側はまた二つに分けて、八十歳のお爺さんと、その息子のお嫁さんがせっせと何やら育てている。

この夏、三人が揃って玉蜀黍《とうもろこし》を作った。

青青とした玉蜀黍の林はとても魅力的だが、猫はあまり近づかない方がいい。畑を荒らすなどあらぬ疑いを掛けられ、棒切れや石が怒声とともに飛んで来るからだ。でもぼくはカリカリと猫かんで満足し、小さい時からの文化生活に慣れて、猫砂以外のところでは一切用を足さないのだ。だから近づくこともない。

と、こうするうちに、玉蜀黍は実りの時期を迎えたが、九十歳のお爺さんはあまり畑に出ないので、狸《たぬき》に狙《ねら》われたらしく、実るそばから食べられ、皮があたりに散らかっているばかりとなった。

隣のお嫁さんの分は被害は全体の五分の一ぐらいに止まった。

そして八十歳のお爺さんは胸を張って言う。

「俺のはとられてないぞ」

なるほど食べかすは散らかっていない。なぜ、なぜ、そんな訳ないよ。

ある日、庭中の草のあまりの育ちぶりに、家のおばさんが一大決心をして、シルバーセンターの人に草刈りを頼んだのだ。すっきりした裏庭を見に行ったおばさんが叫んだ。

「え！　これは何？」

堆《うずたか》い玉蜀黍の食べがらが公孫樹《いちょう》の木の下に出現したのだ。八十歳のお爺さんの畑を荒らしたやつは、穫物を草叢《くさむら》に運んで、まだ幼いみずみずしいものをゆっくりと楽しんで食べたのだろう。茎からぺしりと折りとって。でもお爺さんはまだ言っている。

「俺んちのはとられてないぞ」

それからは、ぼくは朝晩の見廻りを欠かせない。今は、首を垂れた向日葵《ひまわり》があるだけだけれど、狸の自由にはさせない。

はやばやと冬支度を始めた庭の木から、日が零《こぼ》れるようになって来た。

ぼくは南側の窓辺に寝て外を見るのが好きだ。大まかな時間の移りはそうしていてもわかる。クーラーの室外機の上の日の当たる場所に行きたくなる。

「ニャーン」

はやばやと炬燵にあたっていたおばさんは言う。

「ナス、何、外へ出たいのなら玄関へ、何か食べたいのなら廊下へ」

その言葉に従ってぼくはその方向に動く。そのくらいの会話ならぼくにも出来る。何しろ生まれてからずーっとおばさんと暮らし、もう十一年にもなるのだから。

ここまで来て、ぼくが何でこんなに沢山の漢字を知っているか不思議でしょう。種明しをしようか。ぼくはおばさんのそばで、広辞苑第五版に乗っかり、夜長を楽しんでいるんだよ。

早く第六版も買いなさいよ、おばさん。

猫 の 餌 買 ひ 草 市 の 中 通 る

（二〇一二年）

注6　渋の木……柿渋を取ったり、柿の台木にする信濃柿の信州方言。

X　春のゆき

カーテンを頭で捲《めく》り、おどろいた。

五分咲きになっていた桜がなぜかぽってりとしている。ぼくは近眼（たぶん）だから早速外へ出て、近くに寄って確かめねばならない。

「ニャアアン」

起き抜けのおばさんの眼を見て言う。おばさんは猫語使いだからぼくの言うことはすぐわかる。

「ナス、やだね。雪だよ」

ギシギシと玄関の鍵を開け、またぼくに言う。

「閉めないでおくからね、早くお帰り。寒いよ」

一歩出る。何だこれは。どこもここも真白ではないか。ほんと、四月なんだよ。黄水仙もスノードロップも咲いているんだよ。毒があるからってあまり付き合いたくはない馬酔木《あしび》も鈴蘭形の小さな花房を垂らし、白木蓮《はくれん》はもう明日には開こうとしているのに。

「来年の桜が咲くまで生きていたいものだよ」

といつも言っているおばさんの願いが叶《かな》ったのに、桜は中途半端な花盛りを迎えるかもしれない。困ったことだ。

ぼくはいつもの縄張りを確めに足の裏の冷たさに耐えて歩く。

この辺は丁度猫道のあるところ。その上に家を建ててしまったのでやたらと猫が行き交う、いざこざが起こる。

十二年も生きていれば、ぼくもいろいろな目にもあって、蹴《け》り、猫パンチをあび、かじりつかれ傷つけられた身を、幾度「さくら動物病院」に横たえたことか。

何しろぼくはおばさんの右脚（腕だったっけ）のつもり。でもいくら体こそ大きく育っても、野良さんたちの強さにはかなわない。大ていは唸《うな》り合い、少し追っかけっこをして縄張りを主張しているつもり。だが長引くときもある。家にいるおばさんは玄関から寒い空気がすーすーと入って来るので暖房費のことが気になって困る。勿論ぼくのことも心配だろうが。何しろ一月の石油、ガス代は四万二千九百六十円もかかったというから、ぼくの想像範囲を超える。

日が照って来た。

桜に乗っている綿のような雪はじんわりととけはじめ、アスファルトなどはみるみるもとの色に戻った。で、やっとひと回りすると足の裏はもう限界。玄関にとび込み、馴れ親しんだ炬燵《こたつ》にもぐる。

「おや、ナスお帰り。おりこうだったね」

いつもおばさんはやさしい。ないしょだけれど、あるときおばさんの寝床にもぐり込んだぼくを抱いて「ナス、あんたは私の恋人だよ」と言ってくれた。ほんとだよ。八十二歳のおばさんはやっぱり猫になってしまったのだよ。慶賀。

もっとも、朝起きてから寝るまでのおばさんは、いつもひとり。

カーテンを開け、湯を沸かし、紅茶を飲む。そしてぼく達の食事と水をそれぞれ三匹の食器に入れ、ぼく達のトイレ二つをきれいにする。これが朝のおしごと。

ときにはセコムのセキュリティを解除するスイッチを押し忘れ、ブーブーと警報が鳴り「フシンシャシンニュウ」の大声が響く。赤い外ランプが回る。「おやおや、またか」。

おばさんは、一日の食事を三度するにはするが、一合の御飯を四つに分け、冷凍。一つずつ解凍して一食としている。おかずはワンディッシュメニュー。ぼく達と同じようだ。

一日中あまりやることもないし、あってもやらない。もうみんなやってしまったことだから。家に来る人も殆どない。電話が鳴ると人恋しいおばさんはとびついて相手をする。

「○×生命ですが、いい保険をご案内します」

「わたし今、抗癌《こうがん》治療中なんですけど」

「ゴルフ場会員券売って下さい」

「それ息子が相続しました」

「北海道の蟹お送りします」

「蟹なら冷蔵庫にいっぱいです（うそだけど）」

ひとと話したくなっているということはよくわかるけれど、ぼく達はもともと頭はいいが語彙《ごい》が少ないので、おばさんの言うことにいちいち応えてあげるのもむずかしい。

立っているおばさんの足に「好き好き」と体をすり寄せ、尾を絡《から》ませる。おばさんが坐れば膝に乗り、手や顔をなめ、ごろごろと言ってあげるのがせいぜいのこと。でも猫だからしかたがない。甘えるのは猫の本分と弁《わきま》えている。

おばさんは猫にかまけて日を送る。無為に過ごすという見方もあるが。

次の日、桜はどうやら無事だったらしく、少し青ざめた色ながらしっかり満開になっていた。

「この寒さだと花保《も》ちはいいわね」

おばさんはにこにこと見上げる。白木蓮《はくれん》もだいぶん蕾を落としてしまったけれど、少し雪灼けした花片を木いっぱいに開き、天辺は風もないのにゆさゆさ揺れている。

油断のならない春だけど、いまは満足している。

炬燵の一辺で母さん猫のウリはいびきをかいて眠り、弟のトマトはもう一辺に坐るおばさんにぴったり背中をくっつけてやはり眠っている。ぼくはといえば、広い廊下に敷いてあるぼく達用のふかふかマットに座り外を見ている。欠伸《あくび》が出る。

この平安、いつまでもいつまでも続くといいね。おばさん。

猫ゐればこそのくらしや春ともし

（二〇一三年）

XI ニヤ

この家に生まれ育ち、母さん猫のウリと弟のトマトと暮らしているぼくは、猫として幸せなのかもしれない。

しかも、わが敬愛するおばさんはぼく達の臍の緒を切ってくれたひと。そばに寄るだけで、ぼくののどはゴロゴロと鳴る。

十年あまり寝起きを共にするうちに、ぼくはおばさんの気持ちを先へ先へと読んでしまうようになった。勿論ぼくは普通の猫ではないのだが。

翻《ひるがえ》って考えてみるに、そもそも猫と人間との境はどこにあるのだろうか（むずかしい言い廻しでしょ）。

顔があり、その中に眼も鼻も口もついている。

耳はぼく達の方が少しばかり上にあるが、それは細かいことだ。

脚は四本。人間は後脚二本で立つという器用さはあるが、安定が悪いと転ぶ。ぼく達は転ばない。

ちょっと待った。

ボディランゲージを自在に操《あやつ》る尻っぽが人間には無いのでは。いや、体毛の薄い彼等は衣服を纏っているので、その下に隠しているとぼくは思う。

要するに、大雑把《おおざっぱ》に言えば、おばさんも猫である。

一日中ひとりで家におり、人間と話すことの少なくなったおばさんは、前にも言ったように電話がかかって来ると必ず出る。

お勝手でごちゃごちゃと何かしていて、せっかちな電話が切れてしまうと、いつもリダイヤルする。非通知設定のものだとがっかりのようだ。

おばさんのためだから、せめて十回はベルを鳴らしてほしいものだ、皆さん。

「結婚相談所のものです。お宅にお相手をお探しの方いらっしゃいませんか」

おばさんはにやりとする。

「いいえ」

本当は「ひとり居ますよ。私いま八十二歳ですけど」と言いたいのを我慢しているのだ。

「市川さんでよろしかったでしょうか」どうしてこんな言い方が身についてしまったのか。日本語にうるさいおばさんは嘆く。

おばさんが人間の言葉を喋ったのを聞いて正直ぼくはほっとする。ぼく達はあまりお喋りではない。「ニヤ」と一言、それですべてが済んでしまう。

若いころは「ニャーオン」とか「ニャーニャー」とかよく鳴いたものだが、年を重ねるに従って面倒になった。

しかしこの「ニヤ」には、単純のようだが豊富なニュアンスがあり、猫になったおばさんにはそれが理解出来る、と思う。

「外に出たい」

「何か食べたいよ」

「尻っぽ踏んじゃだめ」

「おばさーん」等々。

この間、おばさんはふっと人間寄りになったらしく、自分から友人に電話をかけたのだ。

「モシモシ」

おや、声が出ない。

「抗癌剤の点滴の副作用かも」

「声は使わなきゃだめよ」

電話を切ったおばさんは、亡くなってしまったおじさんとよく歌った「静かな夜更けに」を思い出し、声を張り上げた。何という音程、何という発声。とつぜんのことにびっくりしたぼく達三匹は、おばさんのところに駆け寄った。

「ネ、おばさん吠《ほ》えたの？　何かあったの？」

「やっぱり良くない。声が出ないよ」

ぼく達がいっしょでも人間どうしの繫《つな》がりがほしいのだ。

ヒトは群れたがり、ネコは孤独を愛する。これ、ぼくの哲学。おばさん、もっと猫になり切ろうよ。

月曜、いつものように生協の人が荷物を運んで来る。猫砂、猫かん、猫のカリカリ。そして冷凍食品が少々。これで一週間過ごす。でも冷凍食品は大てい二食分が一パック最低だから余る。ほかのものも余る。忘れる。

昨夜など使用期限（賞味期限じゃなくて）平成十二年六月という蒟蒻が出て来た。一年半も前に役目を終えていたものだ。「ふんふん」とにおいを嗅《か》いだおばさんは大根の煮物の中に放り込んだ。え、誰が食べるんだよ。おばさんは人間の社会では医学博士じゃなかったのかよ。ぼく達は食べない。潔癖症なんだよね。

外へ出たいとき、ぼくはおばさんに言う。

「ニヤ」

「どうしたのナス。出たい？　食べたい？」

ぼくは玄関の方に首を廻し、また、「ニヤ」と言う。これだけで通じ合える。

「早く帰っておいで、寒いからね」

ウリ母さんもぼくに続く。敷地が、わりと広いので道路には出る必要はない。でも縄張りの見廻りは大事だ。

楸《ひさぎ》の樹《き》がはらりはらりと葉を落とす。一本の樹に芽生え、育っても、散るときは一枚ずつ別々。みんな孤独なんだよね。

おばさんは心配症だからあまり外にいる時間が長いと玄関に立って「ナス」と呼んでくれる。ぼくはいそいそとそちらへ向かう。

しかし、母さんは知らんぷり。「ウリ」というおばさんの呼び声を聞くまでは。何しろぼく達は人間の言葉がわかるのだから。

夜も十時をすぎると、おばさんのベッドタイム。

てんでんに好きなところにいたぼく達三匹は、おばさんのところに集まる。夜食の時間だ。ぼくが代表して、しっかりとおばさんを見つめ「ニヤ」と言う。新しい飲水と、カリカリ、猫かんのトッピング。至福の刻だ。ベッドに入ったおばさんの姿を見かけると、ぼくもそれにつづく。

そっと寝室の戸を開ける。

「ニヤ」

「ナスかい。おいで」

ぼくはベッドにとび乗り、おばさんの左側から布団にもぐり込む。勿論枕はおばさんと共用。顔を並べおばさんの読んでいる文庫本（たまたま三浦しおんのものだったけど）を叩き落とす。

「早く寝てよ」

ぼくが横目でおばさんを見ると、おばさんも横目でぼくを見る。ゴロゴロとのどが鳴り、それがスースーの寝息に変わるころ、電気スタンドが消える。

ぼくは一生かけておばさんを守ってやる。

「ニヤ」

秋燈下集へば猫もわが家族

（二〇一三年）

XII　ちょっとした話

北海道産の帆立だぞ。ワーイ。

ひとりぐらしのおばさんには充分すぎる量の直送のもの。おばさんは帆立が大好き。遠くにいる友人に感謝しながら冷凍庫にぎしぎしと詰めこむ。

でも、おばさん、ぼく達も帆立は大好きなんだよ。おばさんに教える機会がなかっただけなんだよ。

二、三日たったひるごろ、おばさんはあの帆立を冷凍庫から七粒取り出し、調理台の上の平たいお皿に並べた。夕食のためか。

ぼくは鼻が効く。ウリ母さんも同じ。もっともトマトは鈍でお話にならないけれど。解凍されていくうち、いい匂いがひろがる。あ、がまんが出来ない。ウリ母さんが背を低くしてそろそろとお勝手に入っていった。ぼくも続く。まだまだ脚の達者なウリ母さんは、普段はあまり見せぬみごとな跳躍をして、皿の上の帆立をゲット。それは、あっという間にウリ母さんの胃の中に収まった。

おばさんがお勝手に入って来た。

「解凍出来たかな。おや六つだったかしら」

ウリ母さんがつぶやく。

「そう、おばさんの思いちがいだよ。六つだったんだよ」

おばさんが出て行った。

ぼくも誘惑に勝てず（こんなことふだんは全くしないのだけれどね、念のため）、調理台の上にとびのって、一つをくわえ落とし、食べはじめた。

また、おばさんが入って来た。

「おや五つになっている。やっぱり変だ」

舌なめずりしているぼくと、床の汚れに気がついたおばさん。

「ナス取ったのかい」

「でも一つはウリ母さんがやったんだよ」

ぼくはつぶやく。

帆立がじゅうじゅうと香ばしく焼かれ、食卓に上がる。生もおいしいけれど、バタ焼きも絶品だよね。ぼく達はおばさんの両脇にすわり、おばさんの膝に手をかける。

「さっき食べたでしょ。しょうがないわね」

おばさんの皿から帆立が分けられ、ぼく達もお相伴《しょうばん》した。

ほんと、おばさんはぼく達に甘いんだから。

冬浅し猫道を猫通りけり

（二〇一四年）

XIII　おばさんの話、そして終。

ひとり暮しの毎日は判で押したように過ぎて行く。

午後十時、テレビを消し、身のまわりのことを少し片付け、猫に餌をやりベッドに入る。枕もとの電気をつけ、読みさしの文庫本を手にすると、五分も経たぬうちに、部屋の戸がすーっと開けられ、軽い足音がする。彼がとびのるのは、ベッドの右側、そして私の頭をまたいで左側に行き私に寄り添う。しなやかなあたたかい彼と共寝をする至福。私の左手を枕にして彼の顔が私の方に向く。本をたたき落しそっと左手を私の頬に当てる。やさしさのあらわれなのだろうが、彼には鋭い爪がある。

「痛い」
のどの奥が「ゴロゴロ」と鳴りはじめ、それが「スースー」という軽い寝息にかわる。寝ついたんだなと私は思い、睡眠導入剤もそろそろ効き出し眼をつむる。しばらくすると彼は枕もとから出て、私の脚の方に行き、布団の上に丸くなって寝る。そんな日常のくり返しだったが、ある夜「スースー」と寝息を立てはじめている彼の顔を眼をあけてみると、彼は横目で私の顔をじっと見ていた。何のことはない、彼は私を寝かしつけるためにベッドに入って来ていたのだ、と思う。

彼こそ雄猫の「ナス」。わが恋人である。この家で育ち、それなりの知恵を身につけ私と共に老いて来た猫たち。他人から何と思われようと、彼等はかけがえのない家族なのだ。

母猫の「ウリ」、弟の「トマト」、そしてわが「ナス」。夏野菜の名をつけた彼等は、それぞれの名前をよく聞き分け行動する。

かつて家族六人でくらしたこの家は、義母と夫が逝き、三人の子供もそれぞれの家庭を持ったいま、私には広すぎる。

居間一部屋だけに暖房機と炬燵を置き、暮らしているが、三匹の猫どももここを拠としている。廊下に並べてある彼等の食器とトイレ、そこを往き来すると、この居間に戻る。

日に一、二回は「ナス」が外に出たいと（確実に私に伝わるボディランゲージを混じえて）言うが、庭をひとまわりするとすぐ帰って来る。あまりにもそれがおそいとき、私にはとっておきの方法がある。寝室の、庭に面した戸を開け「ナス」と呼ぶのだ。すると、木立の奥の深い闇の中から、にじみ出るように「ナス」の姿があらわれ出す。

「ニャオ」

応えながら私のもとに戻って来る。お気に入りの戸口。彼と私との心のつながる場所。

　朝寝とふゆたかな刻を猫とゐる

しかし、彼との平和な日常は断ち切られた。

この立春の朝、「ナス」が突然逝ってしまった。その経緯についてはあまりにも受け止めがたく、あまりにも悲しいので述べたくない。

もう、彼は何も食べない。何も要らない。彼の大好きな庭の、白木蓮《はくれん》の下にいまは眠る。

私には彼の声も、そのつややかな毛並も、もう感じることが出来ない。

「ウリ」も「トマト」も居るのだが、「ナス」のかわりとはなり得ない。訥々《とつとつ》と書きつづけて来た「ぼく猫」もここでおわる。

私と共に生きてくれたこの十二年間、ほんとうに、ありがとう「ナス」。

　薄氷や髭をくはしく猫死せる

「ナス」初七日。

かつてムニャの住んでいた箱に大きな三毛猫が入っていた。逃げるでもなくナスとよく似た眼で私を見つめる。どうすればいいのだろうか。

私は餌をそっと置いた。

（二〇一四年）

エピローグ

フラワーヒル・タイガーマン

パナマ帽を手にして男は言った。

「帰り道がわからなくなってしまったので、送って下さいませんか」

女は思う。よくまあそんなことを。ひとりでここまで来られたというのに。

「年はあんたよりひとつ上だけど、若く見えるし、家柄もいいし、まあ一度会ってごらん」

男に一番上の姉が紹介した見合いの相手は申し分なかった。話してみると、年上というのはまちがいで、同じ明治三十五年生まれ、ただ一ヶ月早いというだけだったのも気に入った。

後で聞いた話だが、美容師だったその女の叔母に髪を結ってもらい、盛装して銀座を歩いたところ、道行く人が振り返って見たという。小柄ながらきびきびとした美しさにひかれたのだ。何とか交際出来ぬものかと考えた末の男の言葉だった。

苦笑した女はコートを片手に玄関をあけた。その頃の本郷駒込神明町はかなりの田舎で、畑の中に家が点在しており、迷いようのない道が省線の駅までつづく。

男が小声で言う。

「僕のところへ来てくれませんか」

一生独身ときめていた女は、二十七歳の今まで産婦人科の医師として病院勤めであった。なにを今更という思いもあったが、この男の風采の上らなさになぜかひかれたのである。

男は地方の小さな町で開業して二年目、同じ産婦人科だという。二人で仕事をしてみるのもいいかと思い、又周囲からだんだんに独身ということを奇異な目でみられるということ、そして何より乞われるという気持ちを大事に結婚にふみ切ったのである。

男は七人きょうだいだった。長兄、次兄は生まれてすぐに亡くなっている。この家に子供は育たないのではないかと言われた両親は、次に生まれた長女をすぐに門の外に置き、しめし合わせておいた知人に拾ってもらった。外から来た子であると神仏をだまして育てようと「外志《そとじ》」と名づけられたその子は、そのせいか元気に育った。

その次も、その次も女の子。そしてやっと生まれたのが三男でひとり息子のこの男だったのだ。長姉がその頃では珍しい女医となったこともあり、男も医師の道へ進んだ。

大切に育てられたから、当然大へんなわがままで自分勝手でこれは終生かわらなかった。

自分の子供の叱り方も半端ではない。新しい教科書を学校から貰って来るとすぐに持ってこいと言う。教科書に名前を書くのは親の仕事としており、筆をとり出す。

しかし、その後がいけない。算術の本の最後の頁をひらき「これをやってみろ」と言うのだ。何しろ初めて手にし、折り目もついていない本だ。出来るわけもない。たまったものでない。忽ち怒声がとぶ。「いいか、終りが出来れば全部出来る」。

成績がいいときは、よその母親にまじって堂々と参観日にも出掛ける。「さすが俺の子だ」。成績が少しでも落ちようものなら、「お前の育て方がわるい」と子供と妻と並べて叱りつけたものだ。

三人の子供に恵まれたが、親以上に育つわけはない。冷静に考えれば、親以下に育っていないことを有難く思うべきだった。

強がりの照れ屋、内弁慶だったからひとりでは買いものに行かれない。帽子がほしかった。「おい、買いものにでるぞ」と言う。こうしたとき、家族は従うほかはない。癇癪玉がいつ爆発するかわからないからである。いやいやながら娘は父に蹤く。

「この子が町に出たいというから、ついでに」

帽子屋に入った男はうってかわっておしゃべりで愛想がいい。気に入ったソフト帽を手にして、「帽子をかぶって家内と歩くと、『おや息子さんとお出掛けですか』と家内が言われるんです。こんにちはと帽子をとると『失礼、お父さんでしたか』と又言われるんですよ」と笑わせる。男は、かねがねかなり薄くなった頭髪を気にしていたが、それを他人から指摘されるのを嫌がった。自分から言ってしまうのである。

後年、ラジオを聞くことを楽しみとしたが、それもあたりかまわぬ大音量である。

その夜も、ひとり寝床で楽しんでいていつの間にか眠ってしまっていた。ラジオの放送時間は

終了し、遠くの朝鮮語の電波を拾っていた。住み込みの看護婦がおずおずと部屋に来て、

「あの、お隣りが、ラジオがうるさいので消して下さいと言って来てるのですが」と告げた。

男はがばと起き上り、

「うるさい、俺は聞いているんだ」

と怒鳴った。

宿痾となった膀胱癌はある日突然にやって来た。血尿が出た。すぐに知り合いの泌尿器科を訪れた。膀胱ポリープで簡単な手術をすればいいと言われたが、安心出来ない。医師となっていた長女が呼ばれた。

「お前が行ってもう一度聞いてこい。本人には言いにくいこともあるだろうから」

長女は赤ん坊をあずけ、途中で買った煎餅を手みやげにその医院を訪れた。ステテコ姿の老医師は、所見を図に書き記しながら、「ポリープだ」とはっきり言った。

女子供になど、たとえ医師であろうとも本当のことを話すわけはない。その図は広く根を張った立派な膀胱癌を示していた。

それでも、帰宅した娘から、

「ポリープだって」

と告げられると、

「うん、やっぱりそうか、よかったよかった」

とにっこりした。ひとを信じやすい性質でもあった。
男の期待に反し、平凡に育った長女、長男、二男も、すでに男の年を越えた。
子供たちがふざけてこっそりと男に奉った名前「フラワーヒル・タイガーマン」。
稚気愛すべき男の名前は花岡虎男。私の父である。

帆柱の直立父の日なりけり

（二〇一四年）

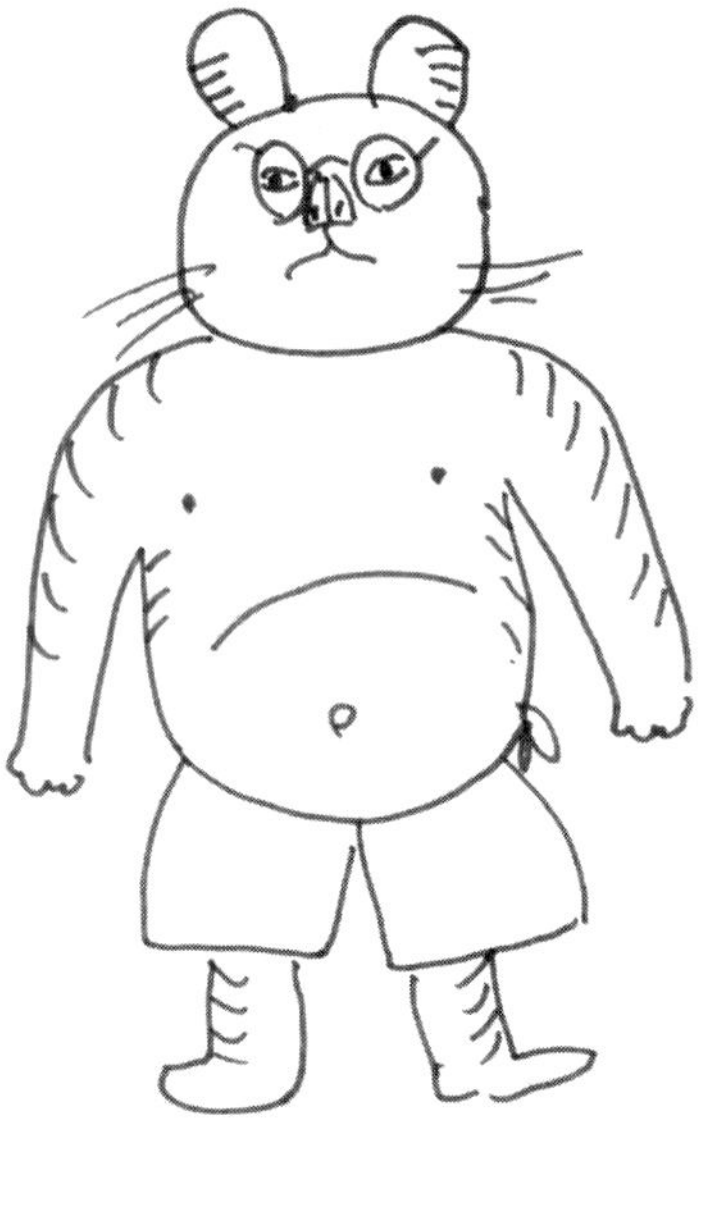

カンショウさん

夕食の後片付けをしながら夫に言う。

「今夜のC.P.C.[注7]何時から」

「七時からだよ」

時計をみると七時十五分。

「遅刻だよ」

「いいんだよ、俺は待たされるのは嫌なんだよ」

考えられない。医師会の会合は大てい午後七時にはじまる。私は定刻五分前に到着するのが当り前と思っている。このひとは妙なひとだ。

若い勤務医が聞いたという。

「あの、いつも遅れて来て、ズボンに猫の毛をいっぱいつけているひとは誰？　言うことはとてもまともだけど、かわった先生」

価値感も独特。勉強は良く出来るのがふつう。開成中学を出たことが、このひとの生涯のプライドとなっているのかもしれない。三人の子供達はいつも大いに傷つけられていた。

食卓におかずが並びみんなが席につくと、ずっとお皿を見廻して、

「どれが一番大きいかな」

お父ちゃんはいつも一番多く、大きいおかずを手にするものと思いつづけていた。口に合わな

いと「まずくて食えない」と。「食べてるじゃないの」。

他人との付き合いは実にいい。ＰＴＡ会長からはじまり、部落の自治会、市の文化協会、そしてロータリークラブの会長まで乞われれば受けた。猫の毛のついたズボンでどこにでも出掛けた。長野オリンピックの開会式にも合唱団の一員として出演している。

五十歳をすぎてから念願のフルートをはじめた。すごい凝り様で、某音大を退職した教授のもとにレッスンに通った。毎週、ピアノの先生を家に迎え、伴奏をしてもらった。

小さい頃から音楽教育を受けさせていた子供達の耳は鋭い。

「お父さんのフルート、海獣シーボーズみたいだね」

「いつまで同じ曲やってるんだろね」

やっと手に入れた銀のフルート。ずぼらな性格なのに、これはていねいに磨き上げて箱にしまっていた。

「こんどは金のフルートを買うんだ」

金のフルート。それがどれほどの価のものか私は知らない。

自分だけの引き出しに、いくつもの封筒に分けてお金を貯めていた。これは後年夫が亡くなってから、私の財政を大へんに潤してくれた。

平成二十年春、ひょんなことから私に肺癌が見つかり、急遽手術を受けた。そのときからマイペースの夫の態度が一変した。

毎日、毎日病院を訪れてくれ、「あした又来るからね」と言った。そして来た。いつも食堂に行くと大きなサーロインステーキを注文、健啖ぶりを発揮していたのに、みるみる元気がなくなり食も細って来た。

「肩が痛い」と五十肩の注射をしていたようだがあまりはかばかしくない。心配していた子供達が健康診断を受けるようにと、むりむり病院に行かせた。そこで末期の肺癌が発見されたのだ。手術も、化学療法も、もう及ぶところではなかった。

入院を拒み、家をひたすらなつかしがった。退院した私がつきそった。便器に腰をおろして夫は私に言う。

「なかながおせわになりました」

「そんなこと、そういう場所で言うことじゃないよ」

水以外を口にしなくなった夫は言う。

「なかなか死ねないもんだな」

私よりどうしても早く逝きたかったのだと思う。ひとり残される淋しさには耐えられないひとだったから。

誕生日を一日すぎて夫は逝った。金婚式の年だった。

あれから七年。夫の気配をまだ身近に感じる。昼間、うとうととしていると、「ただいま」と独特の節まわしの言い方で帰って来る。気がつくと私一人。みんな、みんな私を去っていってしまったということに気付く。また涙が出る。

彼、夫の名前は皖章。

同級会でも、医師会でも、誰も本当の呼び方を知らない。

「カンショウさんって、本当は何ていうんだっけ」

「きよあきと呼ぶんですよ。でもそう知っていたのは家族だけ。カンショウさんでいいんですよ。ずーっとそう呼ばれていたのだから、彼もその方がほんとだと思っているでしょうよ」

夫ほどは呑気に死ねず立葵

（二〇一四年）

注7　C.P.C.……Clinico - pathological conference の略。臨床病理検討会のこと。

あとがき

すべてのことがらは、過去、現在、未来へと進むものであるという気がするが、本当は現在があるのみである。現在という無限に小さい隙間にしか存在しない私、過去は私の脳が作りだした幻影にすぎないかもしれない。そして、それ故に永遠に死というものは訪れない。

七年前に、余命一年と言われた私はこうして現在も生きている。医学の進歩と主治医の適切な治療のためと有難く思っている。

ある日、前野隆司氏の『「死ぬのが怖い」とはどういうことか』という著書にめぐりあったとき、大きな衝撃をうけた。まだ充分に読みこなしてはいないのだが、死という恐怖から少し解放された気がする。

これが『ぼく猫』のあとがきとしてふさわしいものであるかはわからないけれど、いま「ウリ」「トマト」と共に生きていることはたしかである。毛むくじゃらな彼等の屈託のない寝息を聞いているとき、幸せいっぱいになって来る。得難い時間である。

本書は小諸北佐久医師会の季刊誌「噴煙」に載せていただいたものを骨子としている。「噴煙」関係の皆様に此の場をお借りして御礼を申し上げる。

二〇一四年 四月一日

市川　葉

参考文献

前野隆司著『「死ぬのが怖い」とはどういうことか』（講談社　二〇一三年一月）

Ⅲ　自句自註編

自註句集

市川　葉集

【市川葉集　解題】

二千六年九月十五日、ふらんす堂（東京都調布市仙川町一‐九‐六十一‐一〇二）より、「鷹同人自註句集シリーズ」の4として発行。新書判（百七ミリ×百七十四ミリ）、並製カバー装、化粧扉付き。見返しと帯はないシンプルな作りだった。シリーズ共通デザインの色替えによる装訂で、装訂家は君嶋真理子。『市川葉集』の色は萌葱色である。

このシリーズには他に三名の「鷹」同人、布施伊夜子、永島靖子、吉沼等外が参加、九段企画による企画であった。

一ページ二句組、全百三十一ページ。編年で二百五十句と自註を収録。句集未収録作品を多数収めている。

印刷所はトーヨー社。製本所は並木製本。定価は千九百円プラス税。

書籍コードはISBN4‐89402‐850‐6である。

著者は、刊行前年の二千五年に、第六回現代俳句協会年度作品賞を受賞している。

母怖し帽子に溢る桑苺

中央例会の懇親会のとき、つかつかと飯島晴子さんが私の席まで来られ、母怖しの出て来た状況を真剣なまなざしで聞かれた。しどろもどろの答しか出来なかったと思う。

（昭和六十年）

佐久の雨安曇に晴れて花かんば

湘子先生の安曇野吟行にお伴をした。吟行はすでに準備の段階ではじまっているという。朝からの雨に心配しながら電車に乗ったら目的地は晴れ。掲句、先生に採っていただけた。

（同）

待ち居たり木蓮の芽の夥し

その時私は誰を待っていたのだろうか。友人かもしれないし、もっと深い関りのあった人だったのかもしれない。ただわが家の木蓮は燭をかかげたような花芽に満ちていた。

（同）

花鋏春の颱の日暮まで

春の天気は予測しがたい。晴れと思うと、ものすごい風が一日吹きすさぶ。廊下に出し放しになっている花鋏。上五に置いて、何かふしぎな存在感が出た。

（同）

まっすぐに春の雪降る大路かな

都大路を連想させるが、それは読み手にまかせる。雨かと思ったら雪。風がない日なので、水をたっぷり含んだ雪は、まるですたすたと音を立てるようにまっすぐに降った。

（同）

工場の終業《しまひ》のポーや桑苺

夕方六時に坂の下の製糸工場の終業のポーが鳴る。桑畑に入って思うさま桑の実を食べていた私達は夕方の色が濃くなったのに不意に気がつく。帰らなければ。

（同）

太きロープ置き日盛の操舵室

漁港は珍しいので遠慮なしに岸壁を歩く。朝の漁を終えた船が繋がれ波にゆれている。太いロープがぐるぐる巻きで操舵室にあった。うしろの建物の方から煮魚の匂いがして来た。　（同）

椋鳥五十百かもしれず柞山

勤務先の病院を退け車に乗る。山というには小さすぎる前方の柞山、そこにおそろしく大群の椋鳥が集まる。五十羽か百羽か。あるいはひょっとして千羽かもしれない。　（昭和六十一年）

北風や鶏舎の灯一列に

家族とともに暮らしていた家畜たちも近頃は町の外へ外へと押し出されてしまっている。鶏とて例外ではない。山の中腹の鶏舎は夜も灯されひたすら卵を産みつづける鶏たち。　（同）

年の夜の煙突よるべなかりけり

このごろめっきり減ってきている煙突。ただ立っているだけの煙突。坐ることが出来ないので仕方のないことだが、よるべなしと見たのは私だけの感傷か。　（同）

梳る少女の髪や春の航

髪が多くてまっすぐなのが自慢の娘。とりとめもないことを話しながら梳る。もうすぐ結婚するという華やぎに満ちた日日。この先ずっと平安であることを祈らずには居られない。　（同）

淡雪や一重瞼を愛されて

夫に似て娘は一重瞼である。少年はそれがいいと言う。同じ高校の同じ級に学び合う二人。すべてをひっくるめて愛するといえるのは幸せだが、春は気まぐれでもある。　（同）

東京のひとの足早藤咲けり

東京に出ると、よくひとにぶつかる。その流れについて行けぬ私は川の中にある石のようなものだとも思う。どうして皆、そんなに忙しいのか。藤の花房がゆれているのに。（同）

戞戞と馬身よぎれる茂かな

小さい頃接していた馬は農耕馬だった。手綱を持つと首を前に伸ばしおとなしく引かれて行く。夏草の茂の中、馬蹄音が戞戞と行く。人も馬も汗まみれの午後である。（同）

きつく巻く指の繃帯栗の花

子供のころ繃帯が好きだった。小さな傷でも大さわぎして巻いてもらう。その指を立てたまま何かをするのはとても大へん。汚さないように気をつけて。栗の花が匂う。（同）

猫の仔のけだるき眼覚めひとつづつ

ひとかたまりになって眠っている仔猫ども。一匹が大きなあくびをして眼をあける。動きにつられて五匹がつぎつぎと起きる。ちょろちょろ動きはじめると踏みつけてしまいそう。（同）

今朝秋の貸自転車に籐の籠

湘子先生の軽井沢での吟行に、こちこちに固まって参加した。万平ホテルの玄関で見たままの景である。いまもありありと想い出せるのは物の力か。はじめて「鷹」の巻頭をとった。（同）

研ぎに出すメス一丁や冬隣

小さな開業医でも患者さんが来てくれる限り、出来るだけの手はつくさねばならない。メスも一回使うたびに研ぎに出す。冬隣が案外きまっていると思う。（昭和六十二年）

夕焚火河原に石の増えたるよ

千曲川もめっきり水が減ったと思う。曾て父の従兄が二人溺れたという淵も、いまは浅い。そういえば河原は石ころばかり。男がひとり。焚火の煙があがっている。　（同）

母の樹と吾は呼びをり冬欅

六歳になるまで祖母の手で育てられたので母にあまりなじめなかった。近くの小学校の庭にある欅。お前はあの股から生まれたと父は言う。半分は疑いながら信じた。　（同）

白鳥の頸ほどけきてかうと啼く

豊科のダム湖にいた。胃に癌を見つけられ、即入院。先のことはわからない。眠っていたとばかり思った白鳥が長い頸をゆっくり持ち上げ、空へ向って一声「かう」と啼いた。　（同）

凍晴や一駅ごとの山容

走り出せばすぐに小さな駅にとまる小海線。山に近いので、一駅ごとにその山容は大きくちがう。浅間山はやはり小諸から見るのが一番。身びいきにすぎるとは思うのだが。　（同）

てんでんにつぶやいてゐる数珠子かな

中央例会に出句した折、隣に飯島晴子さんの「冥加かなおたまじやくしのぴぴぴと」の句があった。湘子先生曰く「これじゃかないっこないな」。本当にそう思う。　（同）

黄萱原かんかん照りもよしとせる

車山高原に黄萱を見に行く。山の天気は油断ならない。日がかげると見る間に大粒の雨が直撃する。頭の天辺から容赦なく照りつける日ざしもよしとするか。　（同）

倖せとシュークリームの冷たさと

洋菓子で一番好きなのがシュークリーム。中でもコージーコーナーのたっぷりとカスタードクリームの入ったものには眼がない。ただそれだけ。甘ったるい句である。（同）

珈琲を飲む秋風を来しひとと

中央例会の湘子賞はいただけなかったが、候補には何回かなった。これもその一つ。本当は娘だったが、心ときめく人なら誰でもいい。爽やかな秋風のような。（同）

夕焼や欠けずに育ち兎の仔

兎は思いのほか気が荒いので、人の手が入ると仔兎を嚙み殺すことも。それに兎箱という劣悪な環境での子育ては満足には行かぬ。夕焼をみている仔兎。六匹ぶじに育った。（昭和六十二年）

籐椅子の揺れをり母のゐるやうに

廊下に出してあった古い籐椅子。手をおくところが少しほつれかかっている。何故かゆれている。まるで浴衣姿の母がにこにことそこに坐ってでもいるように。（同）

掃き寄せて氷上の雪碧なす

軽井沢の星野温泉。厚く張った氷の上に昨夜の雪。長靴の男が竹箒でさっさとその雪を掃き寄せている。真白に見えていた雪は氷の上に集められるとかすかな碧色に。（同）

ぽっぺんに水滴少し沈みけり

見たままで何の工夫もない。ぽっぺんというものをはじめて手渡され、その薄さにこわごわ吹いた。ぺこんと乾いた音。何回か吹くうち、息がこもり水滴となった。（同）

吊鐘を小突き梅見の二三人

梅を眺めながら寺領をひとまわり。鐘楼に上った数人が、何か言いながら吊鐘を小突き廻している。いたずらをしないよう撞木が縄でしばりつけてあるのに。

（平成元年）

初ざくら雀は頬に斑を飾り

雀、雀というけれど、よく見ると実にかわいい顔をしている。殊にその頬の丸い斑はよく似合っている。ちゅんちゅん歌いながら桜の枝を移り歩く様子が愛らしい。

（同）

佐久平一歩に一個薯植ゑて

町の西方に広大な御牧ヶ原台地がある。土地は起伏なりに耕され、馬鈴薯を植えている。まるで一歩に一個ずつ植えているように。白土《しらと》馬鈴薯といい、ここの特産品である。

（同）

色うすきものを重ねて花疲

本当の春の気候というものはない。冬と夏とが交互に来るだけだ。冬に飽き飽きして春色の軽いものを着たがる。寒いと困るので羽織物も必要だ。襲の色目というところか。

（同）

麻服や東京は来るたびに雨

麻服の座り皺を気にしながら電車を下り、これからの楽しい半日に心がはずむ。でもどうして東京というところは私の来るたび雨なのだろう。大丸で傘を買わねば。

（同）

木曾開田馬の蹄の灼けゐたる

木曾馬は低い背丈と短い足の典型的な日本の馬である。その無骨なやさしさがなつかしい。開田高原の牧場でいまは手厚く飼われている。此の日地面から灼け上る暑さだった。

（同）

輓馬の尾みぞれまじりを捌きをり

子供の頃は今よりも寒かった。土曜ごとに行かされる祖父の家までの半里の道は辛い。商業学校の下の坂、荷ひき馬の尾がすれちがいざまにばさりと私の頰を打った。（同）

二日はや水道管の虚声も

冬は凍結防止帯を欠かせぬが、やはり寝る前には蛇口の水を払っておくのも大切だ。カアという地面から上って来る虚声を確かめながら、もう今年も一日減ってしまったと思う。（平成二年）

四温なり馬の額の白き星

馬が好きだ。長すぎる顔、開いた鼻の穴、かなり上の方から見おろしている大きな瞳。額には真白な斑のあるものが多い。あたたかさも今日かぎりかもしれない。（同）

肘つきて固き畳や夕ざくら

何もない部屋、畳だけが青い。ひとり寝そべって外を見る。桜が散る。いま満開というのに気の早い花片だ。こんな幸せな時はあまりない。現実はもっとごちゃごちゃしている。（同）

一輪車まだ畦焼もすまぬ田へ

これは子供の乗る一輪車ではなく、農作業用のもの。藁や肥料などを運ぶ。遅い春が急に来るので田は忙しい。家族総出で、ときには嫁に行った娘までかり出される。（同）

靴下をくるくる脱ぎて磯菜摘

海が珍しいので、年甲斐もなくはしゃぐ。波打ち際でじっと見ているだけではおさまらぬ。靴下を脱ぎ靴に押し込み、裸足になる。石蓴も鹿尾菜も区別すらつかないのだが。（同）

老人とひとつ木暗に落し角

鹿舎にかぶさっているような大きな桜の木。椅子に老人が休んでいる。そして同じひかげに鹿舎の柵をへだてて落し角が立っている。それだけの景色なのだが忘れがたい。　（同）

篠の子をぽきりぽきりと盗みけり

沢への斜面は市の管轄。篠竹の藪となっている。初夏、にょきにょきと篠の子が出る。採りに行く。灰汁が少いので重宝する。個人のものでないから盗るのも気が楽である。　（同）

封筒に畳み込みたる蛇の衣

「どうぞ」と渡された茶封筒がやけに軽い。かさかさした手ざわりが落ちつかぬ。青大将一匹の完全なぬけがらが入っていた。お金がたまると言われてもどうも。　（同）

家鴨飼ひたし帚木を育てたし

長男の下宿に大きな家鴨がいた。池もないのに立派に育ち番犬がわりの大声を張りあげていた。事情がゆるせば私も飼いたい。隣家の帚木も植えてみたい。無いものは欲しい。　（同）

戸隠の祭の中を熊ん蜂

戸隠の鬼女祭に行き合わせた。暑すぎる日ざしの中、並んでいる私達を掠めて大きな熊ん蜂が唸りながら飛んだ。そういうことだったけれど、この句の季は判然としない。　（平成三年）

巣の蜂の頭混み合ふ秋黴雨

秋の長雨。いつの間にか軒に吊り下がっている大きな蜂の巣。今日は蜂たちが皆そこに頭をよせ合って動く気配は全く見えない。翅のぬれるのは困るのだろう。　（同）

存分に焚きて信濃の田を仕舞ふ

脱穀もすみ、籾殻や藁屑を一ヶ処に寄せ集め火を放つ。田仕舞である。焚火はこのごろきびしく規制されているが農作業の火は別である。暗くなってもわが家の周辺は燻る。（同）

探梅行探鳥会と出合ひたる

梅林に居た。一面馥郁たる香り。双眼鏡を手に手に一団が来る。これは探鳥の人達だ。すっかり春である。まだ雪の消えぬ信州では梅は四月になってやっと開く。（同）

砂肝を噛むや霙にかはるらし

新宿の「ぼるが」だった。朦々たる焼鳥の煙の中、いっぱしの通ぶって砂肝など噛みながら、湘子先生といっしょに居られる時間を大切に思っていた。雨はもう霙にかわったらしい。（同）

雀らの翔ぶを怠けし椿かな

小諸には椿は咲かない。寒すぎるのだ。海の見える、真赤な椿の咲くところがうらやましい。その辺では雀ものんびりと椿の花にもぐり込んで遊んでいるらしい。（同）

ぴいと鳴るだけの鶯笛なるよ

後藤綾子さんから鶯笛をいただいた、鶯笛といっても簡単に鳴らせるものではない。筒となっている両端を指に挟んで離して上手に音を作らなければ、ただぴいと鳴るだけだ。（同）

門口の春田いきなり打たれたり

朝からばかでかい耕耘機の音がする。これを、田んぼの中の家だから我慢我慢と思い、眠い眼をこする。何しろ農作業は出勤前に終らせて行く人達、怠け者のこちらはたまらぬ。（同）

白髪もう染めずふらここ漕ぎに漕ぐ

ひらき直りとでも言おうか。あるころから他人にどう思われようとありのままでいいと思うようになった。たわむれにブランコを占領し漕ぐ。案外私もまだいけるじゃないか。（同）

落し文谷ぐんぐんと深くなる

落し文を拾う。中にどんなものがいるのか怖いので開ける気はない。ぐずぐずしていると先頭とはぐれてしまいそう。落し文は道脇に戻し、歩くことにする。（同）

涼しさを言ふべく夫を待ちてをり

暑い一日もやっと暮れた。出掛けた夫はまだ帰って来ない。夕食もよそでとると言う。網戸ごしに風がさやさやと入り出した。涼しくなったね。それだけを言いたい。（同）

蟋蟀の脂光りも河内ぶり

大石悦子さんに案内されて吟行という幸運に恵まれた。石垣に大きな蟋蟀が走り込んだ。てらてらと脂光りも充分である。何故かお会いしたこともない今東光さんを想った。（同）

身に入むや雀集めし潦

雀が水たまりに来ている。集まればしゃべらずには居られぬ彼等。猫の視線を感じているかどうか。一日、一日寒くなっていくばかり。隙間風にも気をつけなければならない。（同）

台風圏貝の吐きたる淡きもの

貝は浅蜊。桶に一夜寝かせると、砂を吐き苦しまぎれにか舌も出す。水に淡い半透明のものが浮んでいる。台風が来ているとは思えないほど静かな家の中。（同）

湯豆腐のぐらりと子供ぎらひなり

このごろ子供が好きでなくなった。躾のわるい若者を睨みつけては親の顰蹙を買っている。走り回るな、暴れるな、泣くな、喚くな。言いたいことは山ほど。湯豆腐が熱い。（同）

咲耶姫生まれて吾は花守に

四月、長女千晶に娘が生れた。折から八重桜が満開であり、木花之開耶姫の誕生と思った。難産の末帝王切開で世に出たその娘はさくら色の肌をしていた。さくらと名づけた。（同）

数珠玉を頒ち故郷同じうす

蒔いてごらんと貰った数珠玉が沢山に実った。笊一ぱいの収穫である。思いたって集まりに持って行く。「なつかしいなあ」「こうやって繋いで」話がはじまる。（同）

音読やあたたかさうに山枯れて

枯れてゆく山はいっとき膨らんで、赤や黄の色に溢れ、みるからに暖かそう。開け放った教室の窓から子供の声が明るい。稲刈り休みももう終ったらしい。（同）

後朝や草の氷柱の賑やかに

枯れきらぬ草が小川の縁を覆う。流れの水は凍らぬが、草についた水は凍りつつ小さな氷柱となり流れに従い朝の光に賑やかにゆれる。後朝の経験はない。残念なことである。（平成四年）

大寒や双手はなして赤子立つ

子供を詠うのは駄目と言われた湘子先生であったが、此の句はとっていただけた。甘さをおさえた表現と、大寒というきびしい季語が私としては気に入っている。（同）

鷹鳩と化すややこしき診断書

患者さんとじっくり話すのは好きであるが、診断書を書くのは嫌いである。ぶっきらぼうな数行で何が言えるのだろう。おだやかな春の気配の机辺。署名捺印ややこしい。 (同)

小綬鶏に朝のぽつかり天気かな

「チョットコイ、チョットコイ」毎朝のように鳥が呼ぶ。「朝のちゃっかり姑のにっこり」ほど当てにならぬものはない。向いの家に小綬鶏が飼われていたのを後で知った。 (同)

身を締むる一本の紐初燕

ごく稀に着る和服は久女の句のようにいろいろな紐が要る。その一本をとくと、その分だけ楽になる。襦袢を締めている最後の一本。これを取ると体中に汗がどっとふき出す。 (同)

蠛蠓のためらひもなし青信濃

蠛蠓というものはその字のようにややこしい。つけねらわれたら最後、とことん離れぬ。スーパーまでの田圃道、私は何度頭の上を払い顔を顰めたことか。 (同)

サーカスの町に来る日や余り苗

胃を切ってからしばらく通っていた病院。途中の空地に杙が新らしい。そういえばサーカスの赤いポスターがあちこちの電柱に貼ってある。田植も一段落楽しい事が始まる。 (同)

ひと降りの来るかじやがいも試し掘

新じゃがは美味い。育つのを待ち切れず、青いその根もとをそっと掘るとたしかな手応え。薄皮のやっとついたような真白なじゃがいもを一つ二つ手にする。夕立が来そう。 (同)

綿虫や鞍を外せし馬の息

一仕事を終え、鞍を外してもらった馬。俄かに軽くなった背にほっと一息入れているようである。日がかげれば綿虫たちもどこかへ消えてしまう。あたたかなひととき。（同）

金星をはや得し空や稲車

作業を終えた稲車が土手にあげられている。青いまま暮れようとしている空はもう金星を掲げた。一日の労働の充実感。明日は霜がおりるだろう。（同）

月の出や胸の高さに蘆枯れて

川原の冬の景。私の胸の高さほどに伸び、突っ立ったままの枯蘆が、足をふみ入れるたびガサリガサリと無骨な音を立てる。澄みきった夜空に月が出て来た。（平成五年）

括り置く一着分の貂の皮

毛皮屋の明るい一角に貂の皮がまとめてぶら下げてあった。コートになるという。一着に何匹の貂が要るのだろうか。黒々とした貂の眼を思った。（同）

信号のかはる音なしぼたん雪

道が開き暫くすると信号が設置される。勝手に渡っていた通りも青信号まで待たねばならぬ。車が来ても来なくても。折りからの牡丹雪。音はあらかた飲み込まれてしまう。（同）

薄氷や藁おちつかぬ兎箱

兎を飼った。農家ではないので藁が手に入りにくい。炭俵のさんだらぼっちを細かくほぐし敷藁とした。がさがさと狭い箱の中を往復しながら、兎は次第に元気を失っていった。（同）

鳥雲にわれに老女の月日あり

人生五十年といわれた昔からみれば私も立派すぎる老女。そう呼ばれる年からの月日の何と多彩なことか。遊びもし、旅もした。更にまだまだこの月日の続くことを信じたい。　（同）

遠足の空へ噴水調整す

中央例会に早く着きすぎたので、日比谷公園まで足をのばした。折りから噴水は調整中。水が急に出たり出なかったり。遠足に焦点をあてたので春の句としたいがどうだろうか。　（同）

夕桜屋台みるみる組まれたる

宵祭の日、待ちきれず出かける。男たちが手際よく杙を打ち柱を建て天幕を張る。一連の作業が淀みなく進み屋台が出現する。そういえばあのアセチレン灯はどこへ行ったのか。　（同）

めまとひにぶつきらぼうな馬の首

長すぎる馬の首。遠目には爽やかな牧場も近寄ってみると小さな虫が実に沢山、馬たちと暮らしている。いちいち気にしては居れぬ。でもときどきこの長い首を振ってはいるが。　（同）

木の階に絡む藤蔓避暑日記

久しく使われていない別荘か。藤蔓が外階段に絡みつき、葉を茂らせている。避暑というには短すぎる二三日の遊びでも子供には大事件である。絵日記には何から書こうか。　（同）

木天蓼の白葉数へて佐久に在り

南軽井沢に自殺の名所といわれている橋がある。ここに立つと何故か霧に呼ばれているような気になるので長居はしたくない。風が吹くと木天蓼の葉が白い花のように翻る。　（同）

踊子の携帯電話手放さず

携帯電話を持たぬ人をいま探すのは大へんだ。よくまあそんなに話すことがあるものだ。携帯がケータイになり、写真をとる、テレビも写るとなればもうついては行けない。（同）

冷奴癒ゆることややつまらなく

点滴から解放される。痛みは間遠となり、起き上ることも出来る。病は確実に快方に向った。しかしこの寂寥感はどうしたことだ。日常のくらしがまたくりかえされる。（同）

吊されて玉葱のまだ太る気ぞ

北信濃の方では玉葱をよく作っている。掘り出され軒先にぎっしりと吊された玉葱。ゆたかに張り切ったその艶、その形。まだまだこれからも太っていく気十分と見た。（同）

草合歓や幼女いちいち気むづかし

ぐずぐずとあれがいや、これがいやという子供。お前の育て方がわるいの一言をぐっと怺える。草合歓は豆科の一年草。葉が合歓に似ているからこの名が。可憐。（同）

段取りのつきたる声や地蜂採

十年あまり山の中の赤十字病院に非常勤医として通った。送迎のハンサムな運転手さんは地蜂採の名人で、途々たのしそうにその段取りを教えてくれた。私も誘われた。（同）

蓼科に雲湧く速さ牧閉す

蓼科山は残念なことに別荘地としてかなり開発されてしまった。しかし、遠望するかぎり神々しい山であることに変わりはない。雲の往来もはや晩秋。牛もわが家へ戻る。（同）

草原や蜻蛉の乾く音無数

車山高原が好きだ。黄菅も終り、松虫草の天下、吾亦紅もぼつぼつの頃。蜻蛉がとび交う。帽子に肩にやたらぶつかって来る。生き物でありながらなぜか乾き切った音だ。（平成六年）

燈火親し男の腕の電子音

腕時計にいろいろな機能がついている。でたらめにいじるので、とんでもないときにいろいろおこる。ほら、目覚しが鳴っている。早く解除してくれないと本も読めない。（同）

菊膾日は黄道を離れざる

地球から見て太陽が地球を中心に運行するように見える天球上の大円が黄道であると広辞苑にある。太陽が黄道を離れないのは当然。理屈ばかりの作品だが菊膾で救われたか。（同）

樺黄葉よべの天幕を畳みゐる

ホテルの前がキャンプ場だった。窓から見ると朝霧の中もう人が動いている。天幕を畳みはじめた若者もいる。これから紅葉黄葉に染まりながら次のキャンプ地まで進むのだろう。（同）

山ありて心素直や根深汁

眼の前に山のない暮らしなど思いたくもない。素直な心を持ち合わせているわけでもないが、山に向きあわなければ、心はもっと荒涼として来ると思う。厨に葱が匂う。（同）

教卓の大分度器と花種と

先生の机に置いてある大きな三角定規と分度器。他の子のように一度触れてみたかった。学級ごとに与えられた一坪ほどの畑。隣の組の向日葵の八重咲の花が妬ましかった。（同）

馬の尾を結ぶ麻紐氷点下

荷引馬だから飾ることもない。長い尾はただ紐で括られているだけだ。歩くときは首を立てることもない。前に延ばしてがくがくと行く。麻紐が凍りつくことも。（同）

切干や空晴れすぎてよそよそし

祖母が夜なべに切った大根。日のあるうちにせっせと干してひっくり返す。乾けば独特のあの匂い。ひねたお日様の匂いとも。初冬の空はあまり晴れるとなじみのない国のよう。（同）

並足にもどれる馬や花梓

馬場を駆け抜けて来た馬がやっと並足になった。このままもう半周するらしい。走るためだけに育てられた馬は走ることしかしない。信州に遅い春。（同）

低き木に集る雀仏生会

仏生会のころ、なぜか雀は低い木に集まる。まだまだ寒いせいか。ひとさわぎしたあと、いつの間にかどこかへ散って行く。軒に雀が来なくなって久しい。（同）

女二人束の間に畦焼き了へし

親戚の人が家事を手伝っていてくれた。よく働く人で、早朝や昼休みなど暇を見つけては農作業にも精出す。その友人も働き者。男手を借りずに畦焼もこなした。（同）

糸桜大事にされて神馬老ゆ

大切にされるということは、ある程度自由を奪われるということか。真白に産まれ神馬と言われても大ていは囲いの中。枝垂桜がよく似合っていても青い草原が恋しいのでは。（同）

ひとり診るたびに洗ふ手燕来ぬ

耳鼻咽喉科ほど患者さんの体に直接ふれる医師はいないだろう。それだけに手はよく洗う。琺瑯の洗面器に粗い刷子。逆性石鹸が出るまではクレゾールのきつい匂いがした。（同）

山羊の仔を端から数へ翁草

牧場では春の出産ラッシュ。生まれた仔山羊はつぎつぎ集められ集団で暮らすことに。ぴょんぴょんと跳ねまわるので、いくついるのかなかなか数えられない。翁草が咲いた。（同）

たいくつな牛に白木蓮月夜かな

学校の土手に牛がよく繋がれていた。校庭も通学路も危険がなかった頃だ。一日の労働から解放された牛はひととき の反芻を楽しむ。もうそろそろ小舎に戻りたいのだが。（同）

本校の子へとどきたる源五郎

ある頃は二十校余りの校医を勤めた。F小学校は三年まで分校、四年になるとバスで本校に通う。昭和四十年代のことである。源五郎はまだまだ電灯の明りにとび込んで来た。（同）

山毛欅にをり夜を啼きやまぬ時鳥

万平ホテル泊。分不相応な広すぎるベッドはなかなか眠らせてはくれぬ。時鳥が近くで啼いている。啼きつづけている。翌日の句会の成績は言わぬ方がいいだろう。（同）

みどり子は熱のかたまり青葉木菟

育つためのエネルギーを放出して、赤ん坊は暑苦しい。それを抱こうものならこちらも汗まみれだ。青葉木菟が鳴く。もうそろそろ涼しくなってもいい時間である。（同）

発電に痩せたる千曲夏蓬

本来は豊かな急流であるはずの千曲川は、発電のため方々で水を堰き止められ、ただ緑色のつまらない流れになってしまった。日本一の長さを誇る川かとその痩せぶりが傷ましい。　（同）

樅の秀に黒き鳥ゐる旱かな

クリスマスツリーとして買って来た樅を庭におろした。三十余年経たいま大木に育ってしまった。鵯がもぐり込む、鴉が巣を作る、どうしようもない木である。雨がほしい。　（同）

理髪屋の裏口を出て祭の子

裏口があいてとび出した祭法被の子。多分今日がかき入れどきの床屋の子であろうか。「気をつけて行っといで」「小遣いなくさないようにね」。握りしめている五百円。　（同）

さんさんと山雨来りぬ蛇の衣

きらきらの日ざしをそのままに山の雨がどっと来る。さあ狐の嫁入りがはじまる。いっときの雨だから晴れるまで木の下へ。藪から藪へ渡った蛇の衣がまだ生々しい。　（同）

一行に童女加へて涼しけれ

吟行の途中から三歳の孫が加わった。母親が恋しくて泣き通したためだ。仲間には大へん迷惑なことだったと思う。ちんまりと坐った童女。レタス畑から涼風が来た。　（同）

蜩や坐ることなき神の馬

神殿の裏へ廻ると立派な小舎に真白な馬が繋がれている。じっと立っている。黒い目がこちらを見て首を振る。いつ休むのだろうか。次々と来る参拝者に蜩が涼しい。　（同）

橡の実の落ちて戸隠行者道

渡辺みや子さんの旅館から戸隠宝光社までの道。山野草の名を教えてもらいながら辿る。両側におおいかぶさる木々。ころころと転がってきたのは橡の実。

（同）

天空のオゾンホールや神の旅

人間の行状がわるいからオゾン層が壊され大きなオゾンホールが出現する。眼には見えないが恐ろしいことが始まっている。神の旅は思いきり離したつもりだが近いかも。

（平成七年）

半錠のくすりに眠る枇杷の花

昔はアドルムとかアダリンとかいう眠り薬が使われていたようであるが、今はハルシオンが専らである。でも私としてはマイスリーを奨める。これだと半錠でねむれる。

（同）

買ひてすぐひらく雨傘一の酉

夕方まではもちそうだったのにぽつぽつと降り出した。仲見世の一軒にとびこみ安いビニール傘を選びすぐひらく。一の酉の季節感が出ているだろうか。

（同）

列車出しあとの空間冬の濤

思い立つと冬の日本海を見に出かける。小諸から直江津まわり魚津まで丁度いい日帰りの行程だ。反対車線に停っていた列車が出て、そこに生まれた空間に日本海の冬濤が見えた。

（同）

磯焚火男ひとりをのこしたる

がっしりとした男が、くすぶりはじめた焚火に手をかざしている。幾人かいた人達もいまはいない。そろそろ後始末をして戻るのだろうか。磯の匂いがつよい。

（同）

餅焦げる匂ひの旦往診す

マイナスから出発した開業。夫と共に時間を選ばずよく働いた。日に七軒も八軒も往診したことも。早朝せかされて行った患家で餅を焼く匂い。家で待っている三児を思った。（同）

雪解霽物日のための鯉を飼ふ

野沢の伯母は家で飼っている鯉をよく土産に持って来た。濡新聞紙から取り出し盥に放つ。横になったままの体がしばらくすると立直り泳ぎ出す。一時間ぐらい平気である。（同）

戸の開いてひと入れかはる涅槃寺

二月、金沢に居た。涅槃図を見るという。敷居の高い大戸があき、外で待っていた私達と入れかわる。雪道を来た眼に、本堂は薄暗く、その右側に涅槃図はあった。（同）

猫の耳吹いてゐるなり落第子

浪人ときまった夜、眠れないという私に「そうだろうな」と長男が言った。大人になったと思う。日向に寛いでいる猫を撫でている。やさしさも少し身についた。（同）

切株にゐて頬白の息長し

少しひらけた林の中で頬白が鳴いている。あの小さい体から出るとは思えぬ透る声で「一筆啓上」。人を恐れぬのか、他の都合なのか、こんなに近づいても「一筆啓上」。（同）

昼からは休診の顔桃の花

小さな開業医だから土曜日は隔週、患者さんが来ても来なくても玄関はあけておく。でも午後からは仕事をしなくてもいいという解放感は自から顔に出る。桃の花がころあいと思う。（同）

草摘むや石鹼の香のわが童女

なまいきにも紫色が好きというこの子は、洗面所にある紫色の石鹼が大事。庭でなずななどを摘んでいると寄って来る。やわらかな体に石鹼の香をまといながら。

（同）

筒鳥やみどりにまなこ疲れたる

ぽんぽんと筒鳥が鳴く。仲間の後につくのは疲れるから、なるべく先頭を切って歩くようにする。先も後もただただ緑。見張り放しの眼の奥が痛い。

（同）

山頂はただの草地や夏祭

低くても山は山。喘ぎながら急坂をのぼること三十分、視界が急にひらけ空がぽっかりと見える。山頂だ。何のことはない切り拓かれたただの草地。小さな祠がぽつんとひとつ。

（同）

分封の蜂や大空たっぷりと

春、新しい天地を求め蜜蜂の一群がとび立つ。若い女王と若い従者たち。慌てることはない。困難もあるだろうが、時間も大空もたっぷりとあるのだから。

（同）

芭蕉玉解く雨中に大事あるごとし

医者であっても診察を受けるときはしょうもない患者。病院の吹き抜けのロビーに芭蕉が植えてある。不安の中に時間だけが過ぎて行く。芭蕉の葉がゆっくりとほぐれた。

（同）

空蟬のまだやはらかし小淵沢

小海線終点の小諸に住みながら、起点の小淵沢にはあまり行かぬ。新宿から近いせいもあろうが、半端な田舎ぶりが気になる。弾力のある空蟬もしばらくすると硬くなってしまう。

（同）

姨捨の鉄砲雨や立葵

篠ノ井線姨捨は単線区間。眺望がすばらしく長停車も気にならぬ。山雨がどっと来た。眼下に点在する人家の立葵。まっすぐに天に伸び、まっすぐな雨を受けていた。（同）

草の絮猫も吾が家も古びたる

家を建ててから四十年余り、猫嫌いの人には申しわけないが、わが家で猫のいない生活は考えられぬ。いちばんの長生きはシャム猫のアメディオ。享年二十四だった。（平成八年）

菊の日向蜂の日向となりにけり

手入れもしないのに毎年何となく生えて来る菊。うす紅色の小さな花をつけ、そのまま枯へと進む。日向を求めて蜂が群れている。きびしい冬を越すものたちだろうか。（同）

田仕舞のけむり吾が家へ吾が家へと

田圃の中に家を建てたこっちが悪いのだが、田仕舞の煙は一日中わが家の方に押し寄せ、洗濯物をいぶりくさくしたものだ。休耕田ばかりとなった今はそれもなつかしい。（同）

追羽子や鳶の領せる佐久の空

鳶はあまり大食でないためエネルギーを最小限に使う。気流に上手く乗り羽搏かず舞うのもそのためである。新年の空、追羽子の音ものびやかだ。（同）

追儺会や闇を瞠れる赤ん坊

奈良興福寺の追儺会。私の近くに父親に抱かれた赤ん坊がいた。群衆のざわめきの中、彼はあらぬ方を見つめていた。闇に鬼の気配を感じていたのかもしれぬ。（同）

桜貝きのふはたらきけふねむる

桜貝で少しはやさしさが出ただろうか。年々体を動かすことが厄介になり、二日も三日も疲れを持ちこしてしまう。一晩泥のように眠れば元気になったた昔は、帰らない。（同）

わが町をときをり愛す半仙戯

公民館の庭に箱型のぶらんこ。危いので縄で括り動かないようにしてある。嫌だったこの町もときどきは好きになる。そして、よその人に町自慢をしている自分におどろく。（同）

このごろの母の手強し桜蝦

おだやかな気性の義母も九十歳を過ぎたころから可成り頑固になった。何でも出来たのに出来ないことが日毎に増えて来たためもあろうか。因みに義母は三重の生まれである。（同）

草矢打つ降る寸前の八ヶ岳

降る寸前の八ヶ岳は全山しっとりと水気を含んでいるよう。何本も何本も思いっきり草矢を飛ばしてはみるが、ここからではどう頑張っても山に届くわけはない。（同）

流木に何の香もなし旧端午

越後五十嵐は風のつよいところ。浜に雑多なものが沢山漂着する。二男を訪ねた記念にもと掌大の流木を拾った。すべすべと角がとれ、美しく木目が浮き出ていた。（同）

椎の花降る面売の肩といはず

縁日でなつかしいものに面売。昔ながらのものから時のヒーローまで極彩色の顔が並ぶ。木影に腰を下している面売は無愛想。その肩も膝も淡黄色の花まみれだ。（同）

冷されて馬も脇見といふことを

一日の労働を終えた荷引馬。車を外され、いま川で静かに冷されている。彼にとっての至福の刻。「ほらこっち向け、あがるぞ」飼主の声にはっと己にかえる。（同）

尾燈赤く列車旱の町を出づ

雨が何日も降らない。駅舎もプラットホームも昼の熱気をそのまま夜になった。特急が轟然と通り過ぎる。線路がまっすぐなので、赤い尾灯がしばらく眼に残った。（同）

秋風や並の器量の赤ん坊

赤ん坊は可愛いい。両親の長所ばかりを貰って来たような容姿である。しかし冷静に見れば欠点もまた凝縮されて出ているのだ。まあ並の器量でよしとしようか。（平成九年）

風呂敷に余る鳥籠十三夜

鸚哥が迷い込んだ。さしあたり行くところもなさそうなので鳥籠を買ってやり、姑の部屋に同居させた。夜は木綿の風呂敷を掛けるとおとなしく眠ってくれた。（同）

地に落ちし花は踏まれて植木市

植木は買い手を待っている。若木ながらすでに花をつけているものもある。触れられ、動かされているうちに振り落されてしまった花。何事もないようにひとは踏んで行き交う。（同）

蘡薁やわが耳遠くなりたるか

里山を歩く。日向の岩の上に蛇がいた。大きな雀蜂の巣にぶつかりそうになり慌てて逃げる。蘡薁がいい色に染まりはじめている。しいんとした空気。耳がぼんやりして来る。（同）

工夫ありただの菜飯と思ひしに

菜飯といっても馬鹿にならない。飽食の世にはこの上ない贅沢というべきか。ほのかに塩のきいたふっくりした炊き上り。菜の青さ。刻み方一つにしてももてなす心がいっぱい。

（同）

日蝕に進む音なし蝶の昼

日蝕が進む。周囲がすすけたような感じがする。こんな大事件が起こっているのにその進行する音は全くないのだ。小さな生き物たちもこの事に気づいているのだろうか。

（同）

屋根裏の鏡あそびや椎の花

父は普請好きだった。それも奇想天外な試みをする。一時、炬燵の切炉を持ち上げると思わぬ屋根裏部屋が出現したことがある。勝手に物を持ち込み子供達の溜り場となった。

（同）

結局は逸れし夕立や牛の貌

「浅間雷音ばかり」と昔からよく言われる。このばか陽気、少しおしめりがほしいとの期待も空しく、今日も夕立は隣の町へ行ってしまった。牛も暑さにうんざりしている。

（同）

滑子汁ゐなかの顔となりしわれ

スーパーで一袋七十九円の滑子、二袋だと一五〇円。でも二人きりなので一袋しか買わぬ。一廉の都会人のように見えていた顔も、ここ何十年かの田舎暮らしでもとにもどった。

（平成十年）

暖房車しばらく船の見えにけり

時々出掛ける日本海添いの旅。特に冬の海を見るのが好きだ。古い車輌の腓のちかちかする暖房に窓の曇りを拭きながら海を見る。ゆっくりとした電車にしばらく船が蹤く。

（同）

いつも霧町に粽の出るころは

長野県東部にあたるここいらの節句はなぜか新暦による。旧暦にすれば何の苦労もないのに粽も柏餅も寒そうである。この頃の霧は手強い。鯉のぼりも垂れ下ったままだ。　（同）

厄介な妹をりぬ茹小豆

厄介と言っては申しわけないが、病身の義妹がいた。独身を守り、働きつくし、家も建て晩年は病気ばかり。老母の買って来た甘いものをひっそりと食べていた幸せそうな顔。　（同）

良夜なり転害門まで早歩き

めまぐるしく車の往き来する通りに面してそこはあった。異次元からはみ出した空間のように。あまりにもいい月だったので宿から歩いて来た私達。　（同）

かくべつの匂ひはあらず蛇の衣

蛇のぬけがらを呉れるという。財布に入れておくとお金がたまるという。要らぬとも言えずこわごわ顔を近づけてみるが、生臭さは全くない。かすかに紙の音がした。　（同）

牛小舎に無用の鏡黄沙降る

牛小舎に細長い鏡がひとつ。下面に薬屋の広告が金文字で書かれている。牛は鏡を見ない。外から覗く人には暗すぎる。あたたかな空から三日つづいて黄沙が降って来る。　（同）

無月なり母を隈なく洗ひけり

たまたま帰省していた長男も手伝い義母を洗う。男の手とは思えぬほどの器用さである。九十七歳の義母は木目込人形を作るのと、入浴が何より好きだった。　（同）

流星雨待つ鯛焼のうらおもて

この年の獅子座流星群は流星雨というほどと聞いた。その時間に首が痛くなるまで空を見つめていたが、十数箇の光芒が天を掠めただけ。炬燵の中に鯛焼があたためてある。

（平成十一年）

木枯や寺の猫の仔みな真白

小諸のはずれに玄江院という寺がある。この地方では有名な古刹である。庫裏の土間から仔猫がつぎつぎ日向に出て来た。私達には素っ気ない顔をしてお互いにじゃれていた。

（同）

二月礼者たちまち猫に好かれたる

猫はこちらの思わくとは無関係に好き嫌いを勝手にきめる。すりすりと寄る猫に、猫嫌いの人は身を硬くする。特に気疲れのする家の大猫が膝に乗ろうものなら。

（同）

菖蒲引く東にわが活火山

第四回歳時記の郷・奥会津全国俳句大会で、読売新聞社賞をいただいた。副賞は地酒清酒花泉二本、南郷トマト二箱だった。掲句、とうとう湘子先生にはお目にかけなかった。

（同）

落柿舎へ菠薐草の畑伝ひ

道を聞きながらひとりで落柿舎に行った。その場所は青々とした菠薐草畑の丁度向う。一寸失礼して畦を歩かせてもらった。それだけのことだったが場景忘れがたい。

（同）

夜は夜のくりいむ使ふ雁帰る

某句会に出句、たちまち点が入った。あらぬ方向へ読まれてしまったらしい。おそるおそる「鷹」に投句、湘子先生も採られた。ひとり歩きしたその意味に責任は持てない。

（同）

雲海や現世の髪の逆立てる

山小舎泊。朝、雲海を眼前にして、そこに飛び込みたいような衝動に駆られた。はるかなるものの声が聞こえて来るような気がして、全身総毛立つ思いであった。（同）

みんみんや山気に眠り足らひたる

何の工夫もないベッドと蕎麦殻の固い枕。でもよく睡った。うそのようにすっきりと目覚め、窓をあける。木の枠、パテで押さえてある窓硝子も珍しい。蟬がもう鳴き出した。（同）

神よりも仏なつかし衣被

「神罰たちどころに下る」俗物に神様は恐ろしい。お寺さんには人間くさい親しさを感じる。子供のころからの「ののさま」は神様より仏様の方だったかもしれぬ。（同）

旧三笠ホテルあきつのうるさしよ

旧三笠ホテル。しっかりとした造りの玄関を出ると秋の日がちかちかする。庭の若い人達にも私にも赤とんぼが近づきとまる。翅のふれ合う音が耳もとでする。（同）

夜長なり金魚のやうな嫁とをり

どういうわけか平成十二年の一茶忌俳句大会で県知事賞となった句。新潟から来た二男の嫁はよく動く目と丸い口が金魚のよう。今は一児の母、子育てにあけくれている。（平成十二年）

榧の実のいくつ落ちなば母逝かむ

庭の榧の木。毎年びっくりするほどの実をつけるが、放っておくのでただ落ちるばかり。元気な義母にも全うする天寿はある。九十七歳のいま、その日の来るのを恐れている。（同）

冬濤や刻刻とわれ消滅す

冬の日本海を見る。天と境のなくなった海から荒い濤が次々と寄せる。打ち上げられた流木、空瓶、数々の芥もくたども。私の時間は刻々と失われて行くのだ。（同）

まならうらに雪降る麻酔効きそむる

全身麻酔をされたことがあるだろうか。まだまだ数が言える。「ひとーつ、ふたつ」と数える。急に眼前に白い雪のようなものが無数に舞い立ちすとんとシャッターが下りる。（同）

山火見ゆ母に正気の刹那あり

うつらうつらとしていた母が、はっきりと目をあけ急に「起こしてくれー」と大声を出す。病人とは思えぬ勢だ。「導尿も点滴ももういやだよね、おばあちゃん」。（同）

霾や黒天鵞絨の乗馬帽

馬に乗ってみよと言う。またとない好機だ。馬の背は意外に広く、とっつきにくい。緊張しきって馬場をひとまわり。黒天鵞絨の乗馬帽がわれながらよく似合っていた。（同）

薇は子供のころの匂ひかな

山家育ちである。野のもの山のものが季節ごとに食卓に出された。でも薇も蕨もあの独特な青くささが好きになれなかった。摘むのは楽しいが食物としてはほど遠いものだった。（同）

喪の畳緑の蜘蛛を歩ましむ

田舎の葬は大へんだ。通夜はほとんどが家で行われ夕方から弔問客を迎えることになる。畳の上を緑の蜘蛛が歩いている。あんなに念入りに掃除をしたのに献花から出て来たか。（同）

夏炉燃え自動ピアノの曲変はる

四阿高原。ここだと浅間山が思わぬ姿で望まれ、息をのむ。山中に似合わぬホテル。ロビーに自動ピアノが一台。押されずに動く鍵盤にしばらくみな釘付けになる。（同）

はんざきに一瞬水の濁りけり

大山椒魚を見た。どちら側が頭か、尾か。かなりの丸顔である。狭いケースの中でまるで標本のよう。と見ると一瞬の間にその向きがかわった。頭が尾に、尾が頭に。（同）

雪降り積む小林一茶略年譜

柏原は一茶のふるさと。わがままと不幸を綯い交ぜにしたようなその年譜は、かなり読み手を重苦しくさせる。しかし、雪、また雪のこの地、一茶の嘆きもわかる。（同）

わが前に来て坐りけり狩の犬

向いの家は猟犬のブリーダー。胴から吹き出すような声、大きな口に余る唇、ことにポインターは怖しい。間違ってか、よくわが家に走り込んで来るが、意外に素直だ。（同）

冬林檎割れり二つにそれぞれ香

冬になるとこの辺では大ていの家で正月用の林檎が囲われる。ふつう、保ちのいいふじ。納戸から持ち出し炬燵の上に並べる。当然のことながら二つに割れば二つともいい匂い。（同）

切干によき思ひ出のなかりけり

居酒屋などでよく珍重される切干大根の煮つけ。こんなものとっくに食べ飽きた。縁先に干したときから独特の匂い。あぶらげと合わせて煮ても貧しかった昔が甦るだけだ。（同）

納豆の経木めでたし霾晦

十八歳で上京。某校の寄宿舎に入った。そこのバラ線の囲いの外を時折納豆売の少年が通る。呼びとめてたまには買うこともあった。経木を少し開け辛子をたっぷりつけてくれた。（同）

金色の寝釈迦ある島春の鳶

島原に行った。普賢岳の爆発の傷痕がまだなまなましかった。土地の人の案内で寝釈迦を拝見。何の囲いもないところにぽつんと金色の体を横たえていた。（同）

毛を刈りしばかりの羊呆とゐる

つかまえられ、ひっくり返され、バリカンをあてられる。あっという間に丸裸だ。何をされたのかよくわからないが、当面ぼうっとしている他はない。でも今日はやけに寒い。（同）

おもひきや引きたる草にかぶれたる

放りぱなしの庭だから草の育つ勢はすさまじい。ときどき思いたっては草を引くが、手や顔の痒くなるのには困る。血液をしらべたら、蓬と壁蝨につよいアレルギーがあった。（同）

革布団要心深き音立つる

革布団に座り心地の悪さを感じるのは私だけだろうか。うっかりすると人間の皮とけものの革のこすれ合った微妙な音を立てる。はっとするような恥かしい瞬間でもある。（同）

まつさをな風のものなり小かまきり

かまきりは、孵ったときからかまきり形をしている。すきとおるような小さい体に不相応な鎌。青い風が吹いて来ると、そのまま掬われてもっていかれそう。（同）

日盛や泡吹虫は泡の中

うっかりと握ってしまった草の茎の泡。その中に点のような黒い虫。泡吹虫の幼虫だ。成虫でもわずか五ミリほどの虫ながら、その泡の存在感は大きい。

（同）

花氷幽かな音をつひやせる

暑いから花氷に近寄る。幽かなジーという音。氷のとける音なのか、そこに閉じ込められている空気が逃げ出す音なのか。人を待っている私の時間が流れる音なのだろうか。

（同）

ゆつくりとかはるからだや吾亦紅

歩きながらふと気がつくと、姿勢が少し前かがみ。坂を上るとき、やたらと歩幅がせまい。同じように見えて昨日の私より今日の私は一日年をとっている。吾亦紅がころあい。

（同）

踝へ二百二十日の小灰蝶

蜆蝶とも書くがわたしは小灰蝶の方が好きだ。秋口に家の前の草叢によく見かける。彼等は高いところを行くのでも堂々と舞うのでもなく、まるでいたずらっ子が戯れているようだ。

（同）

秋風やくろき色ひき黒揚羽

竹岡江見さんに京都を案内された。勝手なことを言いながら好天を歩く。突然黒い影がよぎった。「黒揚羽が行ったよ」と江見さんに言うと「そう私は見なかったよ」との答。

（平成十四年）

太陽に満ち欠けはなし蛙の子

月は夜ごとにその形を変えるのに、太陽はいつも丸い。知識では当然のこととして受入れていることだが、真っ新な頭の持ち主には世の中、何と不思議に満ちていることか。

（同）

日のさしてかはる空気や紋黄蝶

朝は炬燵を入れる。霜注意報も出ていたらしい。信州の四月。でもお日様が上るにつれ、気温もぐんぐん上昇、空気もふんわりと軽くなる。ほら、紋黄蝶もあそこに。（同）

雪晴やわれとどまれば音絶ゆる

大雪が止んだ。日がさしそうなので、長靴をはいて外に出る。さくりさくり、と一足ごとに雪の沈む音。電線に積った雪が時折紐のように落ちる。私の歩く音のほかは無音。（同）

減りにけり信濃太郎の名の虫も

胡桃の木を棲とし嫌われものだった大毛虫。白髪大夫又の名を信濃太郎。アメリカシロヒトリの襲来とともに殆ど見かけなくなってしまった。案外内気な虫なのかも。（同）

コード黒く大涅槃図のうしろより

涅槃図を拝観中、壁の方から黒いコードが伸びているのを見つけた。目でたどっていくと後方の電燈に行きついた。他人といて、何か集中出来ない自分がいる。（同）

春夜なり時計は過去をつくりつつ

一寸本を読んでいただけなのに思わぬ時間が。日常はとりかえしのつかぬ速さで先へ先へと進む。私達が地球の自転に鈍感であるように。何がおきてもふしぎのない春の夜。（同）

翌檜へ尾長の出入暮おそし

中村みき子さんの家。庭木に大きな鳥がさかんに出入りしている。灰青色の美しい背、尾長だ。声は聞かない方がいい。このままずっと坐って見ていたいものだ。（同）

背を少し円め氷室を覗きけり

昔氷室だった場所はいまこの部落の野菜、漬物などの共同貯蔵所になっている。ことに野沢菜漬は、春先の醱酵を押えられ、かなり先まで味がかわらない。覗かせてもらう。（同）

立木みな谷へ傾ぎぬ蛇の衣

雪深い山の谷。本来真直に育つべき木たちは、雪に流されないよう斜面に根をふんばり、体を斜めにして支えている。しかも、大空へ向う志は常に持っているのだ。（同）

命あるものを封じて花氷

ロビーの中央に大きな花氷がある。涼しげな風情に思わず立ち止り、少し休むことに。その中には色とりどりの美しい花が封じこめられているが、息はしていない。（同）

帆柱の直立父の日なりけり

父はいつも一家の中心でなければならぬ。年を経ていちいち小うるさい妻に睨みを利かせ、決して弱い本心を明かしてはならない。こういう父であればこそ君は帆柱。（同）

息かけて何もおこらず蛇の衣

恐る恐る手をふれてみる。ぬめぬめとして全長完全な蛇であり、透き通っていることが違うだけ。眼玉まであるのは豪勢だ。ふっと息をかけてみたが、動く気配はなかった。（同）

薇の絮ほぐれたり野兎のくに

薇の赤子の拳のような若芽も、暖かさとともにほぐれ、何の変哲もない羊歯のようなものとなった。若芽を求めて歩きまわっていた人間も減り、野兎の領分を犯すことはない。（同）

夕焼や死魚のまなこのすでに虚

釣り上げてそのまま捨ててある河豚。誰も持っていかない。誰も食べない。一日太陽に灼かれてその肌はざらざらと乾き、眼はもう凹んで虚のようになっている。

（同）

くさびらも胞子とばさむ月夜なり

満月の夜は眠ることが出来ない。明日からはもう欠けて行くと思うと一刻一刻がとても惜しまれる。あのひっそりとした茸どもも今夜は旺んに胞子を交しあっているだろう。

（同）

きつつきや山の天気は山に聞け

晴れる？　雨具は？　いろいろ聞かれても山は気まぐれ。油断はならぬ。きつつきが木を打っているから晴れるかも、そのくらいのことしか言えない。山に聞くよりほかはない。

（同）

きちきちの滞空時間いい加減

足もとからきちきちがとび立つ。すぐ着地。と思うと遥か向うの方まで乾いた音を立てて行ってしまうのもいる。池の平湿原の秋の太陽は頭上からじりじりと照りつける。

（同）

爽やかに羊もこちら見てをりぬ

動物を観察していると思ったら、向うの方からもしっかり見られていたということもある。仲間といる羊はしっかり者だ。あの四角い瞳孔で私を見つめている。

（同）

落葉して楽になりたりくるみの木

アメリカシロヒトリの執拗な攻撃にもめげず、今年も大量の実をつけてくれた胡桃の木。いま大きな葉が葉柄ごとガサガサ落ちる。あとは冬の安息があるばかり。

（平成十五年）

鼓笛隊鴨飛び立ちてしまひけり

はじめてディズニーランドに行き、はじめてパレードを見た。鼓笛隊の元気のよい音が近づくと後の川に居た鴨が一斉に飛び立ってしまった。それだけのことである。（同）

冬帝の生木裂きたる香なりけり

「鷹」長野の忘年会。山中に一泊の予定だったが折からのはげしい吹雪のため道が通れなくなるのを心配して日帰りと。あまりの大雪のため方々で立木が折れ、白い肌をさらしていた。（同）

風花の海にふれなば魚のゆめ

晴れた空から風花が舞いおりる。地面に舞うと同時に海にも舞う。途中で消えてしまうのが常であるが、海面に触れてなくなるのもある。甘い句である。（同）

苗木売ねむさうな子を連れてをり

木が好きだから苗木市には良く行った。木が成長するということを頭に入れず買った苗はもう手のつけられぬ藪となってしまった。あの時の子供は今どうなっているのだろうか。（同）

芝焼の端を通してもらひけり

道路の小さな芝生を焼いている。危いなと思いながら通ると、うしろからパトカーが来てとまった。帰りに見ると芝焼は三分の一ほどで止めてあった。厳重注意を受けたらしい。（同）

図書室に居る饑さや橡の花

図書室には独特な匂いがある。年を経た紙の体臭のようなものだろうか。椅子を引くにも気を使いながら本をひろげる。窓いっぱいの青葉にきらきらとした日差。なぜか饑い。（同）

さくら散る早起雀もう黙れ

庭に桜が一本。わが家としては大きな木。二階の屋根を超える。満開の桜に見られながら休日は朝寝して至福の時を過したいのだが、軒雀は夜明けが待ち遠しいらしい。（同）

小灰蝶あれちのぎくに生れしや

小灰蝶が地面すれすれにいくつも舞っている。そのあたり荒地野菊のしげみ。帰化植物にしてはひっそりとした風情がある。まるで小灰蝶を養い育てでもいるような。（同）

東に赤き星あり女郎蜘蛛

わからないことだらけの宇宙だが、思いをめぐらせるのは好きだ。火星が近づいた。毎夜寝る前に眺める。巣を振って威嚇の姿勢をとる女郎蜘蛛の眼が近々とあった。（同）

鳴くことを学びそびれし蚯蚓なり

夏の日、アスファルトに蚯蚓を見つける。地面に戻ることもなくじりじりと灼かれ、そのまま骸となる。鳴くことを学ぶ前かあるいは学びそびれたか。頭作りの句である。（同）

白菜も二男一女も佐久の貌

東京ものの夫もこの地で四十年。その二男一女は当然生まれながら風貌は佐久の人。このあたりは高原野菜の産地、大玉の白菜が日向に並び、漬けられるのを待っている。（平成十六年）

からまつ散る夢よりさめて夢の中

高峰高原の晩秋。からまつから昼夜の休みなく降る黄金の針はそのまま金色のふかふかとした絨緞となる。出来ればここでこのまま眠りたい。醒めてもまだ夢のつづきだ。（同）

香具師たちの仕舞すばやし冬の鵙

一月七日夜から八日にかけて信濃国分寺の縁日がある。蘇民将来符や達磨を求めて賑わう。八日のひる近く思い立って出掛けたら、たこ焼の匂いの中に屋台は仕舞う最中だった。（同）

はんざきの卵見に来し鬼無里村

鬼無里へ水芭蕉を見に。もうひとつの目的は大山椒魚の子供に会うことである。大きなつぶつぶの塊がもったりと水の中に居た。あと二、三日でおたまじゃくしになるという。（同）

古巣あり巣組鴉は別にをり

いい加減な巣といえばまず鴉。無節操に無細工にごたごた積んだだけのよう。しかも懲りずに今年も新しい巣造りが始まっている。去年のカップルとは違う者達だろうか。（同）

春寒や辞書をひらけば紙の音

暖房のあまり効かぬ部屋だから炬燵がよりどころ。赤い表紙の広辞林をどさりと置く。ルーペも手離すことは出来ぬ。頁をめくる右手ばかりがやたらとつめたい。（同）

山独活を束ねし縄のややゆるし

水曜日にトラックの荷台にぎっしりと野菜を積んだお兄さんが来る。買いに出てはみるが、みな一箱、一束単位でしか売らぬ。二人だけなので山独活は一本でいいのだけれど。（同）

春月やくるみの家に育ちしよ

家を覆うように大きな胡桃の木。恰好の遊び場であったし、夜は外厠の暗さが怖い男の子は月に見られながらこの木の根方に立小便をしに行ったものだ。いまはその木も家もない。（同）

からまつも雨もまつすぐ鴉の子

奥日光への吟行だったが折悪しく朝から雨。元気のいい若い人に蹤いて意外に平坦な山道を歩く。落葉松林がずっと続く。ひょいと道路に鴉の子。雨は私を寒くした。

（同）

太陽に沈め沈めと行々子

暑い暑い夕昏れ。丘陵の下は一面の草原。葦切がさかんに鳴き交している。ギョギョ、ギョギョギョ。声が空中で絡み合い、まるでこの真赤なお日様に沈め沈めと言っているようだ。

（同）

香水や誰の所為でもなき無聊

ときどきわけもなくつまらなくなる。こうしたときの私は全く始末におえぬ。際限のない心配事がぎっしり体につまってくる。誰かのせいでこうなったのならわかり易いのに。

（同）

露けさに男の下駄を借りにけり

庭に出るのにいちいち靴をはくのは面倒。ついそこいらにあるものを突っ掛けてしまう。雑草が茂りほうだいで、みな露を吸いあげているので、私も下駄もぐっしょりとぬれる。

（同）

玄室の王女も醒めむ初嵐

千曲市の古墳を見学。きちんと整備されていて、あまり古代の遠さは感じない。以前に見た楼蘭の少女のミイラを重ねあわせてみた。外は爽やかな強風。帽子を押えた。

（同）

蟬の穴火山鳴動つづきをり

公園に沢山の蟬の穴を見つけた。この穴を辿れば地中のどこらへんに行きつけるだろうか。いま盛んに鳴動をつづけている火山のマグマだまりぐらいまで行けるといいのに。

（同）

すずかけの二階涼しき硯かな

町の俳句好きと吟行に。蕎麦屋の二階でほっと一息。賞品の短冊用に墨をすっているが句会よりも懇親会のビールが楽しみな面々。開け放った窓にすずかけの青さがひとしお。（同）

芋虫の大きな頭浅間噴く

裸虫が大嫌いな私は他人よりよく見つける。丸いつるつるの頭、絶えず動いている口の辺。誰かが捨ててくれるまで体が竦む。この年、浅間は活動期、噴煙は絶え間なかった。（同）

吾亦紅火山灰降る音を聞きに出づ

風向きがいつもと違うらしく、空が乳色にくもり火山灰が降り出した。せかされるような想いで外へ。さらさらという幽かな音が一面。家の裏に吾亦紅が数株。（同）

空缶にたかりし蜂や御講凪

草叢に放ったらかしのジュースの空缶。近ごろの高校生は実にマナーがわるい。甘さをかぎつけてか足長蜂がむらがっている。長い冬を乗り切るための栄養をとるのに懸命だ。（平成十七年）

手袋や東京駅に棲むこだま

東京駅を歩くと頭がくらくらする。流れに上手に乗れないものだからひとにぶつかる。音が響いてわんわん。木霊も住んでいるのか。手袋をしているのはほとんど田舎者ばかり。（同）

二人して担ふ岩塩厩出

大きな岩塩のかたまり。牧場の方々に置く。牛が寄って来てなめる。必要なミネラルをとるためだ。もうすぐ牧開。牛を待つ人々は多忙だ。担うというところ、少し工夫したつもり。（同）

風わたる牧の草地のてんと虫

湘子先生の最後の指導句会となった京都で珍しく二句お採りいただいたうちの一句。早春の八ヶ岳、風のつよい日だった。評判のソフトクリームに寒疣が立った。（同）

軽鳧の子のみんな同じでみなちがふ

軽井沢雲場の池。葦の中から軽鳧の子が連なって出て来る。必死に親に蹤いている。羽根の色も容も同じようにみえるが、泳ぎおくれるのも疾りすぎてつんのめるのもいる。（同）

山羊の眼は顔の天辺黍嵐

伯母の家にはいつも山羊がいた。ごつごつした頭に近くつきあいにくい眼がついている。体に不似合な大きな乳房。その有り余る乳のせいで、三人の従兄は健康優良児であった。（同）

まんなかを汝の席とす冬林檎

まんなかの席はいつもあけておく。先生がそこに坐られる予定だから。両脇も空席にしてはならぬ。下手な遠慮はお嫌いだった。先生を汝とお呼びするのを許して頂きたい。（平成十八年）

後記

自註を書きすすめるうち、句会の席題などで偶然に出来た句と思っていたほとんどが、心の奥に雑然としまわれていた記憶からひき出されたものを基にしているということがわかりました。これは思いがけない発見でした。

俳句については遅い出発でしたが、関わり方は実に濃密なものだったと思います。「鷹」に出会い、藤田湘子先生の御教えを受け、多くのすばらしい句友に恵まれた二十年でした。句会に、旅に、ひとりでは決して持てない貴重な日々を過ごさせていただけたこと、又過ごすであろうこれからの日々をありがたく思います。

本シリーズに参加をおすすめ下さいました小川軽舟主宰をはじめ、たくさんの方々のお力添えに心から御礼申し上げます。

二〇〇六年 秋

市川 葉

あとがき

いま、私の中には想いが溢れ、言葉が追いつきません。私をめぐる方々、生き物、事象のすべての愛に感謝します。

ふたご座流星群がこの月十五日に極大を迎えます。その夜が晴れ、多くの祈りがとどきますように。

平成二十七年 極月

市川 葉

季語別全句索引

【あ行】

アイスクリーム　アイスクリン〈夏〉
アイスクリン山晴れて来る近くなる　220
青蘆〈夏〉
蘇るべし青蘆の勁き茎　55
青嵐〈夏〉
青あらしまさかの貝に中りけり　117
青あらし後向いては先見えず　157
青胡桃〈夏〉
青胡桃小学校の窓ひろびろ　159
青鷺〈夏〉
青鷺の嘴を上げたる煙雨かな　160
蒿雀《あおじ》　青鵐《あおしとど》〈夏〉
青鵐雨雲峰を離れざる　81
青葉木菟〈夏〉
板の間に直に坐るや青葉木菟　117
みどり子は熱のかたまり青葉木菟　400
青麦〈夏〉
まろらかな山を神とし麦青し　210
藜《あかざ》〈夏〉
金剛の土を搦めて藜の根　68
藺ごもる少女に藜長けにけり　202
藜の花〈夏〉
眼から先に老いてゆくなり花藜　36
藜の実〈秋〉
生くることとさても面倒藜の実　213
赤蜻蛉　深山茜〈秋〉
赤とんぼそつちの帽子ぬくといか　167
草噛みてみやまあかねの生れたて　204
秋暑し〈秋〉
確とある孔雀の爪や秋暑し　70
秋の雨　秋黴雨〈秋〉
巣の蜂の頭混み合ふ秋黴雨　390
秋風〈秋〉
秋風や魚は棘の歯を列ね　45
珈琲を飲む秋風を来しひとと　71
秋風や並の器量の赤ん坊　111
秋風や電子辞書より鳥のこゑ　118
秋風やくろき色ひき黒揚羽　128
秋風や版木に墨の色淡し　166
放射線域秋風を鎖す幾重にも　168
秋風や食卓塩の青き蓋　171
秋草〈秋〉
秋草の丈やわらべのみそかごと　172
秋高し〈秋〉
禽獣は明日を惑はず秋高し　171

秋の暮〈秋〉
秋のくれ塗箸売の若狭より 189
秋の鶏〈秋〉
秋の鶏尻の上下や畝傍山 57
秋の蜂〈秋〉
立眠る馬の鼻面秋の蜂 132
秋の灯 秋灯《しゅうとう》 秋灯《あきともし》〈秋〉
秋灯おのれに丸をつけてやる 168
夫在らず秋灯の紐長く垂らし 172
秋燈下集へば猫もわが家族 362
秋の山〈秋〉
振れば出る缶のドロップ秋の山 173
秋晴〈秋〉
秋晴るる橘寺に乳母車 57
コロッケの移動販売秋晴るる 171
好きなもの帽子秋晴れ象の耳 196
秋日和〈秋〉
奥の間にひとり母ゐる秋日和 204
秋深し〈秋〉
深みゆく秋やホテルの理髪店 72
通草〈秋〉
通草蔓提げて仔牛の品定め 108
悉皆屋前の通草の口を開く 204
朝曇〈夏〉
朝曇雀賑はふ檐ほしや 159
麻服〈夏〉
麻服や東京は来るたびに雨 88
浅蜊 浅蜊汁〈春〉
浅蜊掘脛の雀斑をふやしけり 218
浅蜊汁もう少しだけ頑張るか 218
蘆の角〈春〉
コックスの少年叫ぶ蘆の角 191
小豆干す 小豆叩く 小豆殻〈秋〉
小豆莢叩き依怙地になりゆくよ 59
小豆殻積みたる闇の賑やかに 72
小豆選る〈秋〉
小豆選る時折道に眼を遣りて 111
梓の花〈春〉
並足にもどれる馬や花梓 101
汗〈夏〉
汗くさき背を慈しみつつ憎む 219
畦焼く〈春〉
一輪車まだ畦焼もすまぬ田へ 89
女二人束の間に畦焼き了へし 102
少年の透くる耳朶畦火立つ 191
ぬひぐるみ放さぬ母や畦火立つ 217
暖か〈春〉
あたたかや尻から赤児立ちあがる 51
如意輪寺寺領ふはりとあたたかし 79
あたたかや串に団子の四つづつ 133

あたたかやメトロノームの螺子巻いて 148
暖かなひと日なりしよ花菜和 190

暑し 〈夏〉
山羊跳ねてりんご畑の暑さうな 43

アネモネ 〈春〉
アネモネや少し太れば母に似て 191
アネモネや廊下散歩の車椅子 199

虻 〈夏〉
馬虻のひつくり返り死ぬ気なし 203

虻生る 〈夏〉
虻生れこの世やりたいことだらけ 66

油照 〈夏〉
献血のあとの牛乳油照 211
動脈と静脈は対油照 221

天の川 〈秋〉
建ちかけの家の柱や天の川 170

飴湯 〈夏〉
叡山の飴湯うまくもなかりけり 43

水馬《あめんぼ》 川蜘蛛 水蜘蛛 〈夏〉
川蜘蛛の走れる水面ごはごはと 134
水蜘蛛をつつくや脚の約まりぬ 134

蟻 〈夏〉
蟻の声聞きたし蟻のふり向かず 36
草原に雲湧き蟻の顎強し 155
切株の淋し大山蟻もまた 192

蟻地獄 〈夏〉
蟻地獄時間通りに事進む 229

荒地野菊 〈秋〉
小灰蝶あれちのぎくに生れしや 135

泡立草 〈秋〉
帰らずにゐて欲しここだ泡立草 168
泡立草沢山咲いて疎まるる 231

淡雪 たびら雪 〈春〉
淡雪やエスカレーター地下へ伸ぶ 41
淡雪や一重瞼を愛されて 49
淡雪や檜扇貝の愛媛より 190
脆き爪愛しみをればたびら雪 198

安居 夏安居《げあんご》 〈夏〉
夏安居やポプラの花の幾夜降る 43

杏 〈夏〉
むんむんと雨あがりたる杏かな 157

生身魂 〈秋〉
生身魂有平糖のべたべたす 168

十六夜《いざよい》 〈秋〉
十六夜や大きな家に父母のこゑ 136
十六夜や吾動かねば音あらず 170

泉 〈夏〉
泉老ゆ翅もつもののとび交ひて 44
泉古ぶ翅もつものを育てつつ 230

磯遊〈春〉
磯遊び軽き眼鏡をして来たり 98
磯菜摘〈春〉
靴下をくるくる脱ぎて磯菜摘 89
鼬罠〈冬〉
まつすぐに野火の立ちたる鼬罠 39
虎杖《いたどり》〈春〉
虎杖を噛みて男に恵まれず 227
一月〈冬〉
ゆつくりと一月過ぎぬ角砂糖 95
鳶尾草《いちはつ》〈夏〉
鳶尾草や伊勢講御定宿となむ 67
凍つ 凍晴 凍〈冬〉
凍晴やうぶ毛さりさり剃られたる 48
凍晴や一駅ごとの山容 63
煎餅を割る大いなる凍来る 180
五日〈新年〉
五日はやあたたかさうな桑の瘤 112
竈馬《いとど》 御竈蟋蟀《おかまこおろぎ》〈秋〉
おかま蟋蟀ぱたりぱたりと夜を託つ 195
いとど跳ぶ塗絵などして遊ばむか 230
蝗《いなご》〈秋〉
さみしいぞ不意に蝗のとび立つは 171
稲雀〈秋〉
この国の山なまくらや稲雀 57
稲妻〈秋〉
稲妻やぞくぞくと湧く青蛙 38
稲虫 稲子麿〈秋〉
と見かう見大臣貌なる稲子麿 231
稲刈〈秋〉
電線の真中が鳴る晩稲刈 39
金星をはや得し空や稲車 97
稲積む〈新年〉
枕辺に寄り来るものと稲積める 182
猪 猪《しし》〈冬〉
猪一頭物体として吊しあり 133
薯植う〈春〉
佐久平一歩に一個薯植ゑて 87
芋虫〈秋〉
退路なし芋虫ひつくり返りをり 136
芋虫の大きな頭浅間噴く 165
伊予柑〈冬〉
伊予蜜柑雨のはじめを掌に 61
色変へぬ松〈秋〉
色変へぬ松や尾長のひと騒ぎ 173
色なき風〈秋〉
すひのみに色無き風の吹く日かな 167
鰯雲〈秋〉
ものひとつ一つの重み鰯雲 128

岩魚《いわな》〈夏〉
岩魚とぶ杉も檜も風の中 91
植木市〈春〉
地に落ちし花は踏まれて植木市 113
萍〈夏〉
萍や多め多めの喪の炊ぎ 123
萍や捨てず読まざる学会誌 131
浮人形　浮いてこい〈夏〉
いかやうにしても横向く浮いてこい 127
鶯〈春〉
うぐひすのしつかり鳴けりひなた山 209
鶯笛〈春〉
ぴいと鳴るだけの鶯笛なるよ 92
鶯笛竹のにほひの鮮しき 109
兎狩　兎罠〈冬〉
沢音のととのふ暁や兎罠 94
薄氷《うすらい》　薄氷《うすごおり》〈春〉
にはとりの蹤いて来る気よ薄氷 95
薄氷や藁おちつかぬ兎箱 98
薄氷に根のやうな隙ありにけり 146
うすらひや髭をくはしく猫死せる 216
空蟬〈夏〉
空蟬のまだやはらかし小淵沢 107
靫草《うつぼぐさ》〈夏〉
靫草歩けなくなるところまで 194

独活《うど》〈春〉
山独活を束ねし縄のややゆるし 153
鰻〈夏〉
通りより見ゆ鰻屋の炊飯器 55
法名は葉心大姉鰻食ぶ 221
雲丹〈春〉
海底に海胆の怒りのつづきをり 52
卯の花〈夏〉
卯の花や雨だれ小僧ぽつんぽつん 193
卯の花腐し〈夏〉
猫とゐる日がな卯の花腐しかな 341
馬の仔〈春〉
馬の仔にはや銘々の飼葉桶 122
馬冷す〈夏〉
木隠れに八ヶ岳の主峰や馬冷す 69
冷されて馬も脇見といふことを 407
厩出《うまやだし》　厩出《まやだし》〈春〉
二人して担ふ岩塩厩出 145
厩出や風に転がる洗面器 146
梅干〈夏〉
梅漬けし夜やくろぐろと吾妻山 53
おばさんに梅干し猫にかつをぶし 330
梅見〈春〉
吊鐘を小突き梅見の二三人 87

梅擬　落霜紅〈秋〉
晴天の三日つづかず落霜紅　72
末枯〈秋〉
ふつと来る山羊の匂ひや末枯るる　72
浦佐《うらさ》の堂押《どうおし》　越後南魚沼の普光寺毘沙門堂の裸押合い祭。三月三日である。〈春〉
堂押祭終へし浦佐の大茜　41
盂蘭盆会　盆〈秋〉
雉鳩のくぐもり啼きも盆ごころ　69
盆の客帰りしあとの皿小鉢　212
麗らか〈春〉
麗かや口まで溢れ醬油差　50
瓜〈夏〉
要点を言へよ瓜などそこへ置き　212
雲海〈夏〉
雲海や現世の髪の逆立てる　120
枝豆〈秋〉
枝豆のしたり顔など気に入らず　194
金雀枝《えにしだ》〈春〉
金雀枝や脛から育つ男の子　210
恵比須講〈冬〉
灯に映ゆる女の頸や夷講　115
蘡薁《えびづる》〈秋〉
蘡薁やわが耳遠くなりたるか　111

遠足〈春〉
遠足の空へ噴水調整す　98
炎天〈夏〉
炎天を来て蓬々と翁眉　54
追羽子〈新年〉
追羽子や鳶の領せる佐久の空　108
負真綿〈冬〉
負真綿して正体のなかりけり　121
扇　絵扇〈夏〉
絵扇を閉づるや奥に誰かゐる　161
大毛蓼〈秋〉
ちまちまと兎の欠伸大毛蓼　33
大瑠璃〈夏〉
大瑠璃のあまりに近し肩冷ゆる　158
翁草〈春〉
山羊の仔を端から数へ翁草　400
御講凪《おこうなぎ》〈冬〉
三匹の兎飼ひをり御講凪　129
空缶にたかりし蜂や御講凪　174
落葉〈冬〉
沢鳴りや一夜の落葉湿りたる　46
朝靄のわつと晴れたり落葉籠　128
落葉して楽になりたりくるみの木　132
落葉踏み誰か近付く誰でもよし　176

落し角
老人とひとつ木暗に落し角〈春〉 90
落し文
落し文谷ぐんぐんと深くなる〈夏〉 92
夕方のいつとき晴や落し文 157
踊　踊唄　踊子
火の山を祝ぎて昂り踊唄〈秋〉 114
踊子の携帯電話手放さず 397
尾花　花芒　芒の穂
花芒母の俤遠くなり〈秋〉 31
穂芒を光らせ過ぐる狐雨 214
穂芒やふり返るたび昏くなる 231
朧
ひたむきに走る電線朧かな〈春〉 51
朧夜
朧夜の蛇の骨格模型かな〈春〉 50
朧夜の朧にいでて保線工 51
朧夜や石油の匂ひして男 148
オリオン　三つ星
吹き冷ます湯や三つ星をわが頭上〈冬〉 216

【か行】

ガーベラ
ガーベラを卓に放りて猫の恋す〈春〉 35
懐炉
浦日和背中の懐炉熱し熱し〈冬〉 189
帰り花　返り花
草木瓜の返り花とて折りくれし〈冬〉 88
陽炎
陽炎や放りだしたくなるからだ〈春〉 65
陽炎や脚ふんばつて立つひよこ 149
陽炎やその二三歩が進めない 226
蜉蝣《かげろう》
蜉蝣は壁に燐寸は棚の上〈秋〉 166
風花
くと停まる巨き轆轤や風花す〈冬〉 47
風花の海にふれなば魚のゆめ 125
風花や田舎の色の油揚 136
風花は山の祖父の吐息かも 215
飾売
飾売鼻を火照らせ居たりけり〈冬〉 197
悴む
石垣の穴を覗きて悴めり〈冬〉 47
柏餅
雀いろどき柏餅なら味噌餡を〈夏〉 155
風邪
上天気鼻風邪の子よ蹤き来るな〈冬〉 181
風死す
風死すやしきりに猫の毛づくろひ〈夏〉 159

数へ日
数へ日や球根朱き帯巻かれ〈冬〉 75
片栗の花　堅香子《かたかご》の花
堅香子の花や昨日の風が吹く〈春〉 151
かたかごやゆつくり冷えてゆくからだ 192
郭公
郭公にすこやかな朝貰ひたる〈夏〉 201
まつさをな木霊かへるよ閑古鳥 202
郭公に呼ばれてももう歩けない 219
郭公よもう黒髪に戻れぬか 228
カットグラス　ギヤマン
金糸雀の連鳴くカットグラスかな〈夏〉 160
カットグラス海の匂ひのしてゐたり 219
河童忌　芥川龍之介の忌日、七月二十四日。
河童忌や放り出されて荒蓆〈夏〉 44
蝌蚪　数珠子　蛙の子　蝌蚪の紐　お玉杓子
てんでんにつぶやいてゐる数珠子かな〈春〉 66
太陽に満ち欠けはなし蛙の子 129
少しづつくづす貯へ蝌蚪の紐 200
地価下落お玉杓子のどつと生れ 208
カトレア
カトレアの花に微塵や師を恋へば〈冬〉 77
カトレアや首傾けて座る猫 312
鉦叩
少し口あけて寝る子よ鉦叩〈秋〉 38
鹿《か》の子
鹿の子佇つ見らるることをたのしげに〈夏〉 114
樺の花　花樺《はなかんば》
佐久の雨安曇に晴れて花かんば〈夏〉 42
樺黄葉
樺黄葉よべの天幕を畳みゐる〈秋〉 100
兜虫　皀莢虫《さいかちむし》
川霧や皀莢虫の羽閉ぢず〈夏〉 36
橅照つて皀莢虫の食淡し 110
蕪蒸
蕪蒸鞍馬山に月の出るやなし〈冬〉 74
鎌祝
鎌祝焔の芯の群青に〈秋〉 97
蟷螂
まつさをな風のものなり小かまきり〈夏〉 126
神在
神在の膨らんでゐる軍鶏の頸〈冬〉 60
天牛《かみきり》
集乳車止まり天牛零れけり〈夏〉 103
雷　遠雷　霹靂神《はたたがみ》
遠雷や病院の床よく滑り〈夏〉 36
はたた神雀の宿に落ちにけり 37
神の旅
天空のオゾンホールや神の旅〈冬〉 104

神迎
くりまはし使ふ食器や神迎〈冬〉 176
神渡し
山羊の仔のごつごつ頭神渡〈冬〉 118
亀の子
亀の子の一本の紐ひきずれる〈夏〉 135
鴨
漣を翔べり伸びたる鴨の首〈冬〉 49
鼓笛隊鴨飛び立ちてしまひけり 419
榧の実
榧の実のいくつ落ちなば母逝かむ〈秋〉 411
鴉の子
からまつも雨もまつすぐ鴉の子〈夏〉 156
鱲子《からすみ》
ざざ降りや野菜サラダと鱲子と〈秋〉 38
落葉松落葉　落葉松散る
夜よりも昼のさみしさ落葉松散る〈冬〉 175
落葉松散る秒針の音充満す 175
からまつは散るに草臥れ切つてゐる 205
からまつ散る夢よりさめて夢の中 420
狩　狩の犬　狩の宿
狩の犬緩き首輪をしてゐたり〈冬〉 48
わが前に来て坐りけり狩の犬 124
山鳴の一夜明けたり狩の犬 179
インスタントコーヒー熱し狩の宿 179
シリウスや耳敲てて狩の犬 179
狩の犬口辺弛びゐたりけり 180
火の端やふぐり豊かに狩の犬 197
雁　雁《かりがね》
かりがねや毛の国中へ火山群〈秋〉 73
指揮棒の尖の象牙も雁のころ 195
かりがねや花屋の水が歩道まで 204
雁帰る
夜は夜のくりいむ使ふ雁帰る〈春〉 410
かりがね寒き
米磨ぐやかりがね寒き朝なり〈秋〉 173
雁渡し
階段の下に置く甕雁渡し〈秋〉 58
軽鳧《かる》の子
軽鳧の子のみんな同じでみなちがふ〈夏〉 158
枯葦
葦枯るる彼岸や煌と光るもの〈冬〉 61
月の出や胸の高さに蘆枯れて 98
枯木
裸木の喬し一日書に倦まず〈冬〉 95
枯菊
なるやうになる枯菊も寄る蜂も〈冬〉 175
子をとろ子とろ枯菊の匂ひ立つ 224
枯野
勝馬を宥めて枯野一周す〈冬〉 49

獺魚《かわうそうお》を祭《まつ》る　獺《おそ》の祭《まつり》　七十二候の一　〈春〉
川獺の動くは獺の祭らし　147
革蒲団　〈夏〉
革布団要心深き音立つる　131
寒禽　〈冬〉
吾もまた一寒禽として吹かる　62
寒復習《かんざらえ》　〈冬〉
田の畔に並ぶ雀や寒復習　121
寒施行　〈冬〉
野晒の杙一本や寒施行　225
寒卵　〈冬〉
物音は山へかへるよ寒卵　63
邯鄲　〈秋〉
邯鄲の闇を育てて杉林　45
寒椿　〈冬〉
寒椿少し太りて落ちつかず　77
寒紅　〈冬〉
寒紅や癌とおのれの根くらべ　190
喜雨休　雨休　〈夏〉
喜雨休金糸雀の胸るるるると　135
帯留のアンモナイトや喜雨休　211
帰燕　〈秋〉
笹原に風の立ちたる帰燕かな　166
祇園会　〈夏〉
鉾の稚児鼻白粉をかがやかす　229
菊　〈秋〉
菊の日向蜂の日向となりにけり　405
菊黄花《きくこうか》あり　七十二候の一　〈秋〉
菊黄花あり若者の頬緊る　195
菊膾　〈秋〉
菊膾日は黄道を離れざる　100
めつむれば現世まだあり菊膾　189
菊枕　〈秋〉
過去長く未来短し菊枕　214
乞巧奠《きこうでん》　〈秋〉
いびつなる楽焼の皿乞巧奠　37
細螺《きさご》　〈春〉
誰彼や細螺に赤と黄と緑　152
如月　〈春〉
ふはふはの真綿如月すぎやすし　190
眉を描くのみの化粧や梅見月　199
雉　雉子　〈春〉
とどまれば確と水音や雉子の昼　78
着衣始《きそはじめ》　〈新年〉
杭に来て歪む水輪や着衣始　63
北風　〈冬〉
鸛顕つ大北風の酣に　47
北風や鶏舎の灯一列に　384
啄木鳥　〈夏〉
きつつきや山の天気は山に聞け　418

狐の剃刀
もう誰も来ないきつねのかみそりよ〈秋〉196
狐火
狐火やうすき空気の中のわれ〈冬〉108
起きあがりこぼし狐火点りたる 180
狐火の王子は夫が在所なり 225
衣被
神よりも仏なつかし衣被〈秋〉120
茸　茸《くさびら》　煙茸《けむりたけ》
茸売や通天閣は上まで灯〈秋〉57
くさびらや明るく過ぎし山の雨 196
けむり茸踏まるるために生れしか 231
茸狩
茸狩の地蜂採りとはなりにけり〈秋〉57
黍嵐
山羊の眼は顔の天辺黍嵐〈秋〉167
着ぶくれ
着ぶくれて魂かへるところなし〈冬〉177
キャベツ
晴るるべし刻みキャベツを大盛りに〈夏〉156
休暇明　休暇果つ
一つ燈に一つの影や休暇果つ〈秋〉37
地卵に夕陽とどまる休暇明 70
夾竹桃
ゐないゐないばあ夾竹桃に触るるなよ〈夏〉161

霧
あかつきの霧の中より山兎〈秋〉107
霧深し動かぬ牛に牧童に 170
山鳩も白樺もまた霧のもの 195
マウンテンバイク一団霧無尽 196
呼ぶ声も応ふる声も霧の中 196
霧を来しをんなに霧のかをりふと 197
桐の花
桐の花谷あひの道けぶりたる〈夏〉31
何もかももうすぐをはり桐の花 160
切干
切干によき思ひ出のなかりけり〈冬〉124
切干や空晴れすぎてよそよそし 399
銀河　銀漢
夜のポプラ銀河を蒐めゐるごとし〈秋〉70
銀漢やことばの神と共寝せむ 213
金魚
いまにして愛や金魚の泡つぎつぎ〈夏〉158
I・C・U水色の金魚呟く 162
枸杞《くこ》の実
枸杞の実やひとに逢ひたく語りたく〈秋〉231
草市
草市や夕耀りの河海へ押す〈秋〉56
猫の餌買ひ草市の中通る 353

草蜉蝣 〈夏〉
草蜉蝣ピーターパンを連れに来る 201
草刈る 〈夏〉
刈草のかをる高原学舎かな 202
臭木の実 〈秋〉
香具山へ一歩近づき臭木の実 57
草凍る 〈冬〉
草凍る脳の断層写真かな 48
草珊瑚 〈秋〉
草珊瑚息の乱れをしづめけり 31
草氷柱 〈冬〉
後朝や草の氷柱の賑やかに 95
草取　草引 〈夏〉
おもひきや引きたる草にかぶれたる 126
草合歓 〈夏〉
草合歓や幼女いちいち気むづかし 397
草の穂　草の絮 〈秋〉
草の絮猫も吾が家も古びたる 108
仰臥して時間大尽草の絮 172
永訣や絮を尽せる柳蘭 172
草雲雀 〈秋〉
草雲雀山の西側しか知らず 121
草笛 〈夏〉
試し吹きして葦笛を子に渡す 91
嚔《くさめ》 〈冬〉
ちんまりと少女のくさめ畝傍山 78
草矢 〈夏〉
草矢打つ降る寸前の八ヶ岳 110
葛 〈秋〉
電柱はうつらうつらと葛に負け 212
薬狩　百草摘 〈夏〉
ずぶぬれの百草摘や谷ふかし 158
轡虫 〈秋〉
まつさをな朝あけてゆく轡虫 45
櫟の花 〈夏〉
山の子は櫟花房挿頭とす 102
蜘蛛　女郎蜘蛛 〈夏〉
喪の畳緑の蜘蛛を歩ましむ 122
東に赤き星あり女郎蜘蛛 135
雲の峰 〈夏〉
牛の眼に追はるる我や雲の峰 107
栗 〈秋〉
栗落ちなむと少年の兎跳び 73
焼栗の匂ひが橋の途中から 132
栗の花 〈夏〉
きつく巻く指の繃帯栗の花 54
胡桃 〈秋〉
胡桃干す夫の往診日和かな 121

暮の春
鍵盤を拭けば音立つ暮春かな 〈春〉 192
黒南風
黒南風や膝をよごして羊の仔 〈夏〉 90
桑括る
桑括り桑括りひと遠ざかる 〈秋〉 94
桑の実
母怖し帽子に溢る桑苺 〈夏〉 43
工場の終業のポーや桑苺 279
鍬始
舞ふ鳶の奇数はたのし鍬始 〈新年〉 116
君子蘭
ひまひまに眠りの国へ君子蘭 〈春〉 147
啓蟄
啓蟄の猫の爪研ぎ柱かな 〈春〉 50
啓蟄の牛乳パック競ひ立つ 50
啓蟄の給食室の円グラフ 208
毛皮
蝦蛄葉仙人掌毛皮屋の閑散と 〈冬〉 47
括り置く一着分の貂の皮 98
夏至
川魚の肌のぬめりや夏至夕べ 〈夏〉 54
月下美人
夜更しは月下美人のひらくまで 〈夏〉 229
毛虫　毛虫焼く
毛虫焼くときの帽子ときめてあり 〈夏〉 127
螻蛄鳴く
螻蛄鳴くや安全ピンの発条つよし 〈秋〉 173
源五郎
本校の子へとどきたる源五郎 〈夏〉 102
原爆忌　八月六日
川靄のゆつくりのぼる原爆忌 〈秋〉 37
原爆忌千の燈に千の声 37
唐紅のTシャツ葉月六日なり 203
香水
香水や誰の所為でもなき無聊 〈夏〉 161
紅梅
紅梅や山に靠れて繧繝干す 〈春〉 79
河骨
河骨や泣く寸前の顔容 〈夏〉 120
氷
氷上のひとりに旋風従へり 〈冬〉 77
喚声湧くリンクの氷均す間も 206
蟋蟀　ちちろ
浮世絵のをとこ猫背やちちろ虫 〈秋〉 70
蟋蟀の脂光りも河内ぶり 93
こほろぎに嘆き憑かるる暇なし 195
こほろぎが嫌です十時には寝ます 204

凩　木枯〈冬〉
凩や夢の中まで知らざりし　32
凩やふむときひらく足の指　60
凩や寺の猫の仔みな真白　118
凩や銀のフルート筐底に　178
木がらしに連れて行かれし箒星　215
凩や逆さに立ててマヨネーズ　215

小綬鶏〈春〉
小綬鶏に朝のぽつかり天気かな　96
小綬鶏や偶にさづかる佳きめざめ　126

コスモス〈秋〉
こすもすや指から眠る赤ん坊　45

去年今年〈新年〉
去年今年夢の中にも搬送車　62
護謨の木の天辺の朱や去年今年　62
去年今年海星の如きいのち欲し　75
去年今年ぐらと厨の貝動く　182

炬燵〈冬〉
曇硝子の向かうに祖父のゐる炬燵　206

東風〈春〉
風見鶏かすかな東風に囚はれし　80
朝東風や黒斑つばらに羊の仔　121

事始　事八日〈春〉
事八日電燈の笠ゆれてをり　150

木の葉〈冬〉
木の葉舞ふ貧しきことば追ひをれば　176
蒟蒻のうまし木の葉の降る夜は　176

木の実植う〈春〉
うすき風纏ひて父や木の実植う　80
噴煙は雲と和めり木の実植う　152

小春〈冬〉
藁稭にまじる粃や小六月　60
小六月跳ねる油を宥めける　60

小判草〈夏〉
何となく本屋に居りぬ小判草　120

駒返る草〈春〉
駒返る草や腰痛体操す　65
駒返る草や返事を待ちゐたり　146

駒牽《こまびき》〈夏〉
駒牽や雨の一途に櫟山　42

暦売〈冬〉
地下街の入り口温し暦売　40

御来迎〈夏〉
乾パンの仄かに甘し御来迎　159

【さ行】

冴返る〈春〉
冴返る極彩色の腑分絵図　145
半跏思惟解かぬ菩薩や冴返る　199

囀
囀りやぐーと迫り上ぐ治療椅子〈春〉 65
囀や当直明けの口漱ぐ 147
水神を祀る囀酣に 201
左義長　どんど
どんど火に眼炙られゐたりけり〈新年〉 76
桜　夕桜　糸桜
肘つきて固き畳や夕ざくら〈春〉 89
夕桜屋台みるみる組まれたる 99
糸桜大事にされて神馬老ゆ 102
さくら咲く多分あしたも家にゐる 201
桜蝦
このごろの母の手強し桜蝦〈春〉 109
せんべいに旧知のごとし桜蝦 152
桜貝
桜貝きのふはたらきけふねむる〈春〉 109
薄けれど全からねど桜貝 151
桜蘂降る
桜蘂降るはやばやと通夜の客〈春〉 191
桜草
飼ひならすやまひひとつや桜草〈春〉 218
石榴
彼のひとのための石榴を盗られたる〈秋〉 189
石雀さん今年も石榴送ります 223
一年がたちまちをはる石榴もぐ 232
明日あるを信ず石榴が口を開く 232
石榴の花
石榴咲き仮想恋人より書信〈夏〉 158
花石榴夢に未来は現れず 193
豇豆《ささげ》
ささげ摘み庭に貉の来る話〈秋〉 38
笹の芽
熊笹の芽のついついと陽気なり〈春〉 122
早苗　余り苗
サーカスの町に来る日や余り苗〈夏〉 96
五月蝿《さばえ》なす神
五月蝿なす神や仔山羊の頭突き急〈夏〉 220
泊夫藍《さふらん》の花
泊夫藍やスープ啜るに岬見て〈秋〉 71
朱欒　ざんぼあ
ざんぼあを置きたる闇の幸福に〈冬〉 176
掌の朱欒木星に陸ありやなし 205
寒し
採血に委ぬる腕寒し寒し〈冬〉 197
寒さうに空晴れてゐる作務衣かな 198
鱵《さより》
伊賀ぶりの酢の香の淡き鱵かな〈春〉 87
爽やか　爽涼
爽やかにマネキンの手を外しけり〈秋〉 128
爽涼の帯に挟める切符かな 165

爽やかや夫の寝坊につきあへる 213
三月 〈春〉
三月の山よわたしは生きてゐる 226
止り木に孔雀三月過ぎやすし 226
三寒四温 〈冬〉
四温なり馬の額の白き星 89
珊瑚樹 〈秋〉
敵討つべし珊瑚樹のぎつしりと 45
山茱萸の花 〈春〉
山茱萸の花のをはりを逢ひにゆく 52
山椒魚 はんざき 〈夏〉
はんざきの卵見に来し鬼無里村 156
ことば発すなはんざきが動きさう 193
はんざきに一瞬水の濁りけり 413
残雪 〈春〉
残雪やポニーに被せて赤ケット 200
椎の花 〈夏〉
椎の花散る面売の肩といはず 110
屋根裏の鏡あそびや椎の花 114
椎咲くや馬の鼻筋通りたる 160
鹿 〈秋〉
ひと沢に三つの字や鹿鳴けり 120
敷松葉 〈冬〉
敷松葉して夕暮を恣 47
時雨 〈冬〉
捨つるべき胃のきゆうと鳴く時雨かな 62
しぐるるや燐寸待たるる絵蠟燭 123
茂り 〈夏〉
戛戛と馬身よぎれる茂かな 54
獅子独活の花 〈夏〉
獅子独活の花今生は未完なり 220
鹿威《ししおどし》 〈秋〉
鳴るか鳴らぬか荘苑の鹿威 213
獅子舞 〈新年〉
舞ふ獅子に雲の逆巻く浅間山 225
蜆汁 〈春〉
瑞巌寺門前蜆汁熱し 151
小灰蝶《しじみちょう》 〈春〉
刈草の上を離れず小灰蝶 228
紫蘇 〈夏〉
紫蘇畑にゆるき雨降る越泊り 55
地蔵盆 〈秋〉
雨の香ののこる小路や地蔵盆 169
滴り 〈夏〉
鶏鳴の弥彦一山滴れり 54
地蜂採 すがれおい 〈秋〉
段取りのつきたる声や地蜂採 100
芝焼く 〈春〉
芝焼の端を通してもらひけり 133

薄暮なりをとこひとりが芝を焼く 153

四万六千日《しまんろくせんにち》 観音菩薩の結縁日、七月九日・十日 〈夏〉
薄荷飴四万六千日も雨 162
酢に噎せて四万六千日の宵 210

地虫鳴く 〈秋〉
地虫鳴くくすり任せの夢の中 168

霜 〈冬〉
蜿蜒と点滴チューブ霜の花 178

霜月 霜降月 〈冬〉
湯葉うまき霜降月の来りけり 178

霜柱 〈冬〉
酒蔵に開化の匂ひ霜柱 39

霜夜 〈冬〉
わが顔の左右に耳ある霜夜かな 115
胸中を癌の子の飛ぶ霜夜かな 180
霜の夜や玉子丼父と食ふ 215

麝香草《じゃこうそう》 〈秋〉
怒らざる神は偽者麝香草 167

石鹸玉 〈春〉
形なきものにぶつかりしやぼん玉 149

沙羅の花 〈夏〉
沙羅の花黒蟻足をじぐざぐに 33
口笛を吹くなら沙羅の散らぬうち 164

十月 〈秋〉
木曾十月鎌といふ名の英語塾 38

十三夜 〈秋〉
草原へ二筋道や十三夜 170
寄り添ひて睡る羊や十三夜 222
風呂敷に余る鳥籠十三夜 407

鞦韆 半仙戯 ふらここ 〈春〉
ふらここを置きて寺領のゆきどまり 79
白髪もう染めずふらここ漕ぎに漕ぐ 92
わが町をときをり愛す半仙戯 109

十二月八日 〈冬〉
板書せり大きく十二月八日 197

十夜 〈冬〉
お十夜や四角に揃へ厠紙 73

十薬 〈夏〉
十薬の花に置かるる棺かな 67

数珠玉 〈春〉
数珠玉を頒ち故郷同じうす 393

春陰 〈春〉
春陰や魚の契りの短かり 151

春禽 〈春〉
春禽や祭の布令を畦づたひ 122
春禽や生れしばかりの谷の水 133
春禽や額の仕上に紙鑢 217

春光 〈春〉
春光や子猫の視線定まらず 31

春愁
春愁のひと睡らせし注射かな 〈春〉 146
春宵
春宵の赤玉ポートワインかな 〈春〉 149
春宵や名刺残せる女客 150
春昼
春昼の抱きし兎の背骨かな 〈春〉 126
春昼を眠りて減らす現世かな 208
春潮
春の潮眉大らかに描きけり 〈春〉 49
春灯《しゅんとう》 春灯《はるともし》 春の燭 〈春〉
春燈や小松左京に惚れぬいて 35
春燈に透かし卵を選りゐたる 41
人形の前髪長し春の燭 42
松脂を絃にひきをり春灯 150
猫ゐればこそのくらしや春ともし 209
春灯や「続く」と書きてペンを擱く 227
夜を統ぶ学習塾の春灯 227
障子
呼びゐるは夫かもしれず日の障子 〈冬〉 179
上蔟《じょうぞく》
上蔟やしづく滴る牛乳の瓶 〈夏〉 68
菖蒲
菖蒲田にゆふづく水のねつとりと 〈夏〉 210

菖蒲引く
菖蒲引く東にわが活火山 〈夏〉 156
除夜詣
笹叢に入る雨音や除夜詣 〈冬〉 216
白髪太郎 白髪大夫 楠蚕《くすさん》 〈夏〉
減りにけり信濃太郎の名の虫も 127
曇天や白髪太夫の口動く 160
白絣
白絣山河は雨を欲りゐたる 〈夏〉 159
白地
白地着て大納言とは小豆の名 〈夏〉 211
師走
影なりに掃いて師走の美術館 〈冬〉 74
新小豆
厄介な妹をりぬ茹小豆 〈秋〉 409
蜃気楼 喜見城《きけんじょう》 〈春〉
喜見城から木履の鈴の音 199
新涼 涼新た 〈秋〉
ケント紙を統べるコンパス涼新た 221
新涼や使ひ惜みて吉野葛 230
西瓜
西瓜食ふ背中の黒子いとけなし 〈秋〉 37
忍冬の花
ぶつかりてふゆる谺やすひかづら 〈夏〉 93

水仙の芽
もぐら道水仙の芽を迂回せる 〈春〉 199
水飯
生死のはざまにをりぬ洗ひ飯 〈夏〉 163
梳初
初櫛や素直な髪をもて余す 〈新年〉 34
杉の実
杉の実やのぼるほど山晴れて来し 〈秋〉 136
芒　真赭《まそほ》の芒
芒山ひとの匂ひを厭ひける 〈秋〉 58
道のべのすすきかるかや眠たいぞ 170
大粒の雨に真赭の芒かな 205
涼し　晩涼　夕涼　夜涼
涼しさを言ふべく夫を待ちてをり 〈夏〉 93
晩涼や奏者を待てる椅子二千 117
すずかけの二階涼しき硯かな 163
夕涼や筬を先立て糸走る 164
望遠鏡夜涼の椅子をまはしけり 164
起上り小法師つつきて涼しかり 220
一行に童女加へて涼しけれ 401
篠の子
篠の子をぽきりぽきりと盗みけり 〈夏〉 90
煤払
メキシコへ戻る神父や煤払 〈冬〉 75
納涼《すずみ》
手まはしの八ミリ映画夕涼み 〈夏〉 211
雀隠れ
婚約す雀隠れの八ヶ岳の牧 〈春〉 65
雀隠れ時間どんどん減つてゆく 145
頼られず頼らず雀がくれかな 227
雀の子
いちにちの今を生きをり雀の子 〈春〉 147
吹く風にポップコーンと雀の子 149
雀の担桶《たご》
教会の雀の担桶に覚えあり 〈夏〉 113
鈴蘭の芽
還らざり鈴蘭の芽の総立ちに 〈春〉 52
ストール
ストールや夜々に近づく箒星 〈冬〉 215
酢海鼠
酢海鼠や事のをはりの模糊として 〈冬〉 101
栴の花
栴咲くや知らない村のなつかしく 〈夏〉 210
聖ザビエル祭　日本への伝道師フランシスコ・ザビエルの忌日。十二月三日。 〈冬〉
ザビエル祭せかせかせかと犬通る 34
聖体祭　復活祭（春分後初の満月の次の日曜）から六十二日目の木曜日。 〈夏〉
聖体祭少し傾ぎて泳ぐ鴨 43

セーター
セーターの胸の牧神笛を吹く〈冬〉 108
咳
あかときのよるべなきもの咳・振子 77
木のすだま草のすだまや咳こんこん 183
咳怺へ入る放射線治療室 223
蟬〈夏〉
夕蟬や軀の芯のなまぬるし 164
みんみんや山気に眠り足らひたる 411
蟬時雨〈夏〉
身を反らしおろす背負子や蟬時雨 219
蟬時雨父を焼きたる日のごとく 230
蟬の穴〈夏〉
蟬の穴火山鳴動つづきをり 162
線香花火〈秋〉
線香花火額集めてをはりたる 203
栴檀の実　楝の実〈秋〉
楝の実拾ひて現甲斐に在り 73
剪定〈春〉
剪定や水をふくみて麻袋 51
剪定の音家裏にまはりけり 64
薇《ぜんまい》〈春〉
薇は子供のころの匂ひかな 412
薇の絮ほぐれたり野兎のくに 417

卒業〈春〉
胸高に臙脂の袴卒業す 226

【た行】

大寒〈冬〉
大寒や膝をくづさず童女坐す 125
大寒や双手はなして赤子立つ 393
大根干す　干大根〈冬〉
白白と干大根や通夜の家 224
台風〈秋〉
台風圏貝の吐きたる淡きもの 93
鯛焼〈冬〉
流星雨待つ鯛焼のうらおもて 410
田植〈夏〉
田が植わる嬰児の拳ひらかれて 67
鷹　青鷹《もろがえり》　若鷹〈冬〉
蒼鷹や軽き眩暈を覚えたり 48
括りおく父の古着や青鷹 61
若鷹の上昇気流捉へたり 190
鷹化して鳩と為る　七十二候の一〈春〉
鷹鳩と化すややこしき診断書 95
鷹鳩と化すや落ちたるブレーカー 191
簟《たかむしろ》〈夏〉
働きしあとの手足を簟 161
猫老いていよよ賢し簟 349

鷹渡る〈秋〉
噴煙の迷ひなき日や鷹渡る 111
焚火〈冬〉
夕焚火河原に石の増えたるよ 60
界隈の音聞きわけて焚火翁 60
焚火立つ宵の月蝕ゆるゆると 101
海上の船は動かず夕焚火 123
磯焚火男ひとりをのこしたる 402
田草取〈夏〉
杉山の頒つ翳りや田草取 69
竹床机〈夏〉
楽焼の仕上るまでの竹牀几 131
筍〈夏〉
冷えびえとして筍の置かれたる 53
筍に西国の土つきてをり 156
筍飯〈夏〉
看取居の筍飯となりにけり 120
田仕舞〈秋〉
存分に焚きて信濃の田を仕舞ふ 91
田仕舞のけむり吾が家へ吾が家へと 405
立葵〈夏〉
姥捨の鉄砲雨や立葵 107
とうとうと鶏を呼びをり立葵 161
夫ほどは呑気に死ねず立葵 212
橘〈秋〉
橘や見つめて怖し飛鳥仏 58
橘や少し優しくなりて夫 71
田螺 田螺鳴く〈春〉
田螺など鳴かせやり場のなき孤独 217
放つといておくれ田螺が呟くぞ 226
種選〈春〉
種選梢の鳥のさかしまに 106
種俵〈春〉
賑々し伏せて五日の種俵 109
種浸し〈春〉
種浸す百年家を住み継ぎて 101
種蒔〈春〉
種蒔の段取をつけ死者に侍す 113
種物 花の種〈春〉
教卓の大分度器と花種と 101
玉解く芭蕉〈夏〉
芭蕉玉解く雨中に大事あるごとし 404
玉葱〈夏〉
坂東の葉付玉葱陽は暈に 80
吊されて玉葱のまだ太る気ぞ 100
ダリア〈夏〉
大風の来るよとダリア一括り 212
端午〈夏〉
流木に何の香もなし旧端午 109

短日　日短か　〈冬〉
バリウムの継粉ほぐして日の短か　61
カルテ書くのみの独逸語日短か　174
短日やほどよく煮えて鶉豆　198
探梅　〈冬〉
探梅行探鳥会と出合ひたる　92
暖房　〈冬〉
暖房車しばらく船の見えにけり　115
蒲公英　蒲公英の絮　〈春〉
蒲公英や煩はしきは死の手順　119
たんぽぽの絮ことごとく次の世へ　154
蒲公英や明日のために飲む薬　190
たんぽぽの絮次の世は康からむ　209
煖炉　〈冬〉
煖炉燃え明治の海図壁にあり　105
薄幸は少女の誇煖炉燃ゆ　111
遅日　夕長し　暮遅し　〈春〉
語尾荒き松本弁や暮遅し　35
夕長し埴輪の頬の刺青も　79
翌檜へ尾長の出入暮おそし　130
夕長し芥燻る一斗缶　201
萵苣《ちしや》　レタス　〈春〉
手もて割くレタス山容かくれなし　154
切口に乳噴くレタス浅間晴　212
父の日　〈夏〉
帆柱の直立父の日なりけり　131
粽　〈夏〉
いつも霧町に粽の出るころは　116
茶立虫　〈秋〉
きまじめな写真の父や茶立虫　58
チューリップ　鬱金香　〈春〉
鬱金香いろんな音の弾けさう　151
蝶　〈春〉
日蝕に進む音なし蝶の昼　113
日のさしてかはる空気や紋黄蝶　130
蝶生る　蝶の羽化　〈春〉
羽化すすむ蝶に全し九十九里　106
電柱と電柱の距離蝶生る　126
蝶生れよゆふべのひかり失せぬうち　150
追儺　〈春〉
追儺会や闇を瞠れる赤ん坊　405
月　月光　月夜　〈秋〉
百匹の羊数へて月の牧　37
くさびらも胞子とばさむ月夜なり　132
水槽にグッピー増ゆる月夜かな　169
月光や藪になるべく竹林　169
月光やくすりに托すわがあした　194
月代　月白　〈秋〉
月白の牛と生れて花畑　57

月見　月の客　月の座　月見団子　〈秋〉
徒蔓にしたたか打たれ月の客　117
頭からつぽ月見団子の十五六　118
月の座にありB4の茶封筒　169
土筆　〈春〉
早く来い土筆がみんな惚けるよ　217
土匂ふ　〈春〉
出不精になりたるわれに土匂ふ　217
霾　黄砂降る　霾晦《よなぐもり》　〈春〉
牛小舎に無用の鏡黄沙降る　116
霾や黒天鵞絨の乗馬帽　122
納豆の経木めでたし霾晦　125
霾や島に羊の匂ひして　126
つちふるや鳴かぬ兎を愛ほしむ　130
黄沙降る下着のやうな君の服　148
霾や駱駝まるごとらくだ色　148
ちかごろの医書は難解霾れり　199
霾や首をぐらりと雀死す　218
躑躅　〈春〉
山の日はまなこに熱し鬼つつじ　210
筒鳥　〈夏〉
筒鳥やみどりにまなこ疲れたる　106
筒鳥や照るも曇るも山は急　123
椿　〈春〉
雀らの翔ぶを怠けし椿かな　92
茅花流し　〈夏〉
地祭を終へたる茅花流しかな　155
濁声の鴉に茅花流しかな　202
広目屋の練りゆく茅花流しかな　219
燕　初燕　〈春〉
身を締むる一本の紐初燕　96
ひとり診るたびに洗ふ手燕来ぬ　102
燕の子　燕孵る　燕の巣立ち　〈夏〉
電線のゆれをり燕巣立たむと　67
五風十雨即ち燕孵りたる　156
壺焼　〈春〉
壺焼の焔の向きの定まらず　227
摘草　草摘む　〈春〉
草摘むや石鹸の香のわが童女　404
冷たし　〈冬〉
倖せとシュークリームの冷たさと　74
京苞苴や風冷たしとうち仰ぎ　74
露　〈秋〉
露ちるや兎の耳のあたたかに　71
露けし　〈秋〉
吾に蹤く犬の吊眼も露けしや　165
露けさに男の下駄を借りにけり　168
露けしや何を匿せる青シート　170
露けしや牛には牛の哺乳瓶　205

梅雨 〈夏〉
梅雨の子が時間駆抜け行つたきり 157
梅雨兆す 〈夏〉
梅雨兆す轍や信濃勅旨牧 66
松材線虫梅雨の兆しけり 202
梅雨寒　梅雨冷 〈夏〉
梅雨冷の弘法麦の穂なりけり 229
露霜 〈秋〉
露霜や瞑りて食む黒兎 97
梅雨の蟬　梅雨蜩 〈夏〉
御牧野やしぶり鳴きして梅雨の蟬 68
梅雨蜩おそろしきほど山近し 157
梅雨晴　梅雨晴間 〈夏〉
大蟻のぐいと走りて梅雨晴間 32
氷柱《つらら》 〈冬〉
熊笹の氷柱さやげり火山麓 112
鶴 〈冬〉
鶴の前真赤な服を着てゐたり 125
釣瓶落し 〈秋〉
蜜蜂のとろりと釣瓶落しかな 230
梯梧《でいご》 〈夏〉
花梯梧長靴の踵鳴らし征く 230
手袋 〈冬〉
手袋や東京駅に棲むこだま 181

繡毬花《てまりばな》 〈夏〉
繡毬花水にも焰立たしめよ 53
天瓜粉 〈夏〉
蓼科山の翠濃き日や天瓜粉 68
天道虫 〈夏〉
草原に生れななほしてんと虫 131
風わたる牧の草地のてんと虫 155
おほにぢゆうやほしてんたう雨降り来 193
籐椅子 〈夏〉
籐椅子の揺れをり母のゐるやうに 80
灯火親し 〈秋〉
首かざり燈下親しむには重し 91
灯火親し付箋あまたの書を加へ 213
燈火親し男の腕の電子音 398
冬至湯 〈冬〉
冬至湯やまつすぐに月のぼり来る 34
桃葉湯《とうようとう》　暑気払いの風呂。霍乱や汗疹に効く 〈夏〉
大阪に一人の友や桃葉湯 55
灯籠　絵燈籠 〈秋〉
絵燈籠土の匂ひの昇り来る 45
絵燈籠したたかな熱放ちをり 107
蟷螂枯る 〈冬〉
川音に馴れ蟷螂の枯れ尽す 39
戸隠鬼女祭　十月二十日前後の戸隠神社の例祭 〈秋〉
戸隠の祭の中を熊ん蜂 91

登山帽
硫黄の香しみたる登山帽なりし 〈夏〉 160
登山帽くしやと手にしてこんにちは 210
年惜しむ 〈冬〉
大鹿の深き鬣年惜しむ 48
流木を寄辺の虫や年惜しむ 181
採血の針の切つ先年惜しむ 190
年惜しむ鼈甲飴の鳥の形 224
年越 〈冬〉
明星を誉め越年の山に入る 108
年の市　歳の市 〈冬〉
暾ががくと欅に乗れり歳の市 62
年の暮 〈冬〉
鬱のペンギン陽の家鴨や年つまる 75
年の夜 〈冬〉
年の夜の煙突よるべなかりけり 48
年守る 〈冬〉
出来合の物食ひ年を守りけり 224
年忘 〈冬〉
忘年や暗き山から暗き川 94
橡の花 〈夏〉
図書室に居る饑さや橡の花 134
橡咲くや手足つめたき朝なり 219
橡の実 〈秋〉
橡の実の落ちて戸隠行者道 103
トマト　蕃茄《トマト》 〈夏〉
妄想にはちきれさうな蕃茄かな 163
鳥兜 〈秋〉
空中に漾ふ雨気や鳥兜 167
鳥雲に入る 〈春〉
車座の中の孤独や鳥雲に 35
サイフォンに籠る水滴鳥雲に 41
鳥雲にわれに老女の月日あり 98
酉の市　一の酉 〈冬〉
買ひてすぐひらく雨傘一の酉 402
鳥の巣　巣籠 〈春〉
巣籠や夜ごと夜ごとの箒星 112
巣の鴉精養軒を窺へる 113
蜻蛉　やんま　あきつ 〈秋〉
天窓に蜻蜓の頭突き幽かなる 58
草原や蜻蛉の乾く音無数 100
熱気球発つ蜻蛉の野なりけり 171
草原に翳なかりけり鬼やんま 203
旧三笠ホテルあきつのうるさしよ 411

【な行】

苗木市　苗木売 〈春〉
苗木売ねむさうな子を連れてをり 133
図書館の横の日だまり苗木売 153

苗床　苗障子
苗障子引けばあつさり外れけり〈春〉119
苗障子陽気な音の満ちてをり 152
泣初
初泣きの子のあやされて又泣ける〈新年〉182
名越の祓　夏祓
夏祓巨き雨粒当りたる〈夏〉43
名残の空
繦褓干し名残の空となりにけり〈冬〉40
框より名残の空のひくく在り 75
茄子
茄子食べていのちしづかに減りゆくか〈秋〉168
茄子の馬
どの家も坂に向きをり茄子の馬〈秋〉69
茄子の花
雨音のいつしか本気茄子の花〈夏〉193
夏神楽
夏神楽楤の木棘の木となりて〈夏〉44
竹林を抜ける風道夏神楽 67
まつすぐに草に入る雨夏神樂 88
夏神楽水中の茎曲り見ゆ 134
夏霧
夏霧にやはらかき舌ありにけり〈夏〉160
夏近し
鯛の背に走る虹色夏近し〈春〉228
夏の川
夏川に黒き飯盒浸しけり〈夏〉194
夏の雲
黒姫山の夏雲わかし鎌を鍛つ〈夏〉44
夏の夕
子の頬にシナモンの香や夏夕〈夏〉228
夏深し
ガスの火の青きを夏の深むとも〈夏〉90
夏沸瘡《なつぶし》
夏沸瘡や不便な町に育ちしよ〈夏〉114
夏蒲団　夏掛
夏掛や逢はねばひとに忘らるる〈夏〉162
夏祭
山頂はただの草地や夏祭〈夏〉404
夏蜜柑
夏柑のぽとりと落ちて伊豆は雨〈夏〉32
夏館
夏館炎に粘りなかりけり〈夏〉53
ローブデコルテ置き深閑と夏館 68
夏蓬
発電に痩せたる千曲夏蓬〈夏〉401
夏炉
身を飾るもの外したる夏炉かな〈夏〉123
嶺いまだ明けず大きな夏炉かな 131
司祭館雨の夏炉のしづかかな 134

夏炉燃え自動ピアノの曲変はる　413

菜の花　〈春〉
菜の花やまさかの時の痛み止め　153
菜の花は田舎くさくて摘みたくて　209
菜の花やうふふうふふと少女たち　209

滑子汁　〈冬〉
滑子汁ゐなかの顔となりしわれ　116

菜飯　〈春〉
工夫ありただの菜飯と思ひしに　112

二月　〈春〉
バターとけパンに吸はるる二月かな　32
児に纏ふ麺麭のかをりも二月なる　64
芥子溶く二月の闇のみづみづし　64
二月来ぬかをり少きいちごジャム　89

二月礼者　〈春〉
二月礼者たちまち猫に好かれける　119

虹　〈夏〉
無蓋貨車大きな虹のかかりけり　110
ことば下さい夕虹の消えぬうち　163

西日　〈夏〉
五階まで届く樹のなき西日かな　162

二十六夜待《にじゅうろくやまち》　六夜待《ろくやまち》　陰暦七月二十六日の月の出を拝む風習。安曇野他。〈秋〉
六夜待藤蔓に顔打たれたる　107

鰊　〈春〉
鰊食ぶ朝な朝なの信夫山　52

蜷　〈春〉
蜷の道だうだうめぐりして居ぬか　200

二百十日　〈秋〉
二百十日背中に熱き蒸しタオル　128

二百二十日　〈秋〉
踝へ二百二十日の小灰蝶　169

入学　〈春〉
雲梯に兄の声あり入学す　152
海苔巻の干瓢旨し入学す　208

蒜の芽　〈春〉
伊賀上野大蒜の芽の育つ　78

鶏《にわとり》初《はじ》めて交《つる》む　鶏乳《つる》み初む　七十二候の一　〈冬〉
銀の日輪鶏の乳み初む　183

猫の仔　〈春〉
猫の仔のけだるき目覚めひとつづつ　52
土芳しふぐり具へし猫の仔に　130
抱き上げし仔猫の爪の抗へる　319

猫の恋　猫の夫《つま》　〈春〉
窓際の空気湿りぬ猫の恋　35
猫の恋はじまる砧八丁目　50
病院の非常口より猫の夫　319

涅槃会　涅槃寺　寝釈迦　涅槃図　〈春〉
戸の開いてひと入れかはる涅槃寺　105

二度三度撫でて寝釈迦の土不踏 129
コード黒く大涅槃図のうしろより 129
涅槃図の四すみとめたる画鋲かな 133
階段の上に猫居り涅槃寺 147
寝冷 〈夏〉
寝冷え子よポプラに風の勁々と 55
根深汁 〈冬〉
山ありて心素直や根深汁 101
根雪 〈冬〉
血圧を測られてゐる根雪かな 207
野遊 〈春〉
野遊や七十の吾度し難し 122
野茨 〈夏〉
野茨や老ゆることなき死者のこゑ 202
凌霄《のうぜん》の花 〈夏〉
凌霄や患者診ぬ日も着る白衣 135
凌霄の花散る無間地獄かな 161
野漆 〈春〉
野漆の細き項や佐久郡 42
野蒜 〈春〉
嫁といふ愉しきひとと野蒜摘む 201
野焼く 野火 〈春〉
嵩高き男の膝や夜の野火 51
海苔掻 海苔篊《ひび》 〈春〉
海苔篊を遠見や湾の綺羅なせる 151
野分 〈秋〉
まつすぐに立たぬ鶏冠や野分晴 56
灯の中の東京タワー野分立つ 72

【は行】

羽蟻 〈夏〉
少しづつ狂ふ時計や羽蟻立つ 36
蠅取リボン 〈夏〉
繰延べて蠅取リボン左手右手 127
萩 〈秋〉
小灰蝶萩の日向を好むらし 171
白菜 〈冬〉
白菜も二男一女も佐久の貌 136
麦秋 麦の秋 〈夏〉
麦秋や死んでしまふと泣くわたし 201
馬の背につのる暮色や麦の秋 219
白秋忌 北原白秋の忌日。十一月二日 〈秋〉
白秋忌使はぬピアノ調律す 72
白鳥 〈冬〉
白鳥の頸ほどけきてかうと啼く 63
白鳥帰る 〈春〉
白鳥に引くよろこびのありにけり 130
蓮根掘る 〈冬〉
見馴れたる山に没る陽や蓮根掘 60

八月 〈秋〉
八月や魚の形の耳飾 56
八月の厨暗しと革袋 70
八月大名 〈秋〉
八月大名三匹の猫とゐる 316
蜂の分封 〈夏〉
分封の蜂や大空たつぷりと 106
初明り 〈新年〉
水平に耳延ぶ山羊や初明り 76
初嵐 〈秋〉
出ついでに買ふ電球や初嵐 56
家中の電燈つけて初嵐 70
玄室の王女も醒めむ初嵐 166
初蛙 〈春〉
一行に少女加はる初蛙 79
寝るための豆電球や初蛙 130
葉月 〈秋〉
水を欲る夫よ葉月は大の月 166
もつ鍋をつつき葉月も終らむか 171
初氷 〈冬〉
鶏の思はぬ遠出初氷 174
初東風 〈新年〉
初東風やまじめすぎるよ鷗の目 182
八朔 〈秋〉
八朔やむかし置屋の糀室 56
八朔の朝を雀に攫はれし 70
八朔柑《はつさく》 〈春〉
八朔柑や吉野の闇のやはらかに 78
初桜 〈春〉
初ざくら雀は頬に斑を飾り 87
初霜 〈冬〉
初霜や音の痞えしオルゴール 59
初写真 〈新年〉
暗幕を返せば朱なり初写真 108
螇蚸 〈秋〉
きちきちの滞空時間いい加減 132
きちきちの強き翅音や米どころ 166
初電車 〈新年〉
初電車たひらな川を渡りけり 183
初冬 冬はじめ 〈冬〉
意思強き飛行機の首冬はじめ 46
船の名の太きひら仮名冬はじめ 73
初昔 〈新年〉
ふくみたる水に水の香初昔 182
初雪 〈冬〉
火の山に初雪降れり軍鶏料理 136
初雪が根雪や牛の爪を切る 175
初夢 〈新年〉
初夢のあつけなかりし齢かな 91

花　花惜しむ
花を惜しむ暇あらむか猫の耳〈春〉 149
花曇
草に干す櫂やボートや花曇〈春〉 96
花氷
花氷二階の声の筒抜けに〈夏〉 36
命あるものを封じて花氷 130
花氷幽かな音をつひやせる 415
花菖蒲
赫ふは疲るるごとし花菖蒲〈夏〉 80
花菖蒲村は原野に戻りつつ 218
紫荊《はなずおう》
町昏れてゆくさざめきよ紫荊〈春〉 52
花疲
色うすきものを重ねて花疲〈春〉 88
花時　桜時
さらさらと食卓塩やさくら時〈春〉 149
桜どき試飲のワイン甘たるし 228
花野
馬銜外し花野の馬となりにけり〈秋〉 172
花守
咲耶姫生まれて吾は花守に〈春〉 393
帚木《ははきぎ》
家鴨飼ひたし帚木を育てたし〈夏〉 91
柞《ははそ》
椋鳥五十百かもしれず柞山〈秋〉 46
母の日
田は水を湛へ母の日畢らむと〈夏〉 66
破魔弓
破魔弓や玲瓏とわが活火山〈新年〉 224
薔薇
薔薇園にをり約束の時間まで〈夏〉 156
パリ祭　巴里《パリー》祭
巴里祭馬の覆面真紅なり〈夏〉 110
春
梳る少女の髪や春の航〈春〉 49
長子のみ残る戸籍や春の石 79
野阜も納所坊主も寧楽の春 148
大泣きの子の出で来たる春の家 148
春なれや猫の足裏の肉球も 152
春浅し　浅春
和蠟燭飛騨高山の春浅し〈春〉 50
浅春や粥に落して生卵 208
春遅し
梳りつつ春おそき話など〈春〉 66
春着
手から手へ移し取られて春着の子〈新年〉 76
春寒
春寒や辞書をひらけば紙の音〈春〉 147

春田
ガウディの塔に憬れ春田打つ 〈春〉 41
門口の春田いきなり打たれたり 92
春の蚊
高熱に四日籠れば春蚊出づ 〈春〉 218
春の雲
春の雲行く珈琲はカプチーノ 〈春〉 191
春の月
馬小屋に馬の名札や春の月 〈春〉 98
春月やくるみの家に育ちしよ 150
春の鳶
金色の寝釈迦ある島春の鳶 〈春〉 414
春の猫
知らぬ間に戻つてゐたり春の猫 〈春〉 217
春の岬
尾を上に彗星のぼる春岬 〈春〉 51
春の霙
大学に馬の匂ひや春霙 〈春〉 50
いちどきに溜まる患者や春霙 78
春の山
脛長き子に育ちけり春の山 〈春〉 192
種牛の広き額や春の山 226
春の闇
薬臭の纏ひつきたる春の闇 〈春〉 192
倒壊のビニールハウス春の闇 217
春の雪　桜隠し
猫とゐる桜かくしのいちにちは 〈春〉 191
まつすぐに春の雪降る大路かな 383
春の夜　春夜
春夜なり離れがたきはiPad 〈春〉 227
春夜なり時計は過去をつくりつつ 416
春疾風
新しき紙の匂ひや春颸 〈春〉 42
花鋏春の颸の日暮まで 42
春颸馬の鼻梁の荒寥と 96
春待つ
吸呑に入るるカルピス春よ来よ 〈冬〉 207
手囲ひに灯す蠟燭春を待つ 216
春祭
あぶらげはあぶらげ色や春祭 〈春〉 113
振つて切る束子の水や春祭 149
新しきワニスの匂ひ春祭 218
春夕焼
春夕焼カットグットは瓶の底 〈春〉 65
馬鈴薯《ばれいしよ》　馬鈴薯《じやがいも》
ひと降りの来るかじやがいも試し掘 〈秋〉 97
晩夏
晩夏なり椋鳥と雀の争ひも 〈夏〉 90
刈り伏せし熊笹の香も晩夏なり 203

ハンカチの木の花〈夏〉
ハンカチの花や放課後長すぎる 192
晩菊〈秋〉
晩菊や熱退くときの呆気なし 72
晩菊や気合入れねば明日は来ず 221
晩菊や絵本の中のちちとはは 231
ハンモック〈夏〉
天界の騒立ちゐたりハンモック 158
ピーマン〈秋〉
ピーマンの信用出来ぬ容なり 231
ビール〈夏〉
生ビールいつも地球のどこかが夜 229
干潟〈春〉
流木の淡き木目や干潟暮る 51
彼岸桜〈春〉
挿頭しゐる彼岸桜のまだ莟 148
蟇穴を出づ〈春〉
蟇穴を出る胃切除症候群 64
蜩〈秋〉
蜩や坐ることなき神の馬 103
鳴き惜しみつつ蜩の止みにけり 170
火恋し〈秋〉
いつぽんのポプラ立ちたり火の恋し 46
火を恋ふや舌に吸ひつくオブラート 213
膝掛〈冬〉
膝掛と遺品となりしフルートと 179
日盛〈夏〉
太きロープ置き日盛の操舵室 44
日盛や泡吹虫は泡の中 127
日盛やちひさな駅にひとを待つ 161
豹柄の服のをばさん日の盛 194
脂つこき馬の鼻面日の盛 203
樅の木にもぐる雀や日の盛 212
日盛や水に浮く葉と沈む葉と 230
避暑　避暑期去る〈夏〉
避暑に来て星の近きに怯えたる 44
酒で拭く牛の粗毛や避暑期去る 56
木の階に絡む藤蔓避暑日記 99
呼水を注ぐポンプや避暑の家 114
切出の鞘三角や避暑の家 131
剝製の鹿の渇きや避暑家族 164
羊の毛刈る〈春〉
毛を刈りしばかりの羊呆とゐる 126
嗄声のをとこ先立て羊刈る 146
毛を刈りし羊の顔のどれがどれ 146
旱〈夏〉
樅の秀に黒き鳥ゐる旱かな 103
尾燈赤く列車旱の町を出づ 110

火取虫
火取虫特急列車通過待〈夏〉164
日向ぼこり
無名よし日向ぼこりの男の背〈冬〉177
雛流し
捧げ来て一人がひとつ流し雛〈春〉119
雛祭
雛さまの笛に吹き穴なかりけり〈春〉64
ほのぼのと口のさみしき雛かな 64
氷室
氷室から出て来しひととぶつかりぬ〈夏〉135
背を少し円め氷室を覗きけり 417
姫始　飛馬始
飛馬始見えざるものに火を捧ぐ〈新年〉76
百物語
百物語婆の一人がふいと立ち〈夏〉55
日焼
杉箸や耳の穴まで日焼の子〈夏〉36
日焼子に澄むを先途と梓川 69
日焼子に安曇平の天気雨 96
ヒヤシンス
ヒヤシンス死者に時間のたつぷりと〈春〉154
冷やか　冷《ひえ》
地の冷の足高蜘蛛に及びしか〈秋〉205

冷奴
冷奴癒ゆることとややつまらなく〈夏〉100
氷晶
氷晶のきらめく旦きたりけり〈冬〉181
氷点下
馬の尾を結ぶ麻紐氷点下〈冬〉101
昼顔
ひるがほはけむりくさしと思ひたる〈夏〉69
昼寝
昼寝覚塔も檜も高きこそ〈夏〉88
ひろびろと天井ありぬ昼寝覚 202
鵯　鵯渡る
鵯森に満てり珈琲碾く少女〈秋〉59
窓ひとつ椅子ひとつ鵯渡るなり 221
枇杷の花
半錠のくすりに眠る枇杷の花〈冬〉402
鞴始　初鞴
山巓の押し合つてゐる初鞴〈新年〉63
風船
貰ふならゴム風船は赤がよし〈春〉199
風鈴
見れば欲し貝風鈴も孫の手も〈夏〉155
蕗
立石寺止む気なき雨青蕗に〈夏〉99
蕗畑に屈めば現世消えにけり 157

蕗の薹〈春〉
雨降れば雨にかまけむ蕗の薹 200
蕗味噌〈春〉
蕗味噌に適ふ御飯のかをりかな 216
福寿草〈新年〉
玄関の石油くさしよ福寿草 125
福寿草朝の挨拶猫に言ふ 207
ふくら雀〈冬〉
タクシーもふくら雀もみんな閑 177
梟〈冬〉
梟の見張れる闇を吾も見る 111
梟や寝て読むための本とりどり 124
梟の老いて敵意の目蓋持つ 129
ふくろふやもう歩いては帰られぬ 206
梟が鳴くよ枕に頬埋めよ 223
袋角〈夏〉
杉山に雨の色濃し袋角 55
藤〈春〉
ほつほつと濃き雨の降る藤の房 53
東京のひとの足早藤咲けり 53
日の昏れの音は歪むよ藤の花 66
藤咲くや指のつめたき母のゐる 228
富士の雪解〈夏〉
黒牛の母も黒牛雪解富士 102

襖 絵襖〈冬〉
絵襖の海金泥の舟浮かぶ 40
要するに猫が襖を開けたのよ 206
二日〈新年〉
二日はや水道管の虚声も 89
二日灸〈春〉
次の世は闇か光か二日灸 150
仏生会〈春〉
浮草のはぐくむ気泡仏生会 150
低き木に集る雀仏生会 399
山毛欅《ぶな》の花〈夏〉
川音の記憶鮮烈山毛欅の花 99
船虫〈夏〉
船虫の散るよどこまで本心か 158
芙美子忌 林芙美子の忌日、六月二十八日〈夏〉
水垢の厚き薬罐や芙美子の忌 35
冬 冬帝〈冬〉
冬帝に仕へフルート吹きゐるや 179
冬帝の生木裂きたる香なりけり 419
冬浅し〈冬〉
冬浅し猫道を猫通りけり 364
冬暖か 冬温し〈冬〉
冬ぬくしぬくしと樟に見惚れたる 47
浜焼の胡乱な魚冬ぬくし 206

冬霞 〈冬〉
紅絹で拭く会津漆器や冬霞 41

冬銀河 〈冬〉
食ふことに費す時間冬銀河 206

冬欅 〈冬〉
母の樹と吾は呼びをり冬欅 61

冬木立 寒林 〈冬〉
子を捕ろか寒林に日の淀みなし 176

冬ざれ 〈冬〉
パソコンの文字に情なし冬ざるる 180

冬田 〈冬〉
更級の冬田の照りや箒売 49

冬尽く 冬終はる 〈冬〉
水口の泡にひかりや冬をはる 78

冬隣 〈秋〉
研ぎに出すメス一丁や冬隣 59

冬菜 〈冬〉
鋸の目立や冬菜干してある 177

冬凪 〈冬〉
冬凪や空つぽなりし砂糖壺 40
冬凪や馬に施す安楽死 119

冬の霧 〈冬〉
冬霧のまこと若木にやさしかり 77

冬の滝 〈冬〉
せんせいににほひのありぬ冬の滝 74

冬の蝶 〈冬〉
かはらけは火入れ待ちをり冬の蝶 116

冬の月 〈冬〉
眼の奥の脂抜けたり冬の月 61

冬の波 冬の濤 〈冬〉
列車出しあとの空間冬の濤 104
冬濤や刻刻とわれ消滅す 412

冬の沼 〈冬〉
冬沼の一点にして鸛 47

冬の鵙 〈冬〉
香具師たちの仕舞すばやし冬の鵙 174

冬の山 枯山 〈冬〉
音読やあたたかさうに山枯れて 94

冬晴 〈冬〉
冬晴の千曲川己れの色持たず 78

冬日 〈冬〉
ライダーの迷彩服や冬日濃し 175

冬旱 〈冬〉
冬旱母の形見の琴の爪 32

冬日和 冬麗 〈冬〉
冬日和焼き立てのパン胸に抱き 34
冬麗や立てしままなる譜面台 178

冬芽 〈冬〉
次の世に何を託さむ冬木の芽 198

冬夕焼
十頭の輓馬の臀や冬茜〈冬〉 178
冬林檎
冬林檎割りぬ二つにそれぞれ香〈冬〉 124
まんなかを汝の席とす冬林檎 177
身ほとりの猫こそ親し冬林檎 346
蚋
じりじりと陽のせりあがる蚋の谷〈夏〉 54
ましぐらに吾等撃ちくる島の蚋 54
芙蓉の実
夜は夜でちがふ雨音芙蓉の実〈秋〉 71
鰤起し
越後五十嵐浜貫きて鰤起し〈冬〉 48
古巣
古巣見ゆ雨の一日暮れなむと〈春〉 90
古巣あり巣組鴉は別にをり 151
風炉の名残
切り下げて髪のやはらか風炉名残〈秋〉 88
文化の日
ついと伸ぶ白鳥の頸文化の日〈秋〉 39
猫に膝貸して文化の日なりけり 173
糸瓜
理科室の前の暗闇糸瓜水〈秋〉 71
紅の花
ひとつ寝ればひとつ賢く紅の花〈夏〉 193

蛇
蛇捕りの晴るると決めて出でゆけり〈夏〉 80
蛇衣を脱ぐ　蛇の衣
封筒に畳み込みたる蛇の衣〈夏〉 90
さんさんと山雨来りぬ蛇の衣 103
かくべつの匂ひはあらず蛇の衣 117
降り出しの明るき森や蛇の衣 123
立木みな谷へ傾ぎぬ蛇の衣 417
息かけて何もおこらず蛇の衣 417
朴落葉
いちはやく顔の冷ゆるよ朴落葉〈冬〉 175
報恩講　御正忌
御正忌や汁たつぷりの雁擬〈冬〉 224
法師蟬
東京の子供の狡し法師蟬〈秋〉 33
饗しの焙じ茶熱し法師蟬 194
鳳仙花
大仰に猫とびのきぬ鳳仙花〈秋〉 33
菠薐草
落柿舎へ菠薐草の畑伝ひ〈春〉 410
頰白
頰白や根つこばかりの桑畑〈春〉 120
頰白の塒の外にもゐるらしき 121
頰白の頰りしんじつ一人なり 152
待つてください頰白が来てゐます 192

切株にゐて頰白の息長し 403
ボーナス〈冬〉
狐雨さうかボーナスまだ出ぬか 224
木瓜〈春〉
木瓜咲くや軒の雀も嬥歌どき 209
干柿 吊し柿〈秋〉
そろばんのかたちにならべたつるしがき 11
星鴉〈夏〉
星鴉落石の音一度ならず 220
榾〈冬〉
曲りつつ燠となる榾頑張るか 207
蛍籠〈夏〉
肩に触る髪の冷たし蛍籠 53
蛍袋〈夏〉
蛍袋ときどき風を吐くらしき 193
牡丹〈夏〉
好きな服着れば雨降る牡丹かな 134
白牡丹一花ナイチンゲールの日 162
牡丹雪〈春〉
揺り椅子の母は醒めをり牡丹雪 208
信号のかはる音なしぼたん雪 395
補虫網〈夏〉
草原の雨来る速さ捕虫網 111
ぽつぺん〈新年〉
ぽつぺんに水滴少し沈みけり 76
時鳥〈夏〉
山毛欅にをり夜を啼きやまぬ時鳥 103
ほととぎす屋根裏をわが砦とす 127
八ヶ岳見えねば雨やほととぎす 127
ほととぎす眠りは明日を齎すや 163
海鞘〈夏〉
瑞巌寺門前海鞘の水垂らす 93
襤褸市〈冬〉
四の五のと言ひぼろ市に小半日 206

【ま行】

マーガレット〈夏〉
嫁ぐ子よマーガレットが檐端まで 67
牧閉す〈秋〉
蓼科に雲湧く速さ牧閉す 100
からまつの空ぎざぎざや牧閉す 172
牧開〈春〉
草の根を締めゆく雨や牧開 87
風切つて少女の鞭や牧開 102
牧開鳶天心を逆おとし 110
水張りて桶芳しや牧開 122
蠛蠓《まくなぎ》 目まとひ〈夏〉
蠛蠓のためらひもなし青信濃 96
めまとひにぶつきらぼうな馬の首 99
まくなぎは殊にわが貌好むらし 211

猿茸《ましらたけ》
起伏なき道に飽きたり猿茸〈秋〉 97
マスク
いまだ知らずマスクの下の医師の貌〈冬〉 198
木天蓼
木天蓼の白葉数へて佐久に在り〈夏〉 99
松飾る
亡き夫の診療所へも松飾る〈冬〉 207
松の内
繭ごもるごと過ぎにけり松七日〈新年〉 182
松の花
磯の香の失せたる海や松の花〈春〉 99
祭 祭囃子 祭笛
山越えむ祭囃子が聞きたくて〈夏〉 32
百燭の電球の明るし祭笛 44
理髪屋の裏口を出て祭の子 103
まつくらな山の容や祭笛 107
間引菜
一日がをはる間引菜湯に放ち〈秋〉 221
豆の芽
二本づつ生えて豇豆の芽のすこやか〈春〉 227
豆干す 豆爆ず
豆莢の日中爆ぜて佐久平〈秋〉 59
豆飯
豆飯やからだ粗末に使ひ来し〈夏〉 117
曼珠沙華
まんじゆさげ声が掠れてしまひたる〈秋〉 195
返事下さい曼珠沙華咲きました 213
身欠鰊
身欠鰊一世といふもここらまで〈夏〉 229
蜜柑
眼覚むればいつも母ゐる蜜柑かな〈冬〉 77
水草生ふ
一頭となりし神馬や水草生ふ〈春〉 119
短夜 明易し
短夜や頬叩かれて覚醒す〈夏〉 162
枕頭に薬あれこれ明易し 163
ウエファースさくさく短夜をひとり 220
水涸る
ぱりぱりと折る薬包紙水涸る〈冬〉 73
水澄む
真中に佇つ先生や水澄める〈秋〉 71
水番
水番の面体すでに老女なり〈夏〉 106
鷦鷯《みそさざい》
たつぷりと歩きし靴や鷦鷯〈冬〉 118
みどりごは遠出さするな鷦鷯 198
霙
鶏の眼の下から閉ぢて霙降る〈冬〉 62
輓馬の尾みぞれまじりを捌きをり 89

砂肝を嚙むや霙にかはるらし 92
ひと部屋に電球ひとつ霙降る 112
霙降る豆電球は点けておく 180
あぶらげを焙りてをれば霙かな 181

身に入む 〈秋〉
身に入むや雀集めし潦 93

峰入 〈夏〉
峰入や数多飛蝗の生れ初む 43

蓑虫 〈秋〉
かりそめに蓑虫を飼ふ燐寸箱 132

蚯蚓 〈夏〉
鳴くことを学びそびれし蚯蚓なり 136

麦　麦熟る 〈夏〉
上州の熟れ麦まこと夷ぶり 68

麦刈る 〈夏〉
沢音の近き安堵や麦を刈る 68

椋鳥 〈秋〉
ネオン点滅椋鳥は樹にしづまらず 204

鼯鼠《むささび》 〈冬〉
冬三つ星むささびどもは穴に醒め 174
むささびの飛ぶか飛ばぬか夜明けの木 175

虫送り 〈夏〉
地の窪にたまる空気や虫送 123

無月 〈秋〉
無月なり母を隈なく洗ひけり 118

メーデー　五月祭 〈夏〉
山の影山に重ねて五月祭 42

目刺 〈春〉
目刺食ふメトロノームをかけ乍ら 52

飯饐《めしす》ゆ 〈夏〉
飯饐ゆる真赤な花が咲いてゐる 163

芽吹　芽立 〈春〉
わが街の一本欅芽立ちけり 65
芽吹山かはりばんこに誰かゐず 153

メロン 〈夏〉
諍ひてメロンの匙の重たかり 32

毛布 〈冬〉
勝馬へ抛り被せたる毛布かな 97
明日は明日電気毛布を強にして 225

藻刈 〈夏〉
一炊の夢か藻刈の舟すすむ 229

虎落笛 〈冬〉
片敷ける衣のかろしよ虎落笛 179

木蓮　白木蓮《はくれん》 〈春〉
絶食の三日はくれんひらきけり 153
火星赤し木蓮は明日ひらくべし 209
たいくつな牛に白木蓮月夜かな 400

木蓮の芽 〈春〉
待ち居たり木蓮の芽の夥し 41

餅
餅焦げる匂ひの旦往診す 〈冬〉 105
餅花
餅花の夜を煌煌と手術棟 〈新年〉 63
餅筵
愛しきやし三畳の間の餅筵 〈冬〉 124
柱から柱のあはひ餅筵 182
ものの芽
物の芽のよろづ出揃ひ牧に牛 〈春〉 146
桃
ちちははは亡しぽたぽたと桃の汁 〈秋〉 56
百千鳥
百千鳥絵ときの般若心経も 〈春〉 79
桃の節句
桃の日や蔵のにほひのなつかしく 〈春〉 208
桃の花
せんせいのその先生や桃の花 〈春〉 65
昼からは休診の顔桃の花 106
病人の金あづかりぬ桃の花 119
後の世はゆつくりと来よ桃の花 226

【や行】

灸花
白猫の眼軋りて灸花 〈夏〉 31
夜学
ばらばらに来て八人や夜学の灯 〈秋〉 128
焼鳥
焼鳥や坂に坂継ぐわが町は 〈冬〉 74
灼く
木曾開田馬の蹄の灼けゐたる 〈夏〉 88
馬蹄形磁石砂場の灼けてをり 211
矢車草
矢車草の紫はわが母の色 〈夏〉 67
藪虱
藪虱なんぞいちいち気にするな 〈秋〉 203
山桜
老人の杖の早しよ山ざくら 〈春〉 113
ドアは手で開けて下さい山ざくら 200
家毎に鯉飼ふくらし山ざくら 200
山眠る
讃岐なるたんきり飴や山眠る 〈冬〉 46
山眠るあしたゆふべのベルツ水 207
山焼く　山火
山火見ゆ母に正気の刹那あり 〈春〉 121
毛物等に現の山火立ちにけり 129
山粧ふ
きゆと嵌むる小芥子の首や山粧ふ 〈秋〉 172
夕菅　黄菅
黄菅原かんかん照りもよしとせる 〈夏〉 69

お日様と直の挨拶黄菅原 220
夕立〈夏〉
結局は逸れし夕立や牛の貌 114
夕立の前の閑かさ夫臥る 164
夕焼〈夏〉
夕焼や欠けずに育ち兎の仔 80
夕焼や牧の男に牧の牛 93
夕焼や死魚のまなこのすでに虚 418
雪　新雪〈冬〉
橋よりの雪となりけり麻績境 40
手術棟灯り雪降り雪降り来 63
新雪や南部地鶏の胸厚し 73
掃き寄せて氷上の雪碧なす 77
雪降るや老母は金を欲しがりぬ 112
雪降り積む小林一茶略年譜 124
雀らに雀の時間雪積めり 177
木の影の雪に鋭し数へ歌 177
雪降れり劇中劇の中も雪 178
きつつきの穿ちし幹や雪降り積む 178
おうおうと夫の呼び声雪しんしん 189
点滴の無明長夜や雪降れり 215
就職がきまる雪降れもつと降れ 225
まなうらに雪降る麻酔効きそむる 412
雪兎〈冬〉
雪兎勝手に溶けてしまひたる 225
雪女〈冬〉
雪女粗朶ことごとく燠となる 181
診察を待つわたくしは雪女 198
雪掻〈冬〉
雪掻きの音晩年に踏み入りぬ 62
雪沓〈冬〉
休めある雪沓なりし試し履く 112
雪解〈春〉
雪解田の前へ前へとひかりかな 64
雪解靄物日のための鯉を飼ふ 105
さまざまな音の中なる雪解かな 145
雪達磨〈冬〉
劣情のありや日向の雪達磨 181
雪の果　涅槃雪〈春〉
涅槃雪小さな島に目覚めたる 145
雪晴〈冬〉
雪晴やわれとどまれば音絶ゆる 129
雪晴や研ぎて小さくなりし鉈 133
雪蛍〈冬〉
わが裔にわれは侍まず雪蛍 61
雪催〈冬〉
竹ひごを矯めるらふそく雪催 215
行く春〈春〉
行く春や封蠟朱き蝮酒 228

湯ざめ〈冬〉
白猫の庭をよぎれる湯ざめかな 197
湯たんぽ〈冬〉
湯婆に見つ合格の金印 180
湯豆腐〈冬〉
湯豆腐やまことの闇と云ふは斯く 74
湯豆腐のぐらりと子供ぎらひなり 94
湯豆腐やときをり疼くものもらひ 118
油団〈夏〉
油団欲し共に坐すひとをらねども 221
弓始〈新年〉
蓼科山の稜線長し弓始 40
夜寒〈冬〉
椿象のひつくり返る夜寒かな 176
葭切 行々子〈夏〉
葭切や山半分に雲の影 35
太陽に沈め沈めと行々子 159
夜長〈秋〉
夜長なりあとは男に任せけり 136
夜長なり金魚のやうな嫁とをり 166
モニターの刻む心拍夜の長し 167
素つ気なき病人食や夜の長し 169
夜長なり機械の使ふ丁寧語 223
読始〈新年〉
読初や美しかりし母の指 216
嫁が君〈新年〉
奥の間の赤子起すな嫁が君 225
蓬〈春〉
蓬生や風のかたまりつぎつぎに 200
蓬餅〈春〉
二階まで風ゆきわたる蓬餅 66

【ら行】

落第〈春〉
猫の耳吹いてゐるなり落第子 105
落花 桜散る〈春〉
さくら散る早起雀もう黙れ 420
辣韮〈夏〉
辣韮干す葬の手順教へつつ 114
立秋 秋来る 今朝の秋〈秋〉
秋が来ますよこんばんはこんばんは 165
今朝秋の貸自転車に籐の籠 385
立春 春設《ま》く 春立つ〈春〉
塗りかへし電車二輛や春立ちぬ 34
アラビヤの革の水差し春立ちぬ 49
病棟に漾ふ酢の香春立ちぬ 147
春設けて竹一節に酌む地酒 207
春立つや使ひまはして鍋ふたつ 216
立冬 冬に入る〈冬〉
お結びに混ぜるかつぶし冬に入る 214

竜天に登る　七十二候の一
龍天に強情の眉われにあり〈春〉109
猟名残
風除の松に隙なし猟名残〈春〉106
良夜
良夜なり転害門まで早歩き〈秋〉117
病人の髭を剃りやる良夜かな 169
次の間に猫の鳴きゐる良夜かな 337
緑蔭
緑蔭に入りたり声の裏返る〈夏〉159
林檎の花
林檎咲く生前の景死後の景〈春〉19
縷紅草《るこうそう》
縷紅草鶏の瞬き素早しよ〈夏〉194
冷房
盛塩の戸口冷房漏れて来る〈夏〉211
檸檬
リクルートスーツ檸檬の香かな〈秋〉222
連翹
連翹や死んでしまひし彼の研屋〈春〉134
連雀
キャンバスの下塗乾く緋連雀〈秋〉214
炉　炉火
炉火赤し女が女ほめてをり〈冬〉132
六月
散薬に噎せ六月の来りけり〈夏〉157

【わ行】

綿　古綿
古綿を括る麻紐山荒るる〈冬〉40
綿虫
綿虫や鞍を外せし馬の息〈冬〉97
綿虫の日向や永久に夫不在 197
綿虫や気儘暮しも寂しいぞ 214
湧き出づる大綿虫に羽音なし 223
吾亦紅
ゆつくりとかはるからだや吾亦紅〈秋〉128
吾亦紅火山灰降る音を聞きに出づ 165
吾亦紅医師は言葉に臆病に 167

市川　葉　いちかわ　よう

一九三〇年　長野県生まれ
一九八四年「鷹」俳句会入会、現在、月光集同人
第　二　回　鷹エッセイ賞
第三二回　鷹俳句賞
第　六　回　現代俳句協会年度作品賞
第一一回　山室静佐久文化賞
著書　句集『楪』『小諸の空』『春の家』および、本書初収『一炊の夢』
　　自註句集『市川葉集』
　　エッセイ集『私の晩霞』『ぼく猫』
現代俳句協会会員、医師
現住所　384-0033　長野県小諸市市町五-三-七

書名……市川葉俳句集成
著者……市川　葉
発行日……平成二十八年一月二十日
発行者……島田牙城
発行所……邑書林《ゆうしょりん》
661-0033　兵庫県尼崎市南武庫之荘3-32-1-201
Tel　○六（六四二三）七八一九
Fax　○六（六四二三）七八一八
郵便振替　○○一○○-三-五五八三二
younohon@fancy.ocn.ne.jp
http://youshorinshop.com
印刷・製本……モリモト印刷株式会社
用紙……株式会社三村洋紙店
定価……本体四千五百円（税別）

ISBN978-4-89709-799-2 C0092